旅行

文學與文化

林淑慧——著

五南圖書出版公司 印行

序　閱讀穿越時空的記憶

　　回顧臺灣文學史上的旅遊文學蔚為長流，不論是臺灣在地文人的旅外作品，或世界各地來臺人士的旅遊書寫，多蘊含作者的跨界文化比較觀。旅遊文學呈現旅遊經驗與歷史文化變遷的互動，常隱含對自我身分認同的思考，或於異地建構他者，回歸家園後則以參照、比較或批判的方式，反饋至自我主體的建構。旅遊使個人的生命經驗更為豐盈，許多旅遊敘事的展開與人物生命歷程重疊，在選擇、重組或化約的過程中，文本內容與表現形式皆透露作者的論述位置及視域。作者因旅遊活動而思索自己的認同位置，在這差異比較的過程，再現文化觀察所得，因此產生對於本土文化現象的批判，進而調整在公共政策上的看法或提出具體建議。

　　旅遊具空間移動的特性，旅遊書寫呈現作者與時空情境的關聯。藉由旅遊體驗異地文化，並書寫遠離家園的感知，如此的作品不僅在歸返後留下旅外的雪泥鴻爪，亦提供讀者進一步理解作者的世界觀。至於臺灣不同時期的在地旅行散文，則呈現文人自我觀看的方式，表達臺灣地景與歷史場景的特色。一般對於旅遊散文的認知，多以為是浮光掠影的模式化書寫；然而，從臺灣十七世紀以來的旅遊文本，呈現多采多姿的旅遊經驗，文本與文化呈現複雜的互動關係，作品的詮釋因而深具開拓。因旅遊散文具敘事性與論述性，透過文本的詮釋，有助與社會文化變遷相對話，並理解旅人複雜糾葛的內心世界。

　　我們無法搭乘時光機回到過去，也難以走遍海角天涯；但藉由旅遊與空間文本，得以穿越時空親近旅人追尋幸福的軌跡，覓得屬於自己的幸福！透過臺灣與各國的比較，旅外散文作者於公共輿論的版面交會，臺灣成為作者與讀者的想像共同體，期望形塑一個更理想的

社會。臺灣旅遊文學蘊含離與返的不斷對話，所涉及研究主題十分豐盈，值得學界持續關注或引介爲教材。本書簡介臺灣文獻或報刊雜誌與作家文集所收錄的旅遊文本，分析幾位學養及身份各異的作者，詮釋臺灣旅遊文本的主題與文化特色。閱讀許多臺灣珍貴的旅遊文本，得以穿梭古今、跨界遨遊。期望引介旅遊文本的深層記憶，藉此召喚幸福的情感結構。

筆者以發表於學術期刊、學術研討會及專書論文的原稿爲修改的底本，並參考筆者所撰《臺灣文化采風：黃叔璥及其臺海使槎錄研究》、《臺灣清治時期散文的文化軌跡》、《禮俗・記憶與啓蒙：臺灣文獻的文化論述及數位典藏》、《旅人心境：臺灣日治時期漢文旅遊書寫》等著作的部分章節，重新親自改寫成較適合學生的教材，並提供社會大眾閱讀的參考。

感謝林怡姍協助繪製地圖，晉鈺琪、林益彰、徐敏眞、林鍵璋、曾映泰、林和蓉、蔡知臻等研究生及五南出版社臺灣書房蘇美嬌等編輯群，熱心協助提供編輯意見。從泛覽臺灣文學與文化書籍，體悟自我存在的意義，感悟個人在歷史時間軸上的位置。以家人、同事、師生與友朋源源的愛爲動力，持續開拓理解世界的多樣性；並希望將一步一腳印教學與研究的成果，回饋孕育成長的臺灣，分享薪傳的意義。

目 錄

第一單元

緒說：

旅遊敘事與資料庫

第一講　召喚情感結構

　　臺灣旅遊敘事投射特殊時空下不同旅人的心境，這些作品的形成與旅人的學養經歷及社會環境密切相關。顏娟英的研究指出：風景是從閱讀來的，每個人觀看的眼睛是由過去的經驗與個性操縱，過去的經驗包括家庭背景、學習與生長的社會環境全體的累積。臺灣風景的認知有如社會文化的累積過程，經過許多人共同參與、互相影響而來。臺灣旅遊敘事則是透過漢文刊物的生產機制、眾人共同參與及相互影響，而積累成饒富文化厚度的文本。這些文本皆是因空間移動而產生，在選擇、重組或化約的過程中，文本內容與表現形式皆透露作者的論述位置及視域。眾多的旅遊活動影響旅人的文化觀，以臺灣作為地理實體及想像的框架下，對於各時期的教化提出反思。透過對這些旅行文學的重新爬梳，將能理解旅遊不只是出發或回歸的場景而已，以文化主體而言，更存在歷史脈絡的文化意涵。

　　英國學者威廉斯（Raymond Williams, 1980）提出「情感結構」（Structures of Feeling）的要義為：「不只是一群作家的共同點，也包括特殊歷史情境下，與其他作家的共同點。」他認為「情感結構」是將結構的對應視為社會特定族群的表現方式。他不言「世界觀」或「意識型態」，而選擇以情感或幽微情動的元素（Affective Elements）來討論時代變異，以此強調某些事物在親身經歷或感受之後產生的意義與價值，以及這些意義與價值彼此之間的關係。臺灣遊記蘊含作者體驗文化差異或時代變遷下的感受，這些文本投射自我與他者互動後所感受現代化的衝擊，或處於殖民地之下的諸多時代困境。另一層面，遊記也透露修學旅行或視察旅行的深層目的，及教化政策滲透的痕跡，故以分析相通的情感結構作為應用的概念之一。

情感結構概念的特色，在於強調社會裡個人對時代及周遭環境的感受與體會，不僅指涉社會結構，更強調相應於社會結構的某種「心理結構」。個人並非孤絕於世間，而是處在分享共同歷史文化經驗的群體中，感知結構係存在於個體與集體之間的社會構造，是一共同的認知或溝通基礎。雖可從個體生命歷程進行探求，但所欲呈現的並非只是個體的特殊性，而是映照、聯繫於個體所身處的時代與社群。情感結構強調某一文化的成員對其生活方式必然有一種獨特的經驗，這種經驗是不可取代的。由於歷史或地域的原因，置身於這種文化之外，不具備這種經驗的人，只能獲得對這種文化的一種不完整或抽象的理解。遊記所隱含處在時代之下的共通情感結構，反映特定地域、特定時期的文化，或特定階級及社會的相互作用。為了體會生活經驗以及時代感知，善用旅遊文學與文化的文本及圖像，有助於後人探索當時臺灣社會文化歷史脈絡的關聯。

以往對於旅遊散文的認知，多是浮光掠影的模式化書寫；然而，從各時期報紙、雜誌所刊登的島內旅遊散文、旅外遊記，呈現旅遊經驗與歷史文化變遷的關聯，遊記的詮釋因而多元。（如圖1-1）

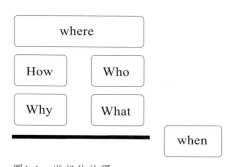

圖1-1　遊記的詮釋

旅遊散文大多比行旅詩的篇幅長，又因不受格律的拘束，敘事性較為鮮明，且易於論述。臺灣旅遊散文因階段性、地域性、作者身分及位置等差異而各具特色。本書蒐羅旅遊散文為素材，探討旅遊散文的閱讀方法，再分別舉例應用於詮釋相關的主題。例如：在殖民情境下的遊記，常隱含對自我身分認同的思考，或於異地建構他者，回歸家園後則以參照、比較或批判的方式，反饋至自我主體的建構。遊記敘事牽涉移動所引發的文化差異觀察及論述，或藉由刊物的登載而得以傳播至知識階層，故具教學的

價值。

　　於旅行以及跨國研究上，強調文化體驗和感官的衝擊、空間意象、文化承襲或認同等議題，焦點置於作者、媒介以及報刊雜誌上。又如可從《臺灣日日新報》、《臺灣民報》、《三六九小報》及雜誌刊物等主要的大眾媒體上的漢文，探討臺灣、日本與中國文化的差異以及現代化的衝擊。關於「論述」（discourse）的定義，傅柯（Michel Foucault, 1926-1984）認為論述是一種陳述的系統，藉由這種方式，社會的現實可為世人所瞭解、應用且運作，進一步形成主體與客體間的權力關係。透過論述來認知世界並生產意義，進而形成一種隱藏在人際間的權力網絡。論述是各種勢力穿行其間，相互交鋒或較量下所形成的語言表達。因為權力的作用，使得知識的形成必須遵循一系列的規則、標準與程序，也必然涉及各種分類、信念及慣用的方法。「再現」比較強調個人和社群，「論述」則不只是個人的面向。例如將旅行文學刊登在報章雜誌上，讀者群常受到歷史和殖民勢力的影響。面對臺灣的抗日意識高漲，日本於是試圖積極籠絡臺灣人，漢文即成為媒介之一，其中《臺灣日日新報》、《臺灣教育會雜誌》早期特別增刊漢文版或漢文報。從旅遊文學而觀，臺灣人被邀請至日本參訪而內心受到衝擊，回歸後是否表現出對日本人的效忠？在這樣的意識裡有些挪用與誤解，於此層面又該如何運用再生產的這個作用，此即是所謂的「論述」。也就是傅柯所說的，作者是歷史條件使其發揮作用，作者是時代的一個產品。

　　1920年代臺灣讀報人口、閱讀的情感、記憶和認知系統，已經產生很大的變化，形成臺灣和日本陌生與親切的情感結構。因此，在歷史化的公共文化中，面對日本或外在世界，臺人如何挪用領受的結構？又怎樣重新創造文化？如Anderson所言，在報章雜誌上吸收別人的內容，再用放大鏡觀看，期望做得比別人更完善，以更多方式發揮自己的民族主義。旅遊文學也運用這種方式，希望在臺灣製造出一種

比臺灣、日本還要理想的社會。菲律賓、印度以及孫中山先生也是運用這樣的方式，將旅遊經驗變成國家新興的計畫，並以到國外吸收的經驗應用於自己的土地上生根。這樣一種認同位置和場景的互動，變成保存在地文化的計畫，背後是政治和歷史互相交織而成的。日本運用各種方式鼓勵日人來臺旅遊，藉以同化臺灣人。這種經驗在領受、抗拒的情感結構下，被拋棄、被邊緣化以及被同化的經驗裡，應探討如何形成自我的認同和主體性。若瀏覽臺灣日治時期的旅遊敘事，在領受層面上，許多擔任街庄長的仕紳及顏國年等人的遊記中，著重衛生的論述，多流露殖民教化及現代性對於在地文人的影響。至於抗拒的層面，這些旅遊敘事亦反映臺灣於日本統治下殖民地的諸多困境，如教育資源不足、教育機會不均等。

　　就文體而言，散文（prose）有別於韻文（verse），許多散文以推理或論述的形式，拓展到外在世界的「實踐」或「行動」，以及社會活動或個人的思想。旅遊散文有時以日記體的形式，有些則公開傳播而具聽述的對象。旅人一方面是行動主體，另一方面又不時跳脫出來觀察自己，旅行敘事因而發人省思。就敘事理論而言，敘事者和他所述說故事的關係，可以劃分為同敘事者與異敘事者。同敘事者敘述自己目睹、參與或經歷的故事，敘事者本身就在他所敘述的故事之內。旅遊散文多以同敘事者的方式，隨心所欲闡述其所思所感，由人物談論自身或其他人物的身體、行為與情感表現，自然較具說服力。此類文體與敘事學的要素有所關聯，如敘事學不只關切形式，也處理意義、修辭、歷史生產情境等問題；不只研究文本結構組織，也顧及整體與局部的關係和細節的安排。旅遊散文歸屬於散文的次文類（sub-genre），是以記遊寫景為主要內容的散文類型。通常為作者遊歷異地的主觀記敘，有明顯的敘事秩序；且作者脫離日常生活固有的生存空間，為特殊體驗的紀錄。其要件為所記內容必是作者親身經歷，並以記遊為最主要目的；同時需呈現作者心靈活動，若僅是客觀

解說，只能視爲旅遊指南。以敘事學來探索文本，是將其視爲理解和接近世界的手段。

　　許多敘事的展開與人物生命歷程重疊，旅遊最終目的在於認識與回到自我，因而使個人的生命經驗更多采；旅遊體驗也是主觀的感受，透露旅遊過程的觀察、交流與哲學思索。透過遊記議題及敘事策略的詮釋，呈現由於社會地位、學識背景等因素，而觀察到異地的文化差異。許多敘事的展開與人物生命歷程重疊，爲作者仔細記錄任務或所行經旅遊的路徑而成。遊記牽涉旅遊的動機、路線的規畫與行旅過程，以及回歸後的影響，故具敘事結構的特性。（如圖1-2）

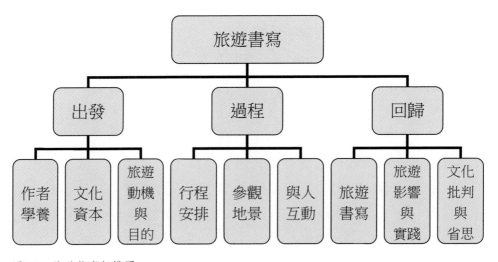

圖1-2　旅遊敘事架構圖

　　圖1-2中呈現從旅遊出發前作者的敘事位置與目的，到旅遊過程與人、事、物的互動，及回歸後的論述及影響。情節的賦予將旅遊事件轉變成連續故事中的一幕，也因而將敘事的各部分聯繫起來，成爲一個具有內在意義的整體。

　　廖炳惠於〈旅行、記憶與認同〉歸納旅行研究的重要特質，其中心理符號機制包括認同、差異、再現、批判、調整等五個元素。在旅

行的過程中，常是一種
自我和他人再現的心理
機制，於比較、參考與
對照別人的文化社會而
顯出人我之差別。心理
機制將外面的景觀及引
發的情緒變化，以書寫
方式顯現內心的人我差

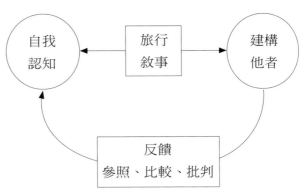

圖1-3　旅行敘事的核心意義

異，因此旅行常發展出比較國際觀。這些皆是閱讀旅遊多元面向的切入點，茲以圖1-3歸納旅行敘事的核心意義。

　　圖1-3以敘事情節為核心，牽涉旅遊作者的敘事位置與目的，或是旅遊地景與心境，以及文化移譯等，這些面向皆蘊含旅遊敘事的核心意義。旅遊散文常隱含對自我身分認同的思考，或於異地建構他者；回歸家園後則以參照、比較或批判的方式，反饋至自我主體的建構。如日治時期的刊物所載多篇旅日散文，表面上強調觀摩教育的諸多面向，看似不遺餘力宣揚殖民母國的教育成效，同時亦反映臺灣教育資源遠不如日本的困境。又如《臺灣教育會雜誌》所載國語學校校友王名受的作品，顯現作者關注教育及社會風氣的議題，並對加強臺灣教育的重要性有所認知。此外，《臺灣民報》所載黃朝琴的旅遊敘事，包括留學教育是否能學以致用，畢業後回臺灣是否發揮專長；另一方面，則藉由參觀美國菁英教育及社會教育資源，觀摩學習環境與教育的成果。從留學的準備教育，到留學後回國實習的配套措施，呈現他因留學經驗而能關注教育的多元面向。臺灣日治時期旅遊散文，皆為作者藉由公共媒體強化應重視教育的理念，反映那時代知識份子對人才培育的問題憂心忡忡。這些旅遊散文在旅人自我與他者的映照中，皆感受現代化的衝擊，或處於殖民地之下的諸多困境，因而流露相通的情感結構。

　　臺灣旅遊散文蘊含海外的空間意象，並流露作者觀看臺灣本土的風景心境。人文地理學者艾倫・普列德（Allan Pred）提到：「地方感」概念的形成，須經由人的居住，以及某地經常性活動的涉入。經由親密性及記憶的積累過程，或是經由意象、觀念及符號等意義的賦予，以及經由充滿意義的「真實」經驗或動人事件，甚至是個體或社區的認同感、安全感及關懷（concern）的建立，才可能由空間轉型為「地方」。藉由分析旅遊散文的敘事視角，發掘一些作者以「地方」的概念表達對各類場景的感受，並透露身分位置與場景互動的關聯。如《臺灣文藝叢誌》的作者多為傳統儒學社群，此刊物所收錄的島內遊記多以「園」或「名勝」為主，強調園林的歷史厚度及與人物的互動。文化地景的想像蘊含深刻的時間意識，舉例而言，萊園不僅為霧峰林家的宅第，亦是臺灣文化協會會員聚集的人文空間，透露寄託鬱結之氣於園林的情懷。又如「務滋園」原意是指務求施行更多德政，園林以此命名，表現在地的認同感及歸屬感。此外，文人藉由書寫珠潭等地景，將長時間積累的歷史感受，因不同時代的變遷而賦予新的意義。綜觀這些遊記，或展現作者的人生觀與地景間的相互映照，或透露殖民地知識分子的憂心及對於文化保存的關切。

　　試圖應用旅行心理符號機制於旅遊散文的閱讀，詮釋作者因旅遊活動而思索自己的認同位置。在這差異比較的過程，再現文化觀察所得，因此產生對於本土文化現象的批判，進而調整在公共政策上的看法，並提出具體建議。廖炳惠曾以吳濁流的遊記為例，分析臺灣另類現代性（alternative modernity），指的是於臺灣的被殖民以及嚮往祖國的經驗之外，發現到一種非中、非日的臺灣的現代另類經驗。對於處在殖民地之下的文人而言，赴中國旅遊是一種特殊空間場域的移動經驗，此類遊記常以時代危機、時空轉移的個人情感結構，於私人的論述中流露作者對旅行與回憶複雜互動的思索過程。以刊載於《臺灣日日新報》的楊仲佐〈神州遊記〉、黃朝琴〈上海遊記〉為例，他

們生長於殖民地臺灣，卻因緣際會前往想像的中國，其旅遊散文透露文化差異下的心理轉折。一些文人由於接觸古籍及儒學教育的薰陶，或從長輩口述中原風土的描述，而形塑關於漢文化的想像；然當他們親身踏上中國土地，所見所聞與想像有莫大的落差。他們或從國民意識、教育、衛生、農工商業等面向提出富強論述，或於字裡行間流露對中國的批判及深切期許，其價值觀亦隱含臺灣受到日本殖民統治的痕跡。因臺灣與漢文化的關聯性，旅遊散文與歷史軌跡相映，呈顯古今參照的反思。至於《臺灣文藝叢誌》、《詩報》旅日散文有關文明的論述，透露割捨過去而趨新的理念，亦是儒學社群從傳統社會過渡到現代社會的肆應。

　　本書關於臺灣旅遊散文的閱讀方法，多應用旅遊心理符號機制、敘事與論述的表現方式，以詮釋文本的再現策略。教學目標如下：1.認識旅遊與空間文化相關領域的資料庫。2.鼓勵主動瞭解成長環境的歷史文化脈絡。3.指導學生能系統化搜尋臺灣文學及文化的資料，並加以創意應用。本課程以團隊導向學習（Team Based Learning）為主，請學生每週按進度先預習，上課時實施小組討論，學生經過自我學習、團體討論，將概念更進一步釐清之後，教師再給予指導回饋。以真實情境做為基礎，其中隱藏著發現與解決的問題，並開始蒐集相關的資料。使學生從實作中體驗思考路徑的發生，提升主動學習、批判思考，以及產出解決問題的能力。

　　旅遊散文為空間移動所產生的文本，此類文體著重旅人再現其觀察與體驗；不僅拓展讀者對於風景的認知與想像，有些因登載於刊物得以廣為傳播。需留意這些刊物的編輯機制，包括作者、編者與讀者反應的互動。臺灣旅遊文學蘊含離與返的不斷對話，所涉及研究主題十分豐盈，值得臺灣文學界持續關注。本書簡介報刊雜誌與文集所收錄的旅遊散文，並分析幾位學養身分各異的作家，詮釋臺灣旅遊散文的主題特色。現今有許多資料庫典藏臺灣各時期珍貴的文獻，藉由多

元的檢索與歸納，得以穿梭古今、跨界遨遊。遊記能彙聚不同地域、社群的共同經驗，交集成各時期旅遊文學史的再記憶工程，以反映歷史脈絡下的集體記憶，並發揮召喚情感結構的功能。

>>> 延伸閱讀

▌ 顏娟英，《風景心境——臺灣近代美術文獻導讀（上）（下）》，
臺北：雄獅圖書公司，2001年。

▌ 廖炳惠，〈旅行、記憶與認同〉，《臺灣與世界文學的匯流》，臺
北：聯合文學出版社公司，2006年。

>>> 思考討論

▌ 修習旅行文學與文化相關課程，將學到哪些人文素養？具備旅行文
學與文化的概念有何實用功能性？

▌ 如果你是旅行文學獎的主辦人，請問將如何規劃深具意義的徵獎，
並提供一般大眾參與？

第二講　旅遊相關資料庫的應用

　　人常經由旅遊來克服空間距離，進而贏得某種支配能力，建構政治、地位和宗教道德的權威。在儀式上出生入死、上天入地到達一般人無法拜訪的仙境、地獄，乃至各種位階的玄天。這種旅遊的背後和夢、神話、超自然的能力形成某種程度的關係，是最早期的旅遊。廣義的旅遊指的是跨越空間與時間的運動，以及離開家園相關的經驗書寫。臺灣文學史上的旅遊文學作品蔚爲長流，不論是臺灣在地文人旅外詩文或世界各地來臺人士的旅遊書寫，多蘊含作者的跨界文化比較觀。十七世紀以來的旅遊文學種類紛繁多樣，這些作品雖非直接指涉或反映歷史事件，卻有助於理解文本與歷史時間脈絡交會的複雜意義。如此看來，文本不再只是旅遊者記錄個人生命經驗，更蘊含文學與歷史敘事的多重對話。

　　若能運用資料庫搜尋相關的文史檔案，則能將節省下來尋覓資料的時間，著力於主題的詮釋。不過，許多資料庫搜尋的結果常無法呈現相關理路，若不知其中脈絡，彷如於茫茫大海中撈針，令人望而卻步。所以，近來有些資料庫建置者，提供人名、地名、年代、出處或詞頻等次分類，不但將龐雜的資料歸類，並有助於主題的理解。因目前尚無旅遊文學與文化的專題資料庫，故需從各領域的資料庫中搜尋相關的文獻。每個資料庫雖涵涉時間、空間、主題等面向，難以截然分類；但可應用資料庫的某種特質及功能，取得其中收錄的相關文獻。本講以資料庫於臺灣旅遊史的應用爲主題，舉例藉由資料庫的檢索搜尋資料的相關議題。故以時間、空間及旅者爲軸，分析資料庫與旅遊文學史研究的關聯，期望有助於提供廣泛蒐羅臺灣旅遊文學與文化素材的途徑。

一、縱遊古今：旅遊文學的時間脈絡

　　就目前具後分類的資料庫而言，臺灣大學數位典藏研究發展中心所建立的「臺灣歷史數位圖書館」（THDL）資料庫頗具代表性。（圖2-1）

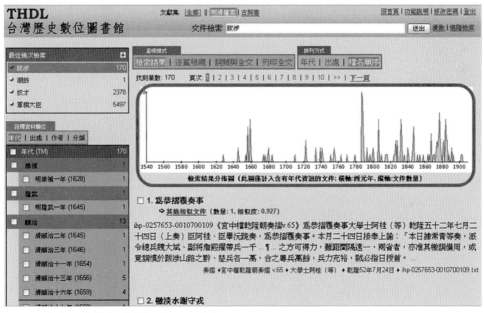

圖2-1　臺灣歷史數位圖書館（THDL）網頁

　　此資料庫從明清政府檔案、古契書、地方志、札記等，抽出與臺灣相關的檔案建置而成。第一大類「明清臺灣行政檔案」約有三萬七千件全文資料，為明清時期與臺灣有關的官方行政公文。來源包括故宮收藏之軍機處檔案、起居注、月摺檔、宮中檔、諭旨等，及歷朝官修文獻的《明實錄》、《清實錄》，亦包含中央研究院典藏的內閣大庫檔案，與中國第一歷史檔案館編《雍正朝漢文硃批奏摺彙編》、《乾隆朝上諭檔》、《乾隆帝起居注》及《臺灣文獻匯刊》等一手史料全文。THDL資料庫另一收藏重點「古契書」約有二萬四千件全文

資料，涵蓋年代從清代到日治時期，是研究臺灣早期開墾情況及民間社會交易行為的重要資料。其中以土地契約最多，亦包括相關之公私文書，如契尾或婚姻契等。臺灣歷史數位圖書館仍持續收錄相關資料，並可依作者、出處、西元年進階檢索。檢視文件可按年代或出處排列，透過觀察文件分佈或名詞出現頻率，則可推測相關的歷史資訊。至於古契書收錄與比較，則可利用輸入地名或手契類別，查詢該書契的上下手契、相似文件，並觀察古書契之影像檔與全文。另外，查詢結果可依據資料年代的不同，產生文件分佈的折線圖，可提供使用者詮釋史料的訊息。應用資料庫需思考當時的用語，並熟知旅遊與清代官員的關聯，才能找到適當的資訊。如「番俗」、「風俗」，甚至是「番+俗」等不同的關鍵字，此為THDL資料庫的檢索功能，提供不同字元在全文上的檢索，能在一篇文章中同時檢索兩個以上的關鍵字。

　　THDL除基本的關鍵字搜尋之外，還提供許多不同的觀看角度，不僅有助於快速整理資料的時間順序，且系統性歸類資料來源。在「分類」的欄位，以「臣工奏事文書」為第一種分類，再以奏摺、附片、疏、題本等做為次分類，提供篩選所需檔案的功能，並可依年代排列，呈現出史料的脈絡性。在關鍵字檢索功能中，可顯示「檢索結果分佈圖」，呈現年代分佈的特色，並利於與歷史事件結合，引發更多的研究靈感。如以「番俗」為關鍵字條件，共搜尋到89筆資料，其檔案年代高峰約是1870-1880，此時期正值牡丹社事件，故提及「番俗」與描述原住民文化的檔案顯著增加，故此功能有助於研究者呈現歷史文化的時間軌跡，並作為清代政治經濟與社會發展方向的佐證。

　　史家可獨立完成「單向、單線」的引用關係重構，但問題癥結應在於「多線、雙向」的關係重構。若將整個《明清臺灣行政檔案》之間的引述關係都重構出來，連結出往返討論同一件事情的檔案，有助於研究者突破檔案零碎而不易使用的侷限性。官員常在奏摺上互相引

用彼此的說法，故THDL特別建置「引用關係重建」功能，將相互引用的奏摺與文件做系統性連結。不同作者、日期所上奏的文件可透過此功能以圖像的方式呈現，有助於研究者蒐羅整起事件的官方資料。舉例而言，關於林爽文事件的檔案共可搜尋1581件，若使用此資料庫引用關係圖的功能，便可建構出149筆引用關係連結。如串連林爽文事件後責任歸屬的相關檔案，該議題奏摺、檔案的討論從乾隆52年一直延續到同治年間初期，即提供以時間排序羅列整起事件或議題的發展過程。

　　此外，THDL關鍵字的檢索結果項目，除了一般的呈現模式以外，另可選取「詞頻與全文」模式。此模式具有人名、地名分析的功能，以人、地等專有名詞出現次數來分析其相關度。此外，該模式有關人名生平的敘述，以國家圖書館明清人物小傳，及故宮人名權威檔為後設資料，提供使用者了解文本歷史脈絡的參考。由於清代官員經常透過巡視地方進行臺灣地理的觀察，「詞頻與全文」模式便可從某官員或是某議題的詩文，分析其空間移動的方向、或是推測其在某個時間點可能行走的路線。此資料庫又具有「文件相似度」比對的功能。相關奏摺、方志、個人文集等內容常有類似或相同的地方，甚至出現於不同年代的作品，容易造成研究者的混淆。比對功能可呈現出相似文件的「相似度百分比」，使用者可得知文件內容的重複度，藉此篩選與研究主題核心相關的物件。透過這些功能研究者可以穿越古今，使研究具系統性及脈絡化。

　　國家文化資料庫中的子計畫「智慧型全臺詩知識庫」，以出版的《全臺詩》為建置範圍，可依其類別查詢詩人、詩題、詩作等。（圖2-2）

圖2-2　全臺詩網頁

　　若要研究巡臺御史的作品，可從全臺詩資料庫中搜尋這些作者的所有詩作。他們欲探訪民情而來臺巡視，其觀察筆記所書寫的空間是在社會關係中產生或形成其概念，故透露出空間本質的權力與眾多的象徵意涵。首任巡臺御史黃叔璥〈番社雜詠〉24首記載捕鹿、迎婦等原住民風俗，夏之芳〈臺陽紀遊百韻〉內容除吟唱任官期間所見的自然景物外，也記錄平埔居民的處境。如其中一首詩呈現當時原住民賦稅負擔沉重的情形：「秋盡官催認餉忙，一絲一粟盡輸將。最憐番俗須重譯，溪壑終疑飽社商。」夏之芳自註道：「社皆有餉，每秋末則縣尹召令認餉，示以時應完納也。番音苦不可曉，必賴通事代辦，故社商雖革，而通事情偽，實難盡除。」「通事」的職責頗多，包含傳譯語言、收管社租、納課、發給口糧。通事掌控平埔聚落與官方接觸的種種要務，然文獻常載及通事藉職權行欺壓之實。張湄的詩作高達百首以上，書寫題材不僅限於風景描繪，對於內心感觸也多有刻畫。六十七為滿御史，對於臺灣地方文化、地景的采風亦投注不少心力，如〈北行雜詠〉組詩多刻畫臺灣北部地景及原住民文化。范咸詩作亦高達百首以上，有助於詮釋文人眼中的臺灣風土民情。其他巡臺御史

如景考祥、楊二酉、立柱、錢琦、舒輅、書山、熊學鵬等，皆有詩作傳世。文化詩學應該關注文本語詞所負載的意義世界，無論是文學文本還是文化文本，多需通過語詞的關聯而構成意義世界。這些巡臺御史的詩作，具文化詩學的意義，值得再加以詮釋。對於不懂原住民語的遊宦官員而言，平埔族聚落的風俗塑造出異國風味。他們是如何運用空間來呈現對平埔族的觀察？透過坐在轎子或竹筏上緩緩流動瀏覽風景，再現那些個人的空間觀點，這些皆需爬梳大量采風詩作，才能多元分析。

　　在十九世紀的旅遊書寫資料庫方面，如美國里德學院（Reed College）歷史學者費德廉（Douglas Fix）教授於1999年所規畫建置「Formosa——臺灣十九世紀影像」（FORMOSA Nineteenth Century Images），蒐羅世界各地以英文為主的有關臺灣文字及圖像。（圖2-3）

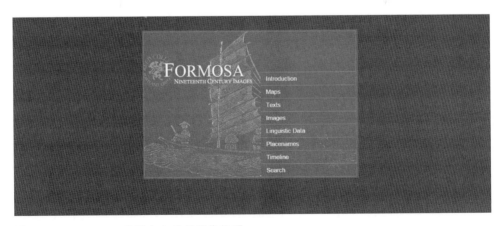

圖2-3　Formosa——臺灣十九世紀影像網頁

　　這些十九世紀臺灣的文獻資料、圖像、地圖和語言數據，早期多刊登於歐洲和北美的書籍和期刊，在臺灣實不易取得。此資料庫的建立，彙整十九世紀國外旅遊者至福爾摩沙的經驗，為研究十九世紀臺

灣旅遊史重要的資料庫。除網站導覽（Introduction），扼要介紹每一欄位的特色，更有五層基本檢索，以及搜尋功能，連結Google搜尋器取得其他與福爾摩沙相關的資訊，補此資料庫的缺陷與遺漏部分。回饋（Feedback）部分，是瀏覽者提供意見的平臺，促進網站更新資訊與改善，內有問卷調查表，讓使用者回應與評價（Evaluation）。此資料庫呈現世界各地探險家、傳教士、動植物家，對臺灣自然與人文風景的書寫。由於文學表達人類的情感、人類的感知與存在意識，是人類精神的產物；而文化人類學則是研究人類社會中的行為、信仰、習慣和社會組織的科學，二者都屬於人文學科的範圍。傳統的文學研究著重的是文本，而人類學則著重過程。文學人類學研究就必須既著重文本，又著力於文學的、文本的形成過程。此資料庫的文本呈現十九世紀外來旅遊者對臺灣的印象，尤其在原住民風俗的記錄上，具有文學人類學的意義。

　　「Formosa——臺灣十九世紀影像」資料庫，因跨越許多區域，又蒐羅許多地圖，故與空間有密切關係。在第一層地圖（Map）檢索，分為四類圖像內容，包含：島嶼地圖（Island Map）、地名式命名地圖（Place-name Map）、方位地圖（Locality Map）、地圖目錄（Map Catalog）。各欄位所具功能如下：1.「島嶼地圖」的功能，是以年代順序排列，整理出臺灣1858年（咸豐8年）至1911年（宣統3年）年間的臺灣全貌地圖。2.「地名式命名地圖」，則點擊地圖上的臺灣，查看各區域內放大的臺灣圖像。3.「方位地圖」在預覽地圖上方點閱，查詢各項完整尺寸的臺灣圖檔。4.「地圖目錄」為地圖的清單，備註地圖的出處來源。第二層為文本（Text）的表單，收錄從十九世紀歐洲和北美來臺的相關文獻與書目。第三層為圖像（Images），在目錄欄分為建築（Architecture）、景觀（Landscape）、器物（Implements）、人物（People）、船舶（Boat）。此外，亦可從另一目錄夾檢視，如Thomson、Fischer、Garnot、Ibis、Taylor等個人

的攝影或畫作、以及倫敦新聞（London News）所登載的圖像文件。第四層為語言資料（Linguistic Data），利用數字標示Table I、Table II等，區分不同語言的資料，內容收集原住民簡短的口語詞彙，以表格排列的比較方式，顯示語言的差異性。第五層為時間表列（Time-line），依照時間先後順序由上而下將資料庫內的資訊列表呈現。搜尋的條件包含日期（Date）、地點（Place）、人物（People）、事件（Event）等，其結果將由左至右列出日期、地點、人物、事件、註記（Note）、來源（Source），此種擷取繁雜的資料並以表格排列，具統整類化的功能。

　　在戰後的資料庫方面，慈林社運史料資料庫（圖2-4）所蒐羅剪報與雜誌，含括臺灣戒嚴至解嚴之後的時期。收錄報紙年代起於1951年（民國40年），來源共有69種，數量逾2萬3千份剪報。選定查詢之文獻之後，可輸入欲搜尋之關鍵字、作者、出處、中西年份，相關的詮釋資料又可依年代、作者、出處和主題加以揀擇與排列。

　　由各界贈送慈林教育基金會四百餘種雜誌，年代起自1950年（民國39年），資料數量包括422種，共計近7千冊之雜誌，約12萬5千篇

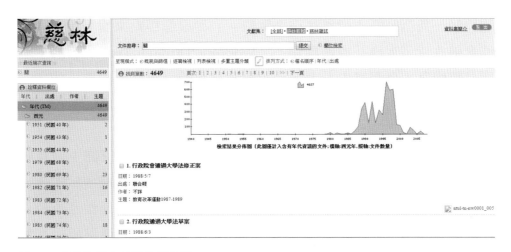

圖2-4　慈林社運史料資料庫網頁

文章。這些雜誌約近70%爲臺大圖書館所未典藏。此批資料不僅留存了大量戒嚴時期被查禁之出版品，爲臺灣歷史發展的軌跡留下見證，同時更包含呈現不同觀點與立場之政治論述。這些報導、評論或議題討論，呈現臺灣近六十年來透過民主運動、勞工與學運等各種社會運動而帶動社會蛻變之歷程，爲研究臺灣民主法治與社會國家發展珍貴的資料。若以「旅遊」爲關鍵字，可查詢到765筆相關資料，其中雜誌類749筆資料、剪報類16筆資料。以1951年（民國40年）的旅遊資料爲查詢條件，則發現如《自由中國》雜誌特約通訊記者曾英奇所撰〈遊歐觀感之一～三〉等歐洲旅遊報導影像檔。這些旅遊報導文學的資料多可做爲研究早期臺灣因工作或求學至海外的思想面向。此外，一些戰後流亡海外或是創傷的議題，亦可藉此資料庫搜尋相關文本。關於創傷的議題，學者卡露絲（Caruth, Cathy）《不被承認的經驗：創傷、敘事與歷史》提到：對意想不到或難以承受的暴力事件所作的回應，這些暴力事件在發生當時無法完全掌握，但後來以重複的倒敘、夢魘和其他重複的現象返回。另一位研究者拉卡帕拉（LaCapra, Dominick）在《書寫歷史，書寫創傷》也提到：「創傷是一種斷裂的經驗，使自我解體，於存在中製造破洞；它具有延遲的效應，只能勉強控制，甚至可能永遠無法完全駕馭。」從這個觀點來看，紀念碑及悼念儀式皆可視爲「處理創傷」（Working Through Trauma）的意圖與具體作爲。臺灣歷史上因統治政策及文化差異等諸多問題，如一些被迫或遭送出國的旅行者，特別是離鄉背井、放逐與疏離的狀況下的行旅書寫，常透露受難者及家屬長久傷痛的痕跡。

　　除了收錄旅遊文學直接相關的資料庫外，許多與研究主題有關的各時代外緣背景資料庫，亦有助於理解文本的歷史脈絡。日本統治臺灣的五十年間（1895-1945），進行多項大規模、全面性且具持續性的統計調查，這些調查範圍涵蓋廣泛，所累積的統計資料相當豐富，是瞭解日治時期臺灣法律、政治、社會、經濟、文化、教育等不

可或缺的史料。二十世紀
上半葉的資料庫，如「臺
灣日治時期統計資料庫」
（圖2-5）及「日治法院檔
案」等，亦是研究日治時
期旅遊文學背景的重要參
考。「臺灣日治時期統計
資料庫」以1898年（明治
31年）開始的土地調查及
1905年（明治38年）開始

圖2-5 臺灣日治時期統計資料庫網頁

的人口調查爲最大之基礎工程。

　　資料庫中所收錄的統計書籍，皆以官方統計資料爲主，年代分佈從1896年（明治29年）至1945年（昭和20年）。唯大部分的書籍或表格的統計集中在1920年（大正9年）之後，其中又以1930年（昭和5年）資料最爲豐富。就數量上而言，「戶口」類別最多，其餘依次爲「農業」、「交通」、「教育」、「商業、金融及貿易」、「工業」、「警察」、「司法」等。「日治法院檔案」則收錄新竹、臺中、嘉義等三個地方法院保存日治時期各類卷宗，及司訓所、臺北地方法院收藏日治時期檔案。若鍵入「旅遊」，檢索得知1905年（明治38年）及1915年（大正4年）《臨時臺灣戶口調查職業名字彙》旅人宿（旅店）的地名等資訊。

　　國家圖書館「當代文學史料影像全文系統」（圖2-6）收錄臺灣戰後1945年（昭和20年）至今兩千餘位作家的相關資料。網羅其生平傳記、手稿、照片、著作年表、作品目錄、評論文獻、翻譯文獻、名句及歷屆文學獎得獎記錄，並請作家主動提供資料、相片與手稿。不僅可查詢許多當代旅行文學作家，如劉克襄等人的作品及最新資料，亦可就每十年爲單位，分析從50年代到90年代的旅遊發展軌跡。

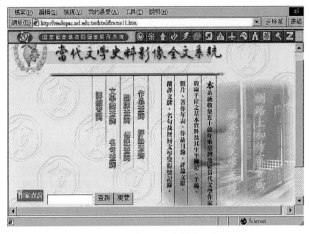

圖2-6 當代文學史料影像全文系統網頁

此外，情節是敘事最重要的特徵，是使事件陳述具有敘事性的重要關鍵。賦予情節的過程中，敘事並非反映事實而已，而是包含選擇、重組、簡化現實等機制。也就是說敘事帶有一種將史料轉化的功能，經過敘事者的巧妙運用，歷史的敘事得以從另一種角度呈現，歷史的書寫權力也將從絕對威權中釋放。旅遊文學亦是作家空間移動經驗的敘事，有些旅遊者因緣際會探訪古蹟，或親臨事件場景而對歷史重新詮釋，使其作品具有穿越古今的歷史厚度。

二、跨越疆界：旅遊文學的空間移動

主 持 人：國立中正大學台灣文學研究所所長 江寶釵 教授
網站建構者：國立雲林科技大學漢學研究所 蔡輝振 教授

圖2-7 臺灣好文學網網頁

古典文學的代表性資料庫之一「臺灣好文學網」的建置（圖2-7），主要由江寶釵教授所規劃蒐羅豐盈的文學史料。此資料庫共分為六個子資料庫，依序為「臺灣漢文網」、「中文學術規範網」、「臺灣漢詩資料庫」、「嘉義文學博物館」、「臺灣期刊資料庫」、「臺灣文藝叢誌資料庫」。

　　此套具有檢索系統的資料庫，提供使用者快速蒐集文本，透過網路的運用，使文獻大幅流通，有助於提升臺灣文學的研究。其中，「臺灣漢詩資料庫」從報刊、雜誌、書籍收錄眾多資料，並包含詩集、詩話等類別，可依全文檢索、進階檢索、全文檢索模式來取得資訊。如研究「八景詩」的議題，除廣泛蒐羅臺灣各地的八景詩外，並可分析這些作品與空間權力的關聯。文人在山水之間旅遊與作詩目的，不只是一種單純的遊覽；他們將自然的模式用文字的比喻或命名掌握，這種在山水間放置文字，尋求自然秩序的努力，其實就是文明的傳播。如此用文字刻畫空間的實踐，就是「文明」最基本的組成元素。再者，因詞語是某種概念的載體，又是某種意象的載體。換言之，日常語言中的詞彙，只是抽象概念的符號；詩歌中的語詞為藝術語言，則是另一種符號。每一種原始意象都是關於人類精神和命運的碎片，都包含著歷史中重複無數次的歡樂和悲哀的殘餘。此一資料庫中的文本多蘊含作者實體或意識的空間感受。空間蘊含許多描述人類存在的空間現象，主要功能在於重新建構人類的各種體驗過程，這些體驗包含人與自然或環境的關係、空間感及地方感等。於檢索欄位輸入關鍵字「遊記」，可搜尋到與遊記相關的作品，如日治時期新店的在地文人蘇鏡瀾，刊登在《詩報》的〈碧潭遊記〉，對新店的風景名勝碧潭加以細膩描述，並呈現當時文人雅士的地方感及在碧潭交流的情形。

　　此外，為了理解有關旅遊者所處的時代背景，可運用各類型文本敘事所提供的功能。如欲感受歌仔冊的敘事情境，可查詢中央研究院漢籍電子文獻中的「閩南語俗曲唱本歌仔冊全文資料庫」（圖2-8）、臺灣大學深化臺灣研究核心典藏數位化計畫「楊雲萍文庫數位典藏本歌仔冊」（圖2-9）、國立臺灣文學館「臺灣民間說唱文學歌仔冊資料庫」所收錄旅遊敘事的場景。

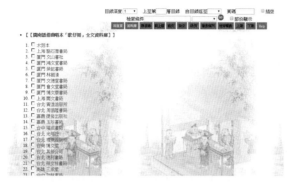

圖2-8　閩南語俗曲唱本歌仔冊全文資料庫網頁

圖2-9　楊雲萍文庫數位典藏本歌仔冊網頁

在碑文方面，國家圖書館「臺灣記憶」系統「史料」類的「碑碣拓片資料庫」，收錄1870年（同治9年）〈艋舺新建育嬰堂碑記〉，即是具社會救濟意義的文本。在津渡交通方面〈淡水廳城碑記〉、〈永濟義渡碑記〉等文，亦具有書寫廳城、義渡等建物的歷史沿革與文化的用途。此外臺灣因經歷了帝國馴化（Domestication by Empire）的過程，意謂大量漢人移民來臺，清帝國以中式行政結構為主，建立儒學機構而提升中文識字率。所以有關儒學或書院的碑文，則透顯儒學教化對於臺灣民眾價值觀形成的影響。

臺灣二十世紀前期旅外書寫，蘊含當時文人社群的國際觀及跨界文化論述。這些文人的旅遊書寫具有文化移譯的功能，呈現臺灣受到新時代的衝擊。從文人的旅外遊記內涵可窺探其內在思想形成的因素，並呈現文化移譯的多重面向。自1898年（明治29年）起至1944年（昭和19年）間的《臺灣日日新報》等報刊所載旅外遊記，其空間意象實具有研究價值。（圖2-10）

　　《漢文臺灣日日新報》則自1905年（明治38年）7月1日以後，報社將漢文版擴充，獨立發行《漢文臺灣日日新報》，1911年（明治44年）11月30日恢復以往於日文版添加兩頁漢文版面的作法，直到1937年（昭和13年）4月1日因應時局全面廢除。由於文人或閱讀登

圖2-10　臺灣日日新報網頁

載世界訊息的報刊、或出國遊覽的現代性經歷，使得一些作品亦見世界現代文學影響的痕跡。若參考都市意象（Urban Image）閱讀不同的事物，如「意識形態、歷史產物、帶有過去的姿勢、階級社會被發展的、改變的強大力量所驅使的結果」，則可探究旅遊者至異國都市的複雜觀感。探討產生這些遊記的論述，有助於理解知識份子觀看物質文化的視角；而藉由作者於異地思索的面向，能進一步釐析他們跨界後的錯綜心理情緒。臺灣日治時期的遊記，多是殖民時期的文化產品，若干具社經地位的參訪者，在遊山玩水、觥籌交錯之間，也記錄與不同階層人士接觸後的文化省思。《臺灣日日新報》刊載了多位文人的旅外遊記，他們歷經上世紀末紛雜的戰局，以及風起雲湧的武裝抗日，身心受到多重的衝擊；在清、日政權轉移後，至異地旅遊內心多有深刻感受，透過旅遊書寫，表達撫今追昔的感懷，也流露知識份子文化論述的內在意識。這些經過內心思索並沉澱後的思考，轉化成行動力，藉由《臺灣日日新報》媒體公共領域空間的刊載，而得以傳播至知識份子階層。

圖2-11　臺灣歷史文化地圖網頁

有關臺灣文學時空背景資料庫的應用方面，如中央研究院「臺灣歷史文化地圖」（圖2-11），屬於整合性資料庫，結合文獻、地名資料與古今地圖，發揮地理資訊系統的功能，還原了臺灣歷史的空間舞臺。

「臺灣歷史文化地圖」資料庫，不僅以時代區分，又各分山川地形、交通、行政區年代、及主題加以建檔，並開放使用者利用底圖再加以編修。如郁永河於1697年（康熙36年）來臺採硫的遊記，詳載其歷險的經過及對臺灣風土民情的觀察。收錄於此GIS「主題圖」之一的郁永河來臺路線圖，詳細配合《裨海紀遊》文本與行經路線圖，深具空間研究的參考價值。又旅遊文學史研究牽涉許多地名，「臺灣歷史地理資源網——古地圖與舊地名」在臺灣的史地研究中，地名的異稱與變化成為一大難題。故此資料庫將許多舊地名辭書和地圖地名予以電子化，提供使用者簡便查詢地名的歷史，並可進行臺北古地圖的查考搜尋。

有些區域性的資料庫亦是研究外緣背景的參考，如十八世紀後期到十九世紀的《淡新檔案》是1776年（乾隆41年）至1895年（光緒21年）一百二十年間淡水廳、臺北府及新竹縣的行政與司法檔案。在現存的清代臺灣省、府、州、縣、廳署檔案中，《淡新檔案》最具規模，具有研究臺灣法制史、地方行政史、社會經濟史等學術價值。清治時期臺灣的民間社會，因移民背景的緣故，常由於一些利益關係，如水利、土地、農務上的歸屬等糾紛或引起械鬥，官方文書也記載許

多民事上的紛爭，有助於我們理解清治時期臺灣的社會。如有一則1885年（光緒11年）8月24日內容記錄新竹知縣彭達孫，調查鳳山崎頂埔羅、劉兩姓的發生械鬥，呈現事件起因及事後所造成經濟上的損失，顯現臺灣地方移民衝突的背景特色。

　　空間與其他社會文化現象或要素，必須共同一起運作而不可分，尤其是與人的活動密切相關。空間的存在是建立在對於人的客觀性及主觀性活動的描述上，故從旅遊書寫可窺探其內在思想及其思想形成的因素。日治時期的臺灣社會與世界文化的交流日益頻繁，許多文人、知識份子、資產階級透過旅行與異文化接觸，報社記者亦廣泛報導世界新知與各國的文化特色。有些文人以文字記錄旅遊的所見所聞，並將這些旅遊文學作品發表於《臺灣日日新報》、《漢文臺灣日日新報》、《臺灣民報》等報刊雜誌。若以使用資料庫搜尋旅日詩文主題研究的題材，如在地文人林維朝（雲門舞集林懷民之祖父）〈東遊紀略〉系列，刊登於1907年（明治40年）10-11月的《漢文臺灣日日新報》；又如吳萱草（吳新榮之父）數首旅日詩作，刊登於1935年（昭和10年）《臺灣日日新報》。這些作品中呈現當時臺灣文人觀看日本文化與地景的視角，或參觀博覽會的感受以及跨界後的文化衝擊，頗具時代意義。此外，這些報紙雜誌亦刊載許多社會、政治議題，有助於詮釋旅行文學作品中的社會歷史脈絡。如從《臺灣日日新報》資料庫搜尋有關巴黎的報導，議題範圍含括政治、經濟、學術、文化等。其中關於時尚的報導，按時間先後編排有以下數則：1913年（大正2年）〈巴黎之新時尚〉言吸鴉片等時尚流行的社會風氣，1922年（大正11年）〈巴黎婦人奢侈〉強調「務外觀不求內美」的價值觀，1923年（大正12年）〈巴黎女子之時裝〉談及法國女子喜用毛皮為襯、皮皆取豹皮的服飾文化。1926年（大正15年）〈巴黎之淫靡〉則鋪陳關於畫像藥品或春畫淫具等功能，〈巴黎士女之享樂〉刻畫及舞場上的男女跳舞的現象。其他報導尚有〈法國南極探險隊歸

還〉，描述探險學界使命，及製造南極大陸海圖所具科學上之貢獻。
〈俄帝抵法〉則紀錄以公費於凱旋門迎接俄帝，形成萬人空巷的場
面。至於〈里昂及絹布製造業〉則提到里昂設有商業館及絹布產銷情
形。這些日常報導透過平面媒體傳播，提供大眾對巴黎及異文化想像
的參考。

三、旅者與主題的對話：旅遊文學作者的視域

中央研
究院「漢籍
電子文獻」
（圖2-12）
收錄臺灣銀
行經濟研究
室出版的
《臺灣文獻
叢刊》。其

圖2-12　漢籍電子文獻網頁

中，1721年（康熙6年）來臺的藍鼎元，所著《東征集》內容多為公
牘、書稟、及記錄原住民各社風俗。

　　滿族巡臺御史六十七《番社采風圖考》記載清廷如何描繪臺灣原
住族群之圖像，及其社群生活、與漢人交易等資料。又如陳璸《陳清
端公文選》、朱士玠在《小琉球漫誌》等書，亦為官員表達對政教風
俗的見解，或對時局的觀察與議論。亦可參照十七到十九世紀各國探
險旅遊書寫，比較作者的敘述立場（narrative positioning）。不同類
型的遊記表達出對帝國不同的觀感，即使在同一作品中也可能會出現
相互矛盾的聲音，以及遊記書寫所透露出的多元化特質。

　　國家文化資料庫主要整合全國各地的文化資源，並提供全民參與
文化保存的機制及跨領域的平臺，達到有效的累積文化資產（Cultur-

al Heritage）。其功能分為：(一)關鍵字：使用者可依作品類別、人物與團體、時代、地區、及資料庫等類查詢，查詢結果採圖文式排列，依名稱或年代加以排序顯示。(二)特展館：為專題式網站，提供專題內容介紹，目前計有國立臺中圖書館、編織工藝館、臺灣漫畫年史、金門縣紀錄片、文化協會照片、鳥瞰臺灣空照圖庫、柏楊全集、鍾理和數位博物館、孔廟文化資訊網、老照片說故事、賴和紀念館等十個專題網。(三)人物與團體：可依人物與團體瀏覽相關作品。(四)年代瀏覽、地區瀏覽：透過點選地圖上的臺灣各地或選擇亞、美、歐、非四洲的相關地區瀏覽作品。

　　另一個橫跨數世紀辭典類的資料庫，為國家臺灣文學館籌畫的《臺灣文學辭典》，現有三千多條詞條，此資料庫的檢索系統可以依類別瀏覽並查詢。資料庫的學術領域分為：日治時期、古典文學、民間文學、兒童文學、原住民文學、戰後篇、戲劇。這些工具性的文學資料庫系統，皆有助於對臺灣文學史龐多基礎資料的蒐羅，並作為理解的基礎。文學與文化的關係密切，客家文化委員會策畫的「臺灣客家文學館」，包括龍瑛宗、吳濁流、鍾理和、鍾肇政、李喬、鍾鐵民等作家，這些作家到日本、中國等地的空間移動經驗，亦為現代旅遊文學的研究提供若干資訊。

　　國立臺灣大學數位人文研究中心規畫的「臺灣清代官職表——臺衙全覽圖」（圖2-13），據《臺灣地理及歷史‧官師志》，同時參考《臺灣慣習記事之臺灣行政組織表》所建置而成。包含三大部分：(一)行政區域與官職間的樹狀圖：以時間為查詢，起訖時間自1684年（康熙23年）至1895年（光緒21年），列出該時間臺灣行政區域的樹狀圖，繪製行政區域間的階層關係。(二)官職查詢：由年代、最小地名、官職，或輸入年代、概略或詳細官名加以查詢，顯示歷任長官的名稱，可直接顯示該人任官情形。(三)某歷史人物的生平任職情形——人名查詢：直接輸入被欲查詢者姓名。於資料庫中的人名查詢中

圖2-13 臺灣清代官職表網頁

鍵入「黃叔璥」，系統顯示黃叔璥為「直隸大興人，康熙四十八年己
丑進士」，其官名為巡視臺灣監察御史，任職原文則為「康熙六十一
年差留一年（1722）」。黃叔璥所歷任的官職則為《清國史館傳稿
3932號》、又曾擔任太常博士，中央研究院歷史語言研究所《內閣大
庫檔案》所記載的「乾隆13年（1748），江南常鎮揚通道僉事」等九
個官職。於資料庫中的官職查詢輸入「巡視臺灣監察御史」，系統除
說明其職務為統轄全島文武官員，亦列出康熙、雍正及乾隆三朝中歷
任此職人名，起自康熙61年的吳達禮和黃叔璥，到乾隆46年的塞岱和
雷輪二人。

圖2-14 馬偕與牛津學堂網頁

若欲探討十九世紀末期來臺
的傳教士的事蹟與相關的主題研
究，可參考真理大學建置的「馬
偕與牛津學堂」數位典藏資料
庫。（圖2-14）

1872年3月9日加拿大基
督長老教會宣教師馬偕叡理
（Rev. Dr. George Leslie Mack-

ay）登陸淡水，作佈教、教育及醫療工作。擇定淡水砲臺埔小山丘上，興建校舍，並親自規畫監工，1882年校舍建成後，為感念其家鄉安大略省牛津郡（Oxford County）居民的捐助，遂命名Oxford Col-lege，中文名為理學堂大書院，後人稱之為牛津學堂。馬偕以宣教的目的，創立了新的教育制度，而使女性得以接受教育：又自西方引進新的文化、新的植物品種及新的醫療資源，及在大臺北地區建立了60個基督長老教會組織，對北臺灣教會與社會發展有所影響。近年來馬偕相關研究漸增，為因應社會與學術界之需求，真理大學校史館將所珍藏的「馬偕來臺宣教歷年手寫日誌（30份），12本英文版，漢譯本的內容（電子文字檔）、馬偕宣教相關文物以館內珍藏達四百多幅相片，集結以馬偕的生平、教會工作、醫療技術引進、教育內容的改革等歷史相片與文物共約九十多種珍貴資料數位化公諸於世。並架構一永久性的專屬網站，作為馬偕研究之學術資料彙總結集之處，以探索此一基督宗教歷史傳承以及其對社會的互動關係。

　　此數位典藏資料庫，提供有關十九世紀末年來臺的代表人物的珍貴史料，且建置「馬偕行腳導覽GIS地理資訊系統」的旅行路徑的資料，將當時利用徒步、乘船、搭火車等方式在臺的宣教路線，一一繪製出來。馬偕遠從加拿大來臺的主要目的在傳教，在醫療及教育上也對臺灣有所影響。他在回憶錄提到醫療使得更多人接受其傳教，並因此改信基督教，且向親友作見證。為了使學生日後成為偕醫館的助手，馬偕於1882年牛津學堂的課程中，除了教授神學，亦教導解剖學等醫學。馬偕不只長期移居臺灣北部，更曾多次接觸噶瑪蘭、道卡斯、阿美、賽夏等族的原住民，他的旅遊日記透露臺灣原住民語言、傳說及風俗的重要史料。許功名主編《馬偕博士收藏臺灣原住民文物》除了附照片解說馬偕的收藏外，亦收錄林昌華〈馬偕與臺灣山地原住民的第一次接觸〉、胡家瑜〈馬偕收藏與臺灣原住民印象〉等論文，呈顯馬偕相關研究成果。資料庫所蒐藏的馬偕這些田野行旅紀

錄，不僅可提供理解他個人行旅主題研究的時空背景，更是探討其觀看臺灣的方式，同時亦可作為研究臺灣教育史、醫療史或原住民文化的參考。

　　所謂機構典藏（Institutional Repository, IR），是指一個機構（大學）將本身的研究產出，如期刊及會議論文、研究報告、投影片、教材等，以數位的方法保存全文資料，並建立網路平臺，提供全文檢索與使用的系統。除各校本身系統外，並建立共同之臺灣學術機構典藏（Taiwan Academic Institutional Repository, TAIR, http://tair.org.tw）入口網站，作為國家整體學術研究成果的累積、展示與利用窗口。

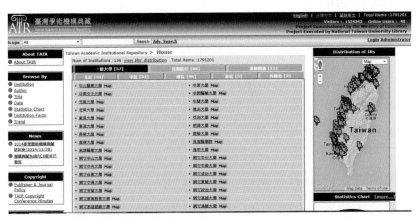

圖2-15　臺灣學術機構典藏網頁

　　若以「旅遊」為關鍵字，可查詢到有329筆相關資料，其中以生物資源暨農學院此社群的73筆資料最為豐富，點選進入後可看到資料多為旅遊規畫與觀光效益之相關研究論文。「網站典藏（Web Archives）」主要致力於「選擇（Select）」、「蒐集（Collect）」、「保存（Preserve）」原始性網頁資料。「臺灣大學網站典藏庫」收錄內容及典藏範圍除臺大相關網站外，尚有政府機構網站、教育學術網站、藝文相關網站以及族群相關網站，包括原住民、客家、臺灣各

宗親會網站及婦女團體、少數民族、弱勢族群，又收錄非營利社團網站，包括職業公會及工會、慈善團體、宗教團體（含臺灣傳統民間信仰及民俗團體）、其他非營利社團等。此外，更設定重大事件和重要人物二類爲計畫典藏重點。試以「旅遊」爲關鍵字，內容多爲各式旅遊的資訊，如：主題旅遊、生態旅遊等觀光的相關網站及路線規畫等資料。

· · · · · · · · · · · · · · · · · · · ·

　　旅遊最終目的在於認識與回到自我，因而使個人的生命經驗更爲豐富；旅遊體驗也是一種主觀的感受，個人的理解實來自旅遊過程的觀察、交流與哲學思索。旅行是空間的移動，空間移動展現於文學書寫之中，因而透顯創作者新的空間記憶。人若離開安穩的居所，暴露於外界劇烈的改變中，將易於察覺周遭世界的異質性，而必須改變自身的對應方式，因此與外在世界產生緊張關係，也呈現新的世界觀。臺灣日治時期旅外遊記的數量龐多，分別刊載於當時的報紙、雜誌。這些旅遊書寫呈現作者受到新時代的衝擊，以及觀看異地物質與精神文化的視角；也牽涉到空間移動、風土再現、記憶及認同、帝國與殖民心理機制、漂泊與離散等概念。若經由分析作者跨界旅遊差異的心理機制，則可詮釋因旅遊而發展出的比較國際觀及文化批判。

　　就廣義旅遊的動機而言，出外遊歷的原因雖然各有差異，包括高度的自我實踐，個人的利益；或爲了政治性的、意識型態的、智慧性的本質，甚至於經濟的利益。這些旅遊的因素之所以會不同，通常取決於不同社會的環境，以及所反映的經濟和政治層面。遊記有助於理解作者的現代性體驗，如林獻堂遠至歐美，與臺灣相隔一大段空間距離，更容易感受到傳統與現代思潮的衝擊。筆者曾帶領學生至霧峰參觀林獻堂文物紀念館，目睹一些手稿、檔案及文獻，並訪問家族後

代，實有助於進入研究情境。今藉由資料庫蒐集代表性文人的旅遊書寫，並分類歸納外緣背景的檔案文獻，且參照田野資料，應有助於深化臺灣文人旅遊與文化主題的研究。目前許多資料庫具有全文（Full-text）檢索、詮釋資料（Metadata）檢索等功能，使人文研究者在蒐覽引用、解讀史料的過程中，獲得即時、便利而極具效率的協助；且許多資料庫可下載翻拍或掃描後的文獻影像檔，提供研究者珍貴的史料。臺灣旅行文學及長期積累的文獻，若能加以數位典藏並建置資料庫，則能增進資訊蒐集的效率；應用資料庫搜尋相關史料，將增加對旅遊文學史主題研究的認知。

　　隨著資訊技術的日益精進，資料庫的檢索功能與附加檢視工具，能呈現多種資料的相關理路，如各式圖表、檢索結果呈現模式、檔案關係圖等，不但將龐雜的資料歸類，更可提供多元的研究面相與切入角度。此外，不同的資料庫間會因收錄文獻史料，以及建置者觀念取向的差異，而造成資料庫功能上的差別，並影響使用者應用資料庫的方式。如欲研究文學與空間的關聯，資料庫的功能則需提供文本中有關空間脈絡的分析，如詞頻、各種功能性的地圖或在空間中加入時間脈絡等。爲了探討有關資料庫網路資源於旅行文學與文化的查詢與應用，本講從旅遊文學的時間脈絡、空間移動以及旅者與主題的對話，探討資料庫提供哪些旅遊文學作品及其背景的研究素材。同時，期望以臺灣旅行文學與文化的角度爲例，推廣人文資料庫的學術價值，並從使用者的需求分析多重應用的面向，而能作爲未來相關資料庫建置的參考。

參引資料庫一覽表

資料庫名稱	網址	建置單位
臺灣清代官職表（文官）	http://thdl.ntu.edu.tw/Career_tb/index.php	臺灣大學數位典藏研究發展中心
漢籍電子資料庫《臺灣文獻叢刊》	http://www.sinica.edu.tw/~tdb-proj/handy1/	臺史所史籍自動化室
Formosa——臺灣十九世紀影像	http://academic.reed.edu/formosa/formosa_index_page/Formosa_index.html	Reed Institute費德廉教授主持
馬偕與牛津學堂	http://www.au.edu.tw/ox_view/mackay/default.htm	眞理大學
臺灣記憶——碑碣拓片資料庫	http://memory.ncl.edu.tw/tm_cgi/hypage.cgi?HYPAGE=about_tm.hpg	國家圖書館
智慧型全臺詩知識庫	http://cls.admin.yzu.edu.tw/TWP/index.htm	國家臺灣文學館
閩南語俗曲唱本「歌仔冊」全文資料庫	http://www.sinica.edu.tw/~tdb-proj/handy1/	中央研究院計算中心
楊雲萍文庫數位典藏本歌仔冊	http://darc.ntu.edu.tw/newdarc/darc-frameset.jsp	國立臺灣大學
臺灣民間說唱文學歌仔冊資料庫	http://koaachheh.nmtl.gov.tw/bang-cham/thau-iah.php	國立臺灣文學館
漢文臺灣日日新報	http://tbmc.com.tw	臺灣大學圖書館、漢珍數位圖書公司
國家文化資料庫	http://nrch.cca.gov.tw/cca/	行政院文化建設委員會、臺灣大學數位人文研究中心

當代文學史料影像全文系統	http://lit.ncl.edu.tw/	行政院文化建設委員會
臺灣文學辭典	http://taipedia.literature.tw:8090/	國家臺灣文學館
淡新檔案學習知識網	http://www.digital.ntu.edu.tw/tanhsin/	臺灣大學數位典藏研究發展中心
臺灣歷史文化地圖	http://thcts.ascc.net	中央研究院計算中心、臺灣史研究所
臺灣歷史數位圖書館	http://thdl.ntu.edu.tw/	臺灣大學數位典藏研究發展中心
臺灣日治時期統計資料庫	http://tcsd.lib.ntu.edu.tw/	臺灣大學法律學院「臺灣法實證研究資料庫建置計畫」
日治法院檔案資料庫	http://tccra.lib.ntu.edu.tw/tccra_develop/	臺灣大學圖書館
臺灣好文學網	http://deptitl.ccu.edu.tw/litera-turetaiwan/	國立中正大學臺灣文學研究所、國立雲林科技大學漢學研究所
臺灣社運史料資料庫	http://chilin.lib.ntu.edu.tw/RetrieveDocs.php	慈林教育基金會、臺灣大學圖書館、臺灣大學數位典藏研究發展中心
臺灣大學網站典藏庫	http://webarchive.lib.ntu.edu.tw/	臺灣大學圖書館
臺灣大學機構典藏	http://ntur.lib.ntu.edu.tw/	臺灣大學圖書館

⫸ 延伸閱讀

▍ 項潔、涂豐恩，〈導論——什麼是數位人文〉，《從保存到創造：開啓數位人文研究》（數位人文研究叢書v. 1 ），臺北：國立臺灣大學出版中心，2011年12月。

▍ 王璦玲主編，《空間與文化場域：空間移動之文化詮釋》，臺北：漢學研究中心，2009年。

⫸ 思考討論

▍ 如何運用資料庫增進對於旅遊文學與文化領域的理解？

▍ 請試著透過資料庫廣蒐圖文素材，創作一篇旅遊回憶書寫。

MEMO

 第二單元

臺灣意象：
遊臺敘事的視角與地景

第一章
十七、十八世紀的旅人視角

第三講　採硫之旅：郁永河《裨海紀遊》

> 余向慕海外遊，謂弱水可掬、三山可即，今既目極蒼茫，足
> 窮幽險，而所謂神仙者，不過裸體文身之類而已！縱有閬苑蓬
> 瀛，不若吾鄉瀲灩空濛處簫鼓畫船、雨奇晴好，足繫吾思也。
>
> ──《裨海紀遊》

一、旅遊動機與作者的心態投射

　　《裨海紀遊》堪稱臺灣清治前期遊記代表作，作者郁永河當時
來臺的緣由，因1696年（康熙35年）冬天福建的榕城火藥庫發生爆
炸，致使五十餘萬斤的製造火藥的硫磺盡遭焚毀，清廷責令福建當局
自行補足庫藏火藥。然而福建不生產硫磺，缺乏這製造火藥的主要原
料，原可向日本訂購，但官府又負擔不了高額的費用。後因得知臺灣
北部雞籠、淡水蘊藏硫磺，於是有人建議派員到臺灣採集，郁永河當
時即表示願意擔任來臺採硫的任務。從書中自述「探其攬勝者，毋畏
惡趣，遊不險不奇，趣不惡不快」，可知他天生喜好探險的個性。尤
其是位在海外的臺灣，對於熱愛探奇的他，是個頗具吸引力的地方，

曾言：「余性耽遠遊，不避阻險，常謂臺灣已入版圖，乃不得一覽其概，以為未慊。」於是趁此趟採硫任務，以探索海外邊陲之地。1697年（康熙36年）春天，他帶領王雲森與隨行僕役數人，從福建廈門出發，經金門大膽島、料羅灣、澎湖，於當年2月25日由鹿耳門抵達臺南府城，直到同年10月4日採硫事務告一段落後才離臺。當時原計畫由海路北上，並已購大、小兩艘船，但因來臺已久的浙江同鄉顧敷告知：乘船北上到淡水、基隆，得航行於臺灣西部海岸線的沙洲之間，如遇大風無港可避，可能將遇到擱淺沙洲、或觸礁沉沒的危難。郁永河接受他的建議，改行陸路，因而免除同行的王雲森乘船北上所遇到的海難。更由於選擇此路線，而有縱走臺灣西部海岸平原的機緣，並留下《裨海紀遊》這本十七世紀末的臺灣旅遊文學。

　　郁永河於農曆4月7日率領一行共56人從臺南出發，乘坐牛車沿西部海岸平原北上，經過無數原住民聚落，渡過各式溪流。因大甲溪河水暴漲，困居牛罵社（今清水鎮）十餘日，抵臺北已是5月2日。當他好不容易將展開煉硫的任務，卻在採硫工作進行兩個月後，許多工人感染瘴癘，一一倒臥在床；後來連廚師也病倒，所以連伙食的供應都成問題。7月的颱風又將工寮吹垮，洪水沖毀一切。郁永河只好派船將病倒的工匠遣回福州，中秋節過後福建才又派新成員搭船來臺接續煮硫的工作。直到10月初才煉成50萬斤硫，當時已在臺北滯留五個多月。他曾描述此趟旅程是「在在危機，刻刻死亡」，總計在臺灣雖只有九個多月的旅程，卻以流暢的文筆記錄他此趟生命之旅，及對臺灣清治前期的種種論述。

　　日記體遊記一方面是作者對自然景觀的探索歷程，另一方面是旅遊生活的記敘。不僅刻畫了探險家的人物形象，也表現作者情緒的百感交集。作者對臺灣的地理想像或人文想像的成分濃厚，因此，研究者需關注實像與心像間的差異。看出兩種文化、性格、生活方式的差異，將許多觀察記錄與社會史形成一種託喻的關係，在比擬文化差異

上形成對照景觀，提供蒐藏記憶與歷史的瞭解。遊記式的章法結構，多由紀遊的動機、背景寫起，而至寫景、興情、悟理。所寫包含當地自然景觀的描述，社會民生的反映，亦有創作者的心態投射。臺灣清治時期遊記亦流露出作者羈旅在外的感懷或孤獨感，有時宣揚王朝的「德威」，有時則透露心中所感到的失落，或是文化心理上遠離中心的感受。想像家鄉的景觀，藉心理機制的再現方式，找回心中的理想情境。縱使異地的自然、人文景觀是如此奇特，但是郁永河在遊臺之後，卻感嘆當初為了滿足生性好奇的「旅行慾」，極盼望能至想像中的「神仙」之島一遊，絲毫不憂慮臺灣之旅將經歷種種挑戰；如今竟已轉成「不若吾鄉」的懷鄉書寫。日記體遊記以獨白的形式，呈現作者所經歷的旅程，讀者則透過文本的閱讀而在旁參與。遊記中的作者隨著深入未知領域冒險的同時，也走進內心的自我世界中。從旅行物化、欲求與自我理解的面向，郁永河離鄉的愁緒，及其文化觀，不經意地透露在文字敘述之中。

二、郁永河的西臺灣旅程

　　遊記的作者多兼具旅客及紙上導遊的身分，如遍遊群山萬壑，探訪奇景勝地時，常明確記錄參訪時間、當地氣候、路線規畫或行程安排，如此巨細靡遺的書寫風格，能使讀者在欣賞作品所描繪的自然景觀時，更有歷歷在目的實際感

　　2011年中央研究院人社中心地理資訊科學研究專題中心將《裨海紀遊》時空資訊，運用Google Map API及Flash技術開發名為DynamicMap展示技術，並製作《裨海紀遊》動態地圖（http://map.rchss.sinica.edu.tw/720vr/DynamicMap/）。

　　廖振順老師則運用Google Earth與地理專業知識製作出動態影片解說《裨海紀遊》故事的歷史地理背景（https://youtu.be/lcMntFlk6LU）。

受。如郁永河《裨海紀遊》作者也因親身經歷，故以第一人稱口吻陳述，且記事書寫模式與傳統的方志及筆記文集相仿。

郁永河這趟旅程的空間書寫亦以事件發生的先後而轉換。四月初七、初八日首先約從今臺南市經臺南縣到嘉義縣市，途經大洲溪（鹽水溪）、新港社（新市）、嘉溜灣社（善化）、麻豆社（麻豆）、鐵線橋、佳里興，渡茅港尾溪、鐵線橋溪，黃昏時才到達倒咯國社（東山）。連夜又渡急水、八掌溪，快天亮時才抵達諸羅山（嘉義）。這一帶平埔族聚落中的新港、嘉溜灣、蕭壟、麻豆，號稱鄭氏時期的四大社，荷治時期到清治初期，因近臺江內海，與外界接觸較早，文化變遷較爲迅速。新港早在荷治時期即設有荷蘭人籌建的教堂與學校，並以羅馬字母拼寫新港社平埔語，俗稱「新港文字」。善化也有荷蘭東印度公司設立的「荷語傳習所」。鄭氏時期四大社的子弟能就鄉塾讀書，即具有減除服繇役的待遇。當時郁永河已見他們居處禮讓，勤勞稼穡的情景。4月8日又約從今日的嘉義進入彰化縣境，先渡牛跳溪、山疊溪，經打貓社（民雄）、他里霧社（斗南）、到柴里社（斗六地區），共行走兩晝夜。4月10日渡虎尾溪、西螺溪、東螺溪，到大武郡社（社頭）。11日、12日抵達半線社與啞束社（彰化），又到大肚社，郁永河形容此段旅程是「林莽荒穢，宿草沒肩」及溪澗頗多的景象。

到達彰化以後，郁永河選擇沿海岸線行走，約從今日的臺中縣、苗栗縣到新竹縣市。途經大肚社（大肚），13日過沙轆社（沙鹿）、到牛罵社（清水）。經雙寮社（大安溪北岸）、崩山、大甲社（大甲）、苑里社（苑里）、吞霄社（通霄）、新港社（新港）、後壟社（後龍）、中港社（竹南），抵達竹塹社（新竹）。此路線有多處急流、及茂密的叢林；又遇到大甲溪暴漲，困而不能前行。停滯十天後，又強渡溪河，「濡水而出」、「僅免沒溺」。到後龍見王雲森的船難遭遇，隔天即至海邊沙灘巡碎片，才又再度出發。

圖3-1　渡溪
資料來源：《番社采風圖》第十一圖
「渡溪」，臺北：中央研究院歷史語言
研究所藏

後又沿西海岸到達南崁社（桃園縣南崁），無人煙，郁永河描寫到：「自竹塹迄南崁，八、九十里，不見一人一屋，求一樹就蔭不得。掘土窟，置瓦釜為炊，就烈日下，以澗水沃之，各飽一餐。」他又描寫路上遇到各種鹿類在草原中成群而行。到南崁更是「入深箐中，披荊度莽」，使得衣帽都毀損，以為「直狐狢之窟，非人類所宜至也」。之後他們又緊沿著海岸線，繞過林口，抵達八里坌社（八里）。欲渡淡水河時被成群的飛蟲襲擊，只好繞過雞心礁，駛向淡水港。5月2日在張大的引領下，溯淡水河進入臺北盆地，在關渡平原見到大湖遼闊，無邊無際的景象。

到達北投後，曾越過山巔，探勘硫穴，在原住民的嚮導下，見高丈餘的芒草茅棘，故以側體如蛇般匍伏前進。就在郁永河一行人歷經重重險阻後，好不容易可進行煉硫的工作，沒料到眾人又遭風土病的侵襲。此時作者禁不住發出心裡的感慨：

> 人言此地水土害人，染疾多殆，臺郡諸公言之審矣。余初未之信；居無何，奴子病矣，諸給役者十且病九矣！乃至庖人亦病，執爨無人。而王君水底餘生，復染危痢，水漿不入；晝夜七八十行，漸至流溢枕席間。余一榻之側，病者環繞，但聞呻吟與寒噤聲，若唱和不輟，恨無越人術，安得遍藥之？

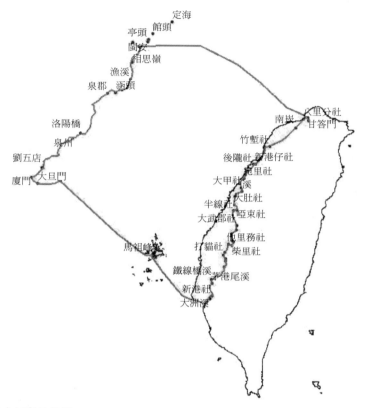

圖3-2 郁永河行旅路線
資料來源：筆者以中央研究院建置「臺灣歷史文化地圖系統」（Taiwan History and Culture in Time and Space）所提供的底圖，結合《裨海紀遊》行經地名圖及閩臺航海路線地名圖，自行加以編製而成

　　這些歷經千辛萬苦的旅行經歷，正可提供人們思考：為何要離開原來安定的居處，而舟車勞頓、風塵僕僕地到異地旅遊呢？從早期游仙想像而遠遊求道的旅遊，到近代著重異地的具體描述，旅遊書寫的風格已有明顯轉變。旅遊者暫時離開了自己原有的社會階位，經由旅途重新體驗生活，重新觀察世界，而獲得新的生命感受、新的體悟，也如游仙者一樣，獲得生命轉化的意義。旅遊者熱中於探險，向體能極限挑戰，或向人類所不知去冒險，本身即表現了超越的精神。

三、民情風俗的參照

　　遊記作者對於異文化的記錄，不僅映照各種觀察角度，並參雜若干主觀想像。十七世紀末期來臺的郁永河在描寫北上行程中所見的民情風俗，並記錄當時分佈西部平原平埔聚落的文化面貌，多以比較參照的方式，考察異地的風土人情。一方面指出原住民文化的獨特性，另一方面也對於官吏的統治採取含混的愛恨交加態度。《裨海紀遊》提到：

> 社有小大，戶口有眾寡，皆推一二人為土官。其居室、飲食、力作，皆與眾等，無一毫加於眾番；不似滇廣土官，徵賦稅，操殺奪，擁兵自衛者比。其先不知有君長，自紅毛始踞時，平地土番悉受約束，力役輸賦不敢違，犯法殺人者，勦滅無子遺。鄭氏繼至，立法尤嚴，誅夷不遺赤子，併田疇廬舍廢之。

　　上文批判荷蘭、鄭氏時期的統治對原住民的衝擊，對身為清治時期遊宦文人的郁永河而言，旅行並非帶給他身為統治階層一員的成就感，而是令他思考異文化的接觸問題。在未有事先計畫的旅程中，經由歷史與現在的對話，或竹枝詞的吟詠、及常民生活方式的記錄，在遊記中呈現異地記憶。在好奇之餘，也流露出文化批判與比較研究的距離。如《裨海紀遊》四月七日記載：

> 歷新港社、嘉溜灣社、麻豆社，雖皆番居，然嘉木陰森，屋宇完潔，不減內地村落。

　　此段在讚嘆平埔族新港社、嘉溜灣社、麻豆社的居處環境之後，

卻又接著批評鄭氏時期所謂的四大社：「然觀四社男婦，被髮不褌猶沿舊習，殊可鄙。」對於屬平埔族中的Siraya（西拉雅族）的新港、嘉溜灣、毆王、麻豆等社，郁永河仍以異於漢族衣飾的打扮爲標準，稱四社衣著爲鄙陋。他又提到：

> 乃以其異類且歧視之；見其無衣，曰：「是不知寒」；見其雨行露宿，曰：「彼不致疾」；見其負重馳遠，曰：「若本耐勞」。噫！若亦人也！其肢體皮骨，何莫非人？而云若是乎？馬不宿馳，牛無偏駕，否且致疾；牛馬且然，而況人乎？……彼苟免力役，亦暇且逸矣，奔走負載於社棍之室胡爲哉？夫樂保暖而苦飢寒，厭勞役而安逸豫，人之性也；異其人，何必異其性？

此即是評論世人以主觀的眼光描繪居住平地的原住民，而忽略他們的眞實感受。雖然郁永河重新審視觀看的角度，正視原住民人性基本生存的需求，然對於高山族原住民仍以想像的筆調，加以異類化。《裨海紀遊》曾描寫：

> 野番在深山中，疊嶂如屏，連峰插漢，深林密箐，仰不見天，棘刺藤蘿，舉足觸礙，蓋自洪荒以來，斧斤所未入，野番生其中，巢居穴處，血飲毛茹者，種類實繁，其升高陟巔，越箐度莽之捷，可以追驚猿，逐駭獸，平地諸番恒畏之，無敢入其境者。而野番恃其獷悍，時出剽掠，焚廬殺人，已復歸其巢，莫能向邇。……不知向化，真禽獸耳！

可見對居住於高山上的原住民，多以刻板的記錄方式來呈現。Teng, Emma Jinhua研究臺灣清治時期遊記時，常見遊宦文人將原住民

視爲與時空脫節的一群，可是其中又混雜著既貶又褒的措辭。作者同時常將原住民描述「高貴的野蠻人」（noble savage），所採取兩種完全不同的歷史觀點，一是認爲原住民文化爲人類歷史演化的早期階段代表。二是採用文化產生退化的過程。所謂：「錯置的時空帶出的雙重比喻，使清朝文人既能表達出對臺灣原住民的欽羨，也表達對臺灣原住民的恐懼。」此外，當郁永河至北投採硫時，同行的人因水土不服大多得病，郁氏於是挑起指揮調度工作人員的任務。但「余既不識侏離語，與人言，人又不解余旨，口耳並廢，直同聾啞」的語言隔閡，再加上颱風、瘴氣等，皆是此行與所面臨的挑戰。於是郁氏感嘆地說：「柳子厚云：『播州非人所居』，令子厚知有此境，視播州天上矣。」終於在十月中旬，完成採硫的工作時，文末發出感嘆之詞：「種種幻妄，皆鬼物也，人之居此，寧不病且殆乎？」他以比較古典文學中的異地描繪，或由風土論而藉以抒發旅行的感受，並表達對異地的認知及對文化差異的感受。

四、異地記憶與情感反應

在臺灣清治時期的古典散文作品中，「遊記」類的文體具有呈現文人對異地的記憶，並透露作者個人文化背景與偏好的特質。這些旅行見聞多以華夏本位的觀點，隨筆記錄旅遊地的自然景觀或人文風俗。旅行者以既有文化經驗，與遊歷地點相比較。如描寫生態皆以臺灣與中國相映：

> 檳榔形似羊棗，力薄，殊遜滇粵……西瓜盛於冬月，臺人元旦多啖之；皮薄瓢紅，可與常州並驅，但遜泉之傳霖耳。郡治無樹，惟綠竹最多，一望猗猗不減渭濱淇澳之盛。惜僅止一種，輒數十竿爲一叢，生筍不出叢外，每於叢中排比而

出。枝大於竿，又節節生刺，人入竹下，往往牽髮毀肌，
莫不委頓；世有嵇、阮，難共入林。……草花有番茉莉，一
花十瓣，望之似菊，既放可得三日觀，不似內地茉莉暮開晨
落，然香亦少遜焉。

又說臺灣的街市「髣髴京師大街」，但卻「隘陋」許多；臺灣的
漢人女子絕少弓足，因此「裙下不足流盼」。然有時則以另類視角讚
賞異地種種，如寫農作物，「秋成納稼倍內地」。抵新港、嘉溜灣、
麻豆社時，見「嘉木陰陰，屋宇完潔，不減內地」。提到社會制度
時，又言平埔族的土官不論在居室、飲食、勞役，都與眾人相當，不
任意將繁雜勞役加在居民身上。「不似滇廣土官，徵賦稅，操殺奪，
擁兵自衛者比。」遊記不只是記載個人旅遊行程或經歷，也呈顯作者
對選擇旅行見聞的材料、組構有所反省。而遊記研究的重點多放在空
間的疏離與移動，探究敘事者的文化主體性、歷史意識、批判距離等
面向上的變動與多元位置，藉此呈現旅行事件及其過程的見聞與衝
擊。為瞭解遊記文本的內在意涵，則需關注於敘事者的修辭、背景、
職業、權力、資源及其限制，才不致於將文化與歷史的差異性抹煞。
若就臺灣清治時期的遊記而言，多不侷限於自然景物的描摹，而是兼
涉對異文化的觀察，且蘊含多面向的文化內涵。如郁永河在《裨海紀
遊》中常夾議夾敘，闡述臺灣戰略與經濟地位的重要；又在觀察原住
民風俗文化之際，提出各種教化的藍圖。

至於遊記中的情感或情緒（sentiment），即旅遊所引發的反應。
如對於當地文明或宗教信仰有於心戚戚焉的道德救贖感（redemp-
tion），而另一個面向是不想征服、變化當地的風土人情（anti-con-
quest）。如郁永河在遊歷了新港社、嘉溜灣社、麻豆社的平埔聚落
後，便自問「余曰：『孰為番人陋？人言寧足信乎？』」具體描繪的
場景破除了早期漢語文獻對臺灣原住民半人半獸的描述；並藉著兩句

簡短的問句，郁永河質疑了過去臺灣論述刻板的形式及內容，改變了道聽塗說的描述風格及野人怪物的意象。他一方面希望重整平埔族的生活方式，希望用更現代、更文明的方式將中國的儒學或精神傳統，加在當地的文化之上，賦予他們某種意義。另一方面也希望透過保留（conservation）的方式，能將人間淨土、自然純樸的異地保留其原始的風貌。如郁永河在描寫平埔族的生活景況時，雖多以想像之詞，與漢文化崇尚自然的人物相類比。如書中所形容：「若夫平地近番，冬夏一布，粗糲一飽，不識不知，無求無欲，自遊於葛天、無懷之世，有擊壤、鼓腹之遺風。」但這種上古日出而作、日落而息，擊壤而歌，及《莊子》「鼓腹而遊」的逍遙境界，也是內在心理對烏托邦樂園的嚮往。在與漢人官吏或「社棍」相對比映襯下，更顯出此種保存淳樸古風的意識。這兩種情感混雜交織，呈現郁氏對十七世紀末葉來到臺灣旅遊的內在情感反應。

郁永河於4月12日過啞束社，至大肚社，他形容「林莽荒穢，宿草沒肩」寫出三百年前臺灣的自然景觀，這種觀察生態的旅行記錄，具有不可回溯的特質。4月13日到牛罵社（今清水），正當大雨過後，「緣梯而登，雖無門欄，喜其高潔」。點出平埔族居住環境的特色。後來又因連日的大雨，溪水暴漲，郁永河一行人只好繼續留在牛罵社。4月17日郁永河想要趁機至附近探險，這時有人提醒他：「野番常伏林中射鹿，見人則矢鏃立至，慎毋往。」但生性好冒險探奇的郁永河仍決定一覽這充滿無限生機與想像的森林：

> 余領之，乃策杖批荊拂草而登。既陟巔，荊莽樛結，不可置足。林木如蝟毛，聯枝累葉，陰翳晝暝，仰視太虛，如井底窺天，時見一規而已。雖前山近在目前，而密樹障之，都不得見。惟有野猿跳躑上下，向人作聲，若老人欬；又有老猿，如五尺童子，箕踞怒視。風度林杪，作簌簌聲，肌骨

欲寒。瀑流潺潺，尋之不得；而修蛇乃出踝下，覺心怖，遂返。

　　在他「批荊拂草」的登山過程中，映入眼簾的是原始林相的面貌。樹枝緊密偎倚，樹葉層層遮天，彷彿從井底窺望天際一般，只見眼中的小圓狀。這種井底窺天的形象描寫，隱喻作者處在人跡罕至的自然造化中，感受到人所知的事物極為有限。郁永河以對比映襯的修辭法表達覽物之情的差異，而且也貼切描繪出人在自然界中情感變化和心理的活動。如：「余榻面山，霾霧障之凡五日，苦不得一覩其麓；忽見開朗，殊快。」他所下榻的地方恰好面山，數日為雨氣雲霧所障蔽，正苦不得一睹山麓的真面目，五日後終於稍微放晴。這種「殊快」感，正是因氣候的變化而引起的心理反應。

>>> 延伸閱讀

▌艾德華・薩依德（Edward W. Said）著，蔡源林譯，《文化與帝國主義》，臺北：立緒文化事業有限公司，2001年1月。
▌Teng, Emma Jinhua, Taiwan's Imagined Georgraphy: Chinese Colonial Travel Writihg and Pictures, 1693-1895, Massachusetts: Harvard University Press, 2004.

>>> 思考討論

▌郁永河對於臺灣的民情風俗有什麼樣的體悟或誤解？在旅程中，他對臺灣的意象有哪些轉變？
▌如果你能遇見郁永河，你會推薦他到臺灣何地一遊？原因為何？

第四講　巡視之旅：黃叔璥《臺海使槎錄》

> 臺灣自本朝康熙間始入版圖，又孤懸海外，詞人學士涉歷者
> 少；間有著為書者，如：季麒光《臺灣紀略》、徐懷祖《臺
> 灣隨筆》，往往傳聞不實，簡略失詳。唯藍鹿州太守《平臺
> 紀略》、黃崑圃先生《臺海使槎錄》，實皆親歷其地，故於
> 山川、風土、民俗、物產，言之為可徵信。
>
> ——翟灝《臺陽筆記》，吳錫麟序

一、黃叔璥的巡視背景與路線

清廷對於臺灣這塊新納入版圖的「蕞爾之地」，初期的施政除了陸續建立行政機構，並以防範爲主要治理原則。防範這個曾是鄭氏治理的小島再次聚集反清勢力，或成爲動亂的根源；也以渡臺禁令來防範成爲犯罪者渡海遁逃的所在。尤其在1721年（康熙60年）朱一貴民變事件後，清廷治臺政策更做了若干調整，黃叔璥便是爲處理朱一貴事件而抵臺。

黃叔璥二十歲時通過順天鄉試，從三十歲中進士後，先擔任太常博士的職位，又任戶部雲南司主事。後調吏部文選司，又經薦擢而成爲湖廣道御史。湖廣地區有苗族、侗族、壯族、瑤族等不同種族散居各處，這種經歷使黃叔璥抵臺巡察各地原住民聚落時，能特別注意到各族風土民情的特色。

臺灣發生朱一貴事件後，清廷設立首任巡臺御史，一方面負責稽察官吏，監督朝廷政令的推行；另一方面，安撫百姓，反應地方虞情。黃叔璥與吳達禮獲選爲首任巡視臺灣御史，於1722年（康熙61

年）六月初二抵達臺灣任職，當時叔璥四十二歲，兩人並於一年任期屆滿後，又多留任一年。

　　從《臺海使槎錄》得知黃叔璥一行人多在臺灣西半部平原巡視。他們從臺南府城出發，先至朱一貴事件的原發據點，即位於附近東郊的羅漢門（今高雄內門）巡視。再沿北路而行，仲冬時經過斗六門社（約於今雲林斗六），後來到達沙轆社（臺中沙鹿）後，才又回到臺南府城。1722年（康熙61年）11月經過斗六門時曾寫下詩句，描寫臺地植物在和煦溫暖的氣候下仍旺盛生長的情景。至半線社（今彰化市附近）則寫一詩描繪貓霧捒（Babuza）族女子盛裝赤足歌舞，而男子則在鼓聲中奪旗賽跑的場景。到位於今臺中沙鹿附近的沙轆社後，則另稱此地為「迴馬社」以紀念北巡至此而迴，並詳加描繪巴布拉（Papora）族的表演藝術。至於南路則主要巡視武洛社，又到搭樓社（兩社約處今屏東里港）及上澹水社、下澹水社（兩社約處今屏東萬丹）、放索社（屏東林邊）等地，考察西拉雅的支族馬卡道（Maka-to）族社學的情況。當黃叔璥巡視時沿途必經過許多聚落，但因《臺海使槎錄》的寫作體例為條目式的筆記，而非以按日記載、詳列巡行地名的方式呈現，所以圖4-1「黃叔璥巡臺主要路線推測圖」僅先據書中所載作者於各地的見聞，標出巡行臺灣的主要路線。

淡水社（淡水）

竹塹社（新竹）

吞霄社（通霄）
大安溪
沙轆社（沙鹿）
半線社（彰化市）　阿束舊社
　　　　　　　東螺社（埤頭）
貓兒干社（崙背）
斗六門社（斗六）
諸羅山社（嘉義市）

府城（臺南市）
　羅漢內門（內門）
搭樓社（里港）武洛社
上淡水社下淡水社（萬丹）
放索社（林邊）

圖4-1　黃叔璥巡臺主要路線推測圖

資料來源：筆者與朱瑪瓏合作，以中央研究院「臺灣歷史文化地圖系統」所提供的底圖，再應用日治時期「臺灣堡圖」疊合後，加以編製而成

二、黃叔璥的巡臺記——《臺海使槎錄》

　　黃叔璥對歷史文獻的蒐羅極為重視，當他獲知即將就任巡臺御史一職時，即對散見在地理類等典籍中有關臺灣的記載，隨時加以蒐羅採擇。黃叔璥整理蒐羅到的臺灣文獻時，見到有些疏略不備、或傳

圖4-2 《臺海使槎錄》書影

聞失真的情形，於是興起寫作《臺海使槎錄》的動機。因巡臺御史的任務之一是到各地巡視，所以黃叔璥觀察到臺灣自然山水的奇特，也目睹原住民的生活習慣，及清初移民社會的風俗。他不但記載了臺灣特產的花果、物種與環境的密切關係，若遇及不甚了解處，則詢問多人後再登錄於書中。並曾選擇二十餘種，要求畫工將這些特產畫下來；再考證其種類，仔細辨別其色味。這些圖中所畫的二十幾種花果多是中國大陸內地所沒有的，可惜今圖與考皆失傳。

在巡臺的期間，黃叔璥也留心蒐羅各地歌謠、俗諺、童謠，這些歌謠是民間在實際生活中概括出來，在簡短的語句中，蘊含傳統習俗的菁華與生活智慧。黃叔璥還將這些生動的語言應用於文章中，使得他的散文更豐富多采，更富於表現力。如在〈赤嵌筆談〉「形勢」一目提到：

安平、七鯤身，環郡治左臂；東風起，波浪衝擊，聲如雷殷。諺云：「鯤身響，米價長」；謂海湧米船難於進港。

「七鯤身」為安平城旁由沙岡組成的七個小島，當浪濤洶湧，拍擊如雷的聲響時，載米的船難以於港灣行駛，如遇及颶風，更使船期延誤，而造成米價的高漲。

平埔族於祭典時，常聚集社民暢飲，到酒酣時則相攜而舞，並一面高唱部落所傳的歌謠。《臺海使槎錄》在臺灣文學史上的一大意義，即在於大量采錄平埔族的歌謠。黃叔璥指稱每首歌謠的方式為：

先寫出採集地的社名，再附加上歌謠的內容、性質而命名。如「諸羅山社豐年歌」，即指出了此首原為洪雅族的諸羅山社（今嘉義市）的歌謠，而其性質則屬祝年歌，多有祈求年年豐收的作用。以下依張耀錡〈平埔族社名對照表〉中的資料，以呈現〈番俗六考〉所采錄平埔族各社歌謠的情形：（參見表4-1）

表4-1　〈番俗六考〉采錄平埔族歌謠一覽表

族稱	社名	約處今位置	歌謠名稱
Siraya 西拉雅族	新港社	臺南市	別婦歌
	蕭壠社	臺南北門	種稻歌
	麻豆社	臺南麻豆	思春歌
	灣裡社	臺南新化	誠婦歌
	大傑嶺社	高雄岡山	祝年歌
	大武壠社	臺南大內	耕捕會飲歌
	上澹水社	屏東萬丹	力田歌
	下澹水社	屏東萬丹	頌祖歌
	阿猴社	屏東市	頌祖歌
	搭樓社	屏東里港	念祖被水歌
	茄藤社	屏東東港	飲酒歌
	放縤社	屏東林邊	種薑歌
	武洛社	屏東里港	頌祖歌
	力力社	屏東東港	飲酒捕鹿歌
Hoanya 洪雅族	哆囉嘓社	臺南新營	麻達遞送公文歌
	打貓社	嘉義民雄	番童夜遊歌
	諸羅山社	嘉義市	豐年歌
	大武郡社	彰化員林	捕鹿歌
	二林社（注1）	彰化北斗	納餉歌
	南社	雲林崙背	會飲歌
	他里霧社	雲林斗南	土官認餉歌
	斗六門社	雲林斗六	娶妻自誦歌
	南投社、北投社	南投市、南投草屯	賀新婚歌

Babuza 巴布薩 （貓霧捒）族	東螺社、西螺社	彰化埤頭、雲林西螺	度年歌
	阿束社	彰化市	誦祖歌
	半線社	彰化市	聚飲歌
Papora 拍瀑拉 （巴布拉）族	大肚社	臺中大肚	祀祖歌
	牛罵社、沙轆社	臺中清水 臺中沙鹿	思歸歌
	貓霧捒	臺中市南屯	男婦會飲應答歌
Taokas 道卡斯族	崩山八社（注2）	臺中大甲 苗栗苑里、通霄	情歌
	後壠社	苗栗後龍	思子歌
	竹塹社	新竹市	土官勸番歌
Ketagalan 凱達格蘭族	澹水各社（注3）	臺北淡水一帶	祭祀歌

三、黃叔璥旅行所見平埔族之文化樣貌

　　《臺海使槎錄》為黃叔璥於十八世紀初巡臺期間，觀察臺灣各地文化的特徵，作成系統性的記錄，藉由此書所論及的文化主題，所反映出居民的生活方式、價值觀與宗教信仰等，探討這塊土地所蘊含豐盈的文化特色。

(一) 平埔族之生產活動

1.狩獵為主

　　狩獵為早期平埔族生產方式之一，尤其十七世紀以前臺灣草原上麋鹿成群的自然環境，使得鹿群成為最重要的狩獵來源。平埔族於鹿場上的三面縱火，留一面任困獸走避，然後攜犬追擊的狩獵方法。《諸羅縣志》言：「番婦耕穫、樵汲，功多於男，唯捕鹿不與焉。」

可見平埔族由男子擔任捕鹿工作。

《臺海使槎錄》亦記載了平埔族各社有關鹿的歌謠，如新港社（Siraya西拉雅族）別婦歌，大武郡社（Hoanya洪雅族）「捕鹿歌」，他里霧社（Hoanya洪雅族）「土官認餉歌」，東西螺（Babuza貓霧捒族）度年歌，大武壠社（Siraya西拉雅族）耕捕會飲歌，二林、馬芝遴（Babuza貓霧捒族）、貓兒干、大突四社（Hoanya洪雅族）「納餉歌」等，可見捕鹿在平埔族日常生活中的普遍性。

2.採集水產

平埔族水產採集主要在河川，魚為平埔族蛋白質營養的重要來源。採集的技術包括射刺法、網漁法、魚籠法等。《番社采風圖考》也描寫平埔族善於用鏢鎗射魚的情形。「上鏃兩刃，桿長四尺餘，十餘步取物如攜。嘗集社眾，操鏢挾矢，循水畔窺遊魚噞呴浮沫，或揚鬐曳尾，輒射之，應手而得，無虛發」即是描寫平埔族射魚技術的精湛。《諸羅縣志》除了描寫平埔族善射魚的傳統技術外，更提到：「近亦效漢人撒手網，作竹罩；大小畢取矣。自吞霄至淡水，砌溪石沿海，名曰魚扈；高三尺許，綿亙數十里。潮漲魚入，汐則男婦群取之；功倍網罟。」「網漁法」、「魚籠法」非平埔族固有的捕魚方法，應是受漢人所影響。

圖4-3　平埔族捕鹿圖

資料來源：周鍾瑄：《諸羅縣志》（臺北：臺灣銀行經濟研究室，1962年）

3.適性農耕

考古學界發現臺灣的農耕文化起源甚早，從文化遺址可知西元前數千年即出現原始農耕活動。十七世紀初期臺灣仍多為部落社會（Tribal Society），生產方式以狩獵、捕魚、及從事小規模自給的原始耕作為主。早期平埔族的農耕形態，多以易地耕作的游耕，或隔年休耕的農耕方式進行。栽培作物和東南亞相似，以芋、黍、薯、稻為主，淡北居民常將薯、芋頭埋入燒土中，待熟時挖土取食。有關平埔族的禾稻耕作方法，因臺灣中南部自秋到翌年春季，有為期半年的乾季，此期間砍斷的草經強烈的陽光照射而使草枯萎腐爛，有助於農作物的種植。穀物一經播種，即任其成長，待其成熟，其間不加任何管顧，此亦為熱帶原始農業的通性。

然而平埔族這種自給自足的傳統耕作方式，面對十七世紀以後不斷大批湧來的漢人，已逐漸失去足夠容許游耕的廣闊地面，而不得不改變原來的農耕方式。平埔族從原始的旱田耕作，演變成定居耕作及水稻種植，是因應現實環境所需要。而在耕作的工具上亦受到漢人的影響，從《臺海使槎錄・番俗六考》在「北路諸羅番(一)」新港、目加溜灣、蕭壟、麻豆、卓猴等社，提到：「耕種如牛車，犁耙，與漢人同。」此處所描寫多為接近臺南一帶，居民多是與漢人接觸歷史最久的西拉雅族。《番社采風圖》「耕種」圖中也畫出平埔族婦女背子犁田的景象，作註的六十七提到：「或襁褓負子扶犁。」可見受到漢人影響的平埔族已放棄棒棍的耕種方式，而改用以犁作為耕種的工具。

至於收成時以手摘稻，而不用鐮銍割稻，是因為當時的稻種禾桿高而柔的緣故。稻子收割後，倒懸於住家附近的小屋內，這種房子高出地面，竹墻茅蓋，稱作「禾間」，通風良好，稻穀易乾。平埔族沒有複雜的碾米機器，只使用簡單的木製杵臼，《諸羅縣志》的「春米」圖清楚畫出木杵兩頭粗、中間細的形狀，平埔族以手握住杵棒的

中央，上下舂米的情形。

(二) 平埔族之居處建築

　　平埔族的住屋大體上以土、木、竹為建築材料，因地域的不同，房屋建築大致可分為「平臺式」、「畚箕式」、「干闌式」三種不同的型式。以下參考李亦園的研究，並對照〈番俗六考〉原文，分類列於表4-2：

表4-2　臺灣平埔族建屋比較表

特徵／型式	平臺式	畚箕式	干闌式
建屋方法	房屋建於土石臺基上	依山坡而直接築於地	房屋建於架空木椿上
平埔族名	西拉雅（Siraya）、和安雅（Hoanya）等族	貓霧捒（Babuza）、巴則海（Pazeh）等族	凱達格蘭（Keta-galan）、噶瑪蘭（Kavalan）族
主要分佈區域	南部（臺南、高雄、屏東、彰化、雲林、嘉義）	中部（濁水溪以北，大肚溪以南，臺中、彰化）	北部（基隆、臺北、宜蘭）
〈番俗六考〉原文舉例說解	填土為基，高可五六尺；編竹為壁，上覆以茅。茆簷深邃垂地，過土基方丈。……架梯入室，極高聳宏敞。	貓霧捒諸社，鑿山為壁，壁前用木為屏，覆以茅草。零星錯落，高不盈丈，門戶出入，俯首而行。	澹水地潮溼，番人作室，結草構成，為梯以入，鋪木板於地，亦用木板為屋，如覆舟。
出處	北路諸羅番三（103頁）	北路諸羅番八（124頁）	北路諸羅番十（136頁）

　　〈番俗六考〉以「居處」列為六考的首項，除了詳細記載各類房屋的外貌特徵外，更記錄當時不同屋式於南、北各社的分佈情形，黃

圖4-4　《番社采風圖》「乘屋」圖
資料來源：《番社采風圖》第十圖「乘屋」圖，
臺北：中央研究院歷史語言研究所藏

叔璥對當時平埔族屋室的記錄，可說是範圍極為廣泛的田野調查。

至於房屋的裝飾，「北路諸羅番(三)」提到「門繪紅毛人像」，實為門柱木雕。〈番俗六考〉中則仔細交待了關於建屋的方法及過程，具體呈現出平埔族邀請眾人合力建屋，並備饗宴與族人共享的文化特色。若再與中央研究院歷史語言研究所藏《番社采風圖》「乘屋」圖參看，可知建屋時多先在臺基上削竹邊牆，再把已經完工的屋頂架到墙壁上，三根柱子插於檩上，連同屋頂一起立在臺基上。此即是平埔族建屋過程的特色。（參照圖4-4）一直到十九世紀英籍攝影家約翰‧湯姆生（John Thomson）來臺時，仍可見平埔族的平臺屋型式。

(三) 平埔族之衣飾器用

1.衣飾

平埔族早期的衣飾具有濃厚的南島民族特色，女子主要服裝類型為兩片方布直接縫合的衣服及腰裙。〈番俗六考〉分述臺灣南北諸多不同的平埔族群，多描述其衣短至肚臍，短衫似比長衫還普遍。六十七《番社采風圖》所畫短型上衣也有帶袖有領的，「迎婦」圖的

新娘上衫露出臍眼，而乘
屋、迎婦二圖上穿衣的男
子，所穿的也是腰臍以上的
短衫。迎婦圖寫東西螺、大
武郡、半線的風俗，新娘上
衣的短正與〈番俗六考〉所
述這一帶的「達戈紋」——
以紅紋爲衣，長只尺餘的形
狀不謀而合。整體而言，下
衣形制比上衣簡單。（參見
圖4-5）

圖4-5　《番社采風圖》「迎婦」圖
資料來源：《番社采風圖》第十三圖「迎婦」，
臺北：中央研究院歷史語言研究所藏

　　至於平埔族項飾多以
螺貝、珠子爲主；手臂裝飾
的環鐲則多是鐵或銅的製
品，亦有以貝製成的貝鐲，
此外玻璃珠串亦爲平埔族
常見飾物，較長者可繞項數圈，參加儀式所佩戴，男女不分。平埔族
人並以青色或黑色頭巾包頭，婦女於膝以下胠至踝的部位則束有裹腿
布。可見頸項、臂腕、或頭巾、裹腿等佩飾，亦是平埔族特殊的文化
標識。

　　黃叔璥觀察北路也有穿著鹿皮的，如北路(五)、(七)，以及北路
(八)貓霧捒、阿里史和岸裡等社，皆是比較近於內山的族群。臺灣北
部有時因氣候稍冷，原住民才穿鹿皮衣。至於平埔族以紡織刺繡著
稱，其中尤以巴則海族的織物最爲精巧美麗，比起高山族泰雅、排灣
兩族的織物，實有過之而無不及。李亦園〈平埔族衣飾〉收入《臺灣
大學考古人類學刊》第四期，言及巴則海族的織物大致以苧麻爲基
線，而夾織各種顏色的羊毛線以及獸毛，木斛草等以爲紋飾。平埔族

中作爲挑織花紋之色線大部分爲漢人輸入之各色羊毛線，但其在外來
文化未輸入前則多採用茜草作染料，以染製自搓之麻線。

2.日常器用

關於許多平埔族日常的器具，〈番俗六考〉於「器用」一目常提
及平埔族煮食用的「木扣」，平埔族人用種陶罐作炊具，《噶瑪蘭廳
志・番俗篇・器用》也說到：「用土鍋名曰木扣。」木扣，人類學家
伊能嘉矩記音爲vokkao，爲平埔族用於燒水或煮肉類的罐形器。平埔
族人亦常撿拾海螺，取去螺肉，而以外殼爲碗，可看出平埔族人的器
具取材於大自然的情形。

此外，〈番俗六考〉曾提到北部平埔族如凱達格蘭、及噶瑪蘭的
「蟒甲」或「艋舺」，即獨木舟的音譯字。〈番俗六考〉「北路諸羅
番(十)」附載提到噶瑪蘭族操舟的情形：「蟒甲，獨木挖空，兩邊翼
以木板，用藤縛之；無油灰可艌，水易流入，番以杓不時挹之。」在
獨木舟的兩旁加木板，是爲防遏船體顛覆的原始方法。

(四) 平埔族之生命禮俗

社會中分佈最廣的儀式，都是標示出生命中基本而又不可改變的
關鍵點，雖然各種族強調的重點有顯著的差異，但是出生、成年禮儀
式，以及婚禮與葬禮等，都是普遍存在的生命禮儀。比利時社會學家
梵基尼（Arnold Van Gennep）將此命名爲「通過禮儀」（Rite of Pas-
sage），他以爲這些儀式成立的要素爲人的地位或身分的轉變。以下
即對〈番俗六考〉所提及的平埔族婚姻及喪葬兩種生命禮俗，加以分
項詮釋：

1.婚姻禮俗

李亦園《臺灣土著民族的社會與文化》中云，平埔族在婚禮舉
行之前，常男女兩家互贈禮物，包括各種色麻布、頭飾、螺錢、手鐲
等。如屬於入贅方式，則男子由其親戚送至女家成禮，由女家宴請親
屬及其村人；如屬出嫁方式，則女子嫁至男家，由男家宴請賓客。既

不似漢人的絕對父系社會，也不像民族誌舅權爲重的母系社會；然大體看來，平埔族的女子的社會地位較高。〈番俗六考〉記載平埔族各社的婚姻習俗，婚姻形式雖以男子出贅，女子納婿爲主，但也有一些例外。和安雅、巴布薩：「其俗惟長男娶婦於家，餘則出贅。」道卡斯族則爲：「一女則贅婿，一男則娶婦。男多則聽人招贅，惟幼男則娶婦終養；女多則聽人聘娶，惟幼女則贅婿爲嗣。」可見平埔族婚姻制度複雜，各族情況多有不同。

平埔族少男如鍾情於某一少女，則日夜在少女家前吹奏鼻簫或嘴琴，如少女亦屬意於該少男，即約定日期幽會，互贈禮物定情，未婚男女婚前交往十分自由。男女如果兩相投合，則告知父母，訂婚不擇期，只由男家送物爲禮聘，聘禮主要爲日常用具，或螺錢、布帛、海蛤、珠粒、糯飯等物品爲主。

平埔族迎親時，常見女子坐在眾人擎抬的高架上，六十七《番社采風圖》迎婦圖亦可見具體的景象，題詞註明爲彰化縣東西螺、大武郡、半線等社。（參見圖八）但《番社采風圖》的內容應不限於題詞所指稱的地區而已。男女結婚時，並備酒肉宴請雙方親友，歌舞歡唱。

平埔族離異或私通時，常以酒、粟、或銀爲罰。如：西拉雅族「男離婦，罰酒一甕、番銀三餅。女離男或私通被獲，均如前例。其未嫁娶者不禁。」洪雅族：「私通被獲，投送土官罰酒豕，鳴於眾，再罰番錢二圓。未嫁娶之男女不計也。」哆囉嘓社則於成婚後，男女俱折去上齒各二，彼此謹藏，以表示終身不易。

2.喪葬禮俗

〈番俗六考〉所述平埔各族的埋葬，有三大特色——「多屬室內葬」、「喪期後可另擇新配偶」和「有陪葬品」。〈番俗六考〉所述平埔各族的埋葬，大部分爲室內葬，即埋葬在死者的家屋內地下。逝者大多裹以鹿皮、草蓆或置於棺木內。洪雅族的埋葬方式爲：「置

死者於地，男女環繞，一進一退，抵掌而哭；用木板四片殯葬，竹圍
之，內蓋一小茅屋，上插雞毛並小布旗，以平生雜物之半懸死者屋
內。」可知平埔族埋葬的地點多葬於室內，少數葬於厝邊或山上，只
有洪雅族另蓋小茅屋栽竹圍埋葬。

西拉雅族父母兄弟去世則服一年的喪期，夫死一年後，先自擇
選新配偶，再告知前夫父母及親生父母，而後舉行婚禮。洪雅族則夫
死，婦守喪三月即可改適，要先告知父母，後再擇配。平埔族的陪葬
品多為衣服、器皿、及平日雜物。

(五) 平埔族之宗教信仰

李亦園《臺灣土著民族的社會與文化》認為平埔族相信靈魂的存
在，祖先崇拜是鬼魂崇拜中最發達的一種。平埔各族宗教祭儀，有時
通稱為「祭祖」，大都以祭祖求平安為主要觀念。祭祀時所用的祭品
大體都相同，包括粟酒、糯米飯糕、豬肉、鹿肉、雞、檳榔等。祖靈
祭最後以飲宴和歌舞作結。

祭儀是宗教信仰的實踐，歲時祭儀以粟為中心而展開農耕儀禮，
中間雜有捕魚和狩獵活動，農耕儀禮中有播種、除草、收割、入倉、
豐年祭等定時祭儀，求雨求晴等不定時祭儀。阮昌銳《臺灣土著族的
社會與文化》認為每種祭儀的目的多在祈求動植物之繁殖與豐收。

人死則化為靈魂，正當死者為善靈，凶死者為惡靈，善靈可到人
界，能保佑子孫，惡靈留於人間作祟，令人生病或帶來厄運。巫覡被
視為具有神祕能力，據〈番俗六考〉「北路諸羅番(四)及(八)」的附
載，記有秀才莊子洪觀察所得：

> 康熙三十八年，郡民謝鸞、謝鳳偕堪輿至羅漢門卜地；歸
> 家俱病，醫療罔效。後始悟前曾乞火於大傑巔番婦，必為
> 設向。適郡中有漢人娶番婦者，乃求解於婦；隨以口吮鸞、

鳳臍中，各出草一莖，尋愈。番婦自言，初學咒時，坐臥良久，如一樹在前，臥而誦向，樹立死，方為有靈。

伊能嘉矩《臺灣文化志》解釋「向」為一種咒詛，民間相信巫覡能賦與其他物質某種不可侵犯的禁制勢力，有時欲將其禁制勢力運用於漢民的土地侵佔。

(六) 漢官對平埔族的剝削

《臺海使槎錄》詳引1715年（康熙54年）周鍾瑄〈上滿總制書〉指出官吏取之於社商，社商、通事再轉嫁到貧困的平埔族，並在這過程中汲取私利的情形。由〈番俗六考〉「北路諸羅番(三)」附載的歌謠，依照平埔族語言意譯，其中敘述有關納餉的資料為：

大武郡社（Hoanya洪雅族）「捕鹿歌」意譯為：「今日歡會飲酒，明日及早捕鹿，回到社中，人人都要得鹿，將鹿易銀完餉，餉完再來會飲。」

他里霧社（Hoanya洪雅族）「土官認餉歌」意譯為：「請社眾聽說，我今同通事認餉，爾等須耕種，切勿飲酒失時，俟認餉畢，請爾等來飲酒。」

二林、馬芝遴（Babuza貓霧捒族）、貓兒干、大突四社（Hoanya洪雅族）「納餉歌」意譯為：「耕田園、愛好年景，捕鹿去，鹿不得逸，易餉銀得早完餉，可邀老爺愛惜，我等回來快樂飲酒酣歌。」由此可知，漢官統治造成諸多陋弊，使平埔居民的生活陷入困境。

>>> 延伸閱讀

▌ 李亦園，〈從文獻資料看臺灣平埔族〉，《大陸雜誌》第10卷9
期，1955年。

▌ 杜正勝，《番社采風圖題解》，臺北：中央研究院歷史語言研究
所，1998年3月。

>>> 思考討論

▌ 黃叔璥筆下的臺灣平埔族文化，如何改以數位或媒體向當代人介
紹？請舉例說明。

▌ 你覺得黃叔璥的巡訪與記錄，對臺灣有什麼樣的貢獻？

第二章
二十世紀臺灣地景

第五講　自然與人文地景：
　　　　日治時期刊物所載遊記

　　遊記的內容爲作者親身經歷，並以記遊爲主要目的；同時需呈現作者心靈活動，若僅是客觀解說，只能視爲旅遊指南。至於文化地景已成爲世界遺產的新項目，世界遺產公約作業準則第47條提到：「地景展現了人類社會在同時受到自然條件約束及自然環境提供的機會影響下的長期演變過程，以及在連續不斷的、內在和外在的社會、經濟、文化力量影響下的長期演變過程」。臺灣日治時期一些知識分子從事旅遊活動後，將所見所聞撰寫成遊記，這些作品多蘊含自然與人文地景意象，並具空間的廣度與時間的厚度。空間體驗是一種主觀的感受與思索，地景書寫則蘊含作者如何表達自然與人文的互動，以及作品的文化符碼與象徵意義。

　　《三六九小報》、《風月報》所載旅遊散文作者的視角，多流露非官方的位置，且以感官意象再現不同空間的風景。臺灣文社的成立與《臺灣文藝叢誌》的創刊，爲古典文學提供發表的場域；《詩報》提供傳統文人分享創作經驗，並具維繫漢文化的功能，亦有助於日治

時期漢詩文的保存。故本講以這些刊物的旅遊文本加以詮釋。許多臺灣日治時期的遊記收錄於報紙或雜誌中，有些透過特定社群刊物的登載，而流傳於某些知識階層。由於遊記撰寫者寫作習性的異同，於字裡行間常流露觀看外在風景的意識，故可作爲探討某些知識社群與地景的關聯，以及個人或集體價值觀的素材。

一、《三六九小報》、《風月報》中的自然與人文地景

　　旅遊散文中人物的性格，透過敘事形式與作品場景相關聯。如《三六九小報》所載女性作者黃凝香〈浴佛日遊開元寺記〉一文，提到其姊邀請參與開元禪寺浴佛大典之事。她原以讀書不及、無暇遊樂爲理由拒絕，然其姊回應：「夫司馬遷作史，因遊歷而奇；林和靖尋詩，得山水而秀。惟妹之不喜遊，是以見聞不廣，莫怪學問不進耳。」此段爲詮釋旅遊的關鍵句，引漢籍歷史人物司馬遷及林和靖爲例，探討旅遊具拓展見聞及加深學養的作用。此文場景爲開元寺，從探索寺廟的沿革，得知此寺前身爲鄭氏之北園別墅。同時，又藉機了解海會寺（即榴禪寺）浴佛日的淵源。午餐靜享寺中所供應的素食後，聞庭院花香、色艷於桃李，原本欲採摘的衝動，因聽聞其姊誦「好花留與後人看」，才有所省悟，故敘事者的心境爲知性的探索與感性的體悟。就旅行的概念而言，旅行更動一成不變的生活，也允諾旅人在其中得到充電的機會，並到從事不一樣活動的地方。黃凝香此篇旅遊散文運用嗅覺、視覺、味覺等意象，不僅敘及地景沿革，且具歷史厚度，表現人與景的互動；更藉由女詩人與其姐的對話，透露日治時期女性知識份子於此敘事場景的感受，亦表現她們對於旅遊廣義的理解。

圖5-1　《三六九小報》　　圖5-2　《風月報》

　　臺灣在地旅遊散文有關原住民的人文意象，如《風月報》登載李文在〈寒溪觀光〉詳細記述至原住民聚落場景的觀察。李文在於蘇澳見番社入口處的標語寫道：「不得與蕃人買賣物品」等規定。敘事的開端先以「一群蕃童，個個都站立起來。蕃社的入口，有一個禁牌，寫著『蕃地視察須受警官許可』。蕃人的團長騎在馬上喝號令」此類話語，透露警察制度於原住民部落的權威性。作者於此場景鋪陳飲酒的敘事：原住民男性緊握作者等人的手請他們入內飲酒，屋中看到一群原住民男女個個酩酊大醉的面容。又記錄有位躲在床上的原住民請他們品嚐一大杯番酒，雖基於「卻之不恭，受之有愧」而飲用，但內心卻隱藏另一層的想法：「蕃酒乃是蕃人自己釀作，和專賣局製造的酒類氣味不同，所以我們不敢多飲，各人祇飲了一滴而已，好似五穀王試藥湯一樣。」先形容原住民好客熱情的性質，另一方面卻對原住民的醉態和對私釀酒的安全性抱持顧忌的態度。同時，以長篇敘事記述原住民受臺灣總督府教化政策的影響。如此描述原住民美的形象，呈現以視覺意象觀其外貌衣飾、動作舉止或職業，與許多清治時

期醜化原住民的敘事已迥然不同。此文並分析原住民受到殖民政策的衝擊：「照這樣的情形看下去，將來的蕃人，定可與本島人站在同等的地位，可見政府當局的苦心教化的一般了。本島人若不加倍努力，改善生活，將來或者有被蕃人壓倒在淘汰之憂。」此旅遊敘事流露日人對原住民的同化政策的成果，及殖民政策對於部落現代化的鑿痕。作者以讚揚日本殖民統治的視角，觀看此聚落文明化的速度；另一方面，則流露對於教化的肯定與文化衝擊的憂心，為敘事者心境與參觀原住民部落的互涉。

毛文芳於分析《三六九小報》刊物特質時提到：當安排我們生活的宏偉社會和政治理論不必然處於支配地位時，站在流行趨勢的現代場域中，反而更能看到各種混亂而有趣的文化現象。此小報創造了詼諧話語的公共空間，注入情慾感官的享樂窺探，以瑣屑用物拼湊臺灣都會的日常生活版圖，崇仰、質疑、靠攏與砸碎傳統主流的言說，如此歪打正著見證臺灣1930年代的現代性。《風月報》系列雜誌發行的時代較《三六九小報》晚，初期以涉風月為主的編輯取向，後來刊物風格的轉變受到戰爭期影響，亦為日治末期的現代性存留時代軌跡。這些描繪風月場所女子的際遇，或現代女子於職場上的各種形象，反映男性作者群以感官窺視的諸多面向。

敘事研究關注於將敘事的各部分聯繫起來，成為一個具有內在意義的整體。若將敘事研究應用於分析旅遊散文，在選擇、重組或化約的過程中，文本的內容與表現形式傳達作者的敘事位置。旅遊與時間、敘述的關係總是豐富又離奇；旅人總是被地圖、旅遊指南等所限制，卻忘了存在的方式。時間是旅遊所能給予的一部分價值，旅遊度假給人的「暫停」，帶給人們在無法輕易扭轉的時間軸中獲得喘息。旅遊藉由異地的陌生感讓一個人能夠集中注意力、擴展視野。旅行通常是玩樂以及工作並行，很多關於旅行的書寫，皆透露玩樂的愉悅，以及工作的苦頭，是必要存在的一種拮抗辯證關係；一如工作這樣的

概念，可讓人產生轉變，到了遠方才能更了解自己，也是一個經常被提及的悖論關係（Paradox）。度假時能夠享受到的最自由，透過遠離工作來再造自我，同時可以在旅遊時光中發揮創意，更可以脫離歷史對人們的苛求。《三六九小報》及《風月報》所載旅遊散文，即是再現一種暫時脫離平日時間束縛的體驗。

　　綜觀《三六九小報》及《風月報》刊載旅遊散文活動的類型，以訪友、賞景、休閒為主，包括在地書寫如臺灣分為北、中、南及東部等。此類刊物以休閒為主要功能之一，故收錄於此的旅遊散文亦呈現不同於《臺灣日日新報》及《臺灣民報》的風格。本講探討刊登於《三六九小報》及《風月報》的在地旅遊散文，多以感官意象再現空間移動的經驗，作者將旅途中的地景意象化為文字，而呈現地方感。雖引用漢籍典故的文化意象，卻藉由具體刻畫臺灣的山水，而巧妙為在地化的風景發聲。

　　地方與空間的差異性是由相互定義所展現出來的，一個地方如果安全穩定，則令人感到自由開闊；反之，則會讓人感到恐懼。空間是動態的，地方則是靜止的。運用旅遊書寫的方式，確切的表達出本身的意識型態與感覺，也定義出地方性。在地旅遊的書寫多體現出對於臺灣山川的讚嘆，主要從景物的現實情況著手描繪，成為讀者想像的實景，因此多數為凝視山水之美的作品。旅人在與他者的種種感官接觸中，有時表現出自我的展演。當身體徜徉於外在世界，則是直接體驗世界，並且表達代表社交、差異、意識型態與具意義的感覺。本講所探討於人文風景的視角方面，這些文本細描風月場所女子的際遇，或現代女子於職場上的各種形象，反映男性作者群以感官窺視的諸多面向。除此之外，這些旅遊散文隱含日人對原住民同化政策及現代化的鑿痕，或流露對於教化的肯定與文化衝擊的憂心。旅遊散文亦透露日治時期女性識字階層的形象，表現她們對於旅遊意義理解的廣度。此外，刊物主編藉由旅遊論述，塑造臺灣文化界人士形象並自我定

位。本講試圖將「感官↔記憶↔藝術創作」之間的關聯性，應用於詮釋這些旅遊散文，以理解作者如何透過文本再現個人感官經驗。爲探討在地與跨界敘事的感官意象，故以刊物所載旅遊散文爲研究素材，分別詮釋在地風景的感官體驗與記憶的再現策略。另一方面，則從刻畫女子的形象、場景與敘事者心境的互涉等層面，分析與旅行敘事的人物與場景等議題。綜觀臺灣日治時期的旅遊散文多運用各種表現手法，流露地方感及文化批判，並蘊含旅人於特定時空情境的記憶。

　　《風月報》的前身爲《風月》雜誌，1935年（昭和10年）由臺北大稻埕一群文人發刊，1937年（昭和12年）更名爲《風月報》。1941年（昭和16年）爲配合日本南進政策作宣傳，又改題爲《南方》，復改爲《南方詩集》月刊。對於具地方感的人來說，家鄉是富親切感、安全感、混合記憶、生活和情感的地方，日治時期島內旅遊散文常呈現作者以感官體驗風景的敘事。多數人將自身的家鄉視爲世界的中心點，因爲相信自己處於中心，因此鄉土具有無法取代的特殊價值。中心感是由不同的座標所圍繞而組成的幾何圖，家鄉是當中決定空間體系的中心。在地的風景爲組成鄉土的重要元素，描繪類似座標的山水名勝形同傳達了在地的空間體系。舉例而言，《風月報》所載石生〈碧潭遊記〉，即是作者爲傳達地方感而細描北部著名的碧潭景觀，並將視角延伸至古亭村、南荣園、臺北帝國大學、水源地的公館、蟾蜍山、景美圳、瑠公橋及指南宮等地景。高文淵不僅著重寫實的創作風格，亦透露注重國民健康的概念。另一篇北部的旅遊散文，爲吳漫沙〈雪後記遊〉描繪草山地景；至於書寫東部的地景，則有吳漫沙〈東南浪跡〉、黃文虎〈花蓮鱗爪記〉等。

　　《風月報》收錄旅遊散文代表性的作家之中，以高文淵的作品質量皆可觀，如〈清明前二日遊苿公坑記〉、〈遊關子嶺記〉、〈登紗帽山記〉、〈阿里山遊記〉、〈遊臨海道路記〉等篇。高文淵於日治時期曾爲高山文社的社員，平日與社員多所唱和。他在《風月報》

所撰〈登紗帽山記〉，提及「不登山，不健康，近時衛生家之語」。
強調登山可以鍛鍊身心體魄，以「一次登臨，可消積日抑鬱」，說明
登山具舒緩心情的益處。作者又敘及於山上一亭俯觀當時的臺北城、
大稻埕、艋舺三足鼎立之勢，謝雪漁評論此文：「敘事詳明，寫景周
到。筆情綺麗，文有賦心。」誇讚此篇寫景敘事的文字功力。

　　高文淵的旅遊散文多應用感官意象，如視覺意象、聽覺意象、嗅
覺意象、觸覺意象、味覺意象等，以加深讀者對地景的印象。高文淵
〈遊臨海道路記〉即是以視覺意象，呈現蘇澳至花蓮東海岸的特色。
他自蘇澳出發，經臨海道路往花蓮，途中望見前清砲臺軍營、南方澳
及龜山島等地景；天清時，甚至可見沖繩與那國島。經宜花交界處
時，形容此地「展眼非石即海」，著重於斷崖萬丈、高聳雲霄等壯闊
景觀的描寫。先寫斷崖，復寫海景，石之嶔崎與澎湃波濤一動一靜，
相互映照，呈現視覺與聽覺意象。於記錄清水、太魯閣、新城、美崙
至花蓮港街等遊歷地景方面，則多以移步換景的表現手法營造意境。
高文淵另一文〈遊關子嶺記〉則留意當地住民對居處環境的關懷，文
中言：「居民為保護風景，處處豎有木牌，揭以花木互相愛護之標
語。」更顯現作者對環境細心的觀察，而使此類刊登於公共媒體的作
品，隱含宣揚地方意識的作用。學者歐麗娟的研究提到中國歷代文學
作品常以桃花源為理想境界的象徵，此種樂園建構，是凡人不易到達
的境地，卻又在人間之中。高文淵形容此處「儼漁父之入桃源」，應
用漁夫進入桃花源的意象，將從隧道、小橋初入關子嶺等情景予以聖
地化。《風月報》另一篇引漢籍的文章為吳漫沙〈東南浪跡〉，此文
紀錄他於東部旅行的經歷，先鉅細靡遺描繪於清水斷崖聆聽蟬鳴，又
書寫車行崎嶇壯絕而狹窄的道路之中，令人提心弔膽的記憶。他至太
魯閣口將此地比擬為「桃花源」，而發出欲常住於此的慨嘆。此文以
聽覺意象記錄臺灣東部夏季風景，又以視覺意象呈現海岸公路的險
境，再鋪陳通過考驗而豁然開朗的視野，呈現世外桃源的在地化。學

者石守謙的研究指出桃花源意象化的過程中，存在著多元變異的可能性，此意象在東亞的出現，提供形成共相的基礎，但各地所處之文化脈絡也同時形塑面目獨特的在地身分。臺灣旅遊散文作者高文淵與吳漫沙等人暫離喧囂的都會區，將關子嶺、太魯閣等名景連結桃花源的意象，並具體應用此套語修辭刻畫臺灣的山水，而形成在地化的風景書寫。

　　高文淵〈阿里山遊記〉描寫吉野櫻開花時節，漫山櫻花與高大檜樹互映。此外，旅遊散文的語言特色亦顯現於翻譯或「番易」的表現手法，如描述旅途所經驛站，多以「番音」譯成漢字，並提及奮起湖命名由來：「山形如糞箕，以其名不雅，故易爲諧音異字。」作者一方面記錄漢字如何滲透原住民居處的自然環境；另一方面，則又以原始修辭形容此地似「世外仙境」。文中形容「春光映照櫻花，開時有如雲彩炫目；斜陽在山，聽雲濤之暮吼而萬籟無聲」，此段運用光影、色彩技巧，將視覺融合虛擬的聽覺意象。另一視覺意象爲曉光中登祝山觀日出，高岳崢嶸直出雲海之上，作者形容：「雲影瀰漫，重疊於下，有似萬頃之波濤」，以櫻花、雲海爲視覺焦點，將阿里山之旅比如遊歷仙境，更勝於東坡遊赤壁所見之名景。1930年代臺灣一般大眾多趁春節假期前往郊外踏青賞櫻，滿植櫻花的山野成爲觀光勝景之地，且因殖民者大量栽植而形成景觀的變遷。文人旅遊散文的櫻花意象，著重於氛圍的鋪陳，賦予旅遊風雅氣息。此文所述的阿里山山櫻爲臺灣原生特有種，不同於霧社櫻或草山櫻，日治前期被託寓意象或作於詩歌；然而殖民者引進日本內地櫻後，臺灣原生種重新被「看見」。因觀光的制度是在近現代的文脈下成立的，與帝國的關係密切。如山岳活動熱潮由政府推動，「國策旅行」與鍛鍊心身、森林鐵道之開發有關。就臺灣觀光政策而言，阿里山鐵道旅行模式大受歡迎，賞櫻團在每年3、4月絡繹不絕，阿里山由經濟場域轉爲具備消費實踐的旅遊地域，賞櫻形式和景點選擇的豐富繁多，皆是阿里山觀光

旅遊在島內的優勢條件。

　　另一位文人石生的旅遊散文亦常引用漢籍典故，如〈碧潭遊記〉提到：「圖繪豳風，鳥雀喧嘩，爲啄餘粟，似慶豐年。以耕以穫，自食其力，實爲可羨。」他援引《詩經》農家耕穫之樂，描繪聽覺及視覺意象。此文又描寫：「到十五分變電所，接日月潭所發電而轉送淡北基隆方面，科學之發達，是此可以知矣。」石生一方面以漢籍詩經遠古純樸的意象，形容臺北郊區的農耕生活；同時，又以變電所紀錄現代化對生活的影響。另一文〈猴山指南山遊記〉則紀錄道：「左有山，而右有溪，綠水潺湲，鷺鷗游泳，倏過埤腹，丁男耕於隴畝之間，自食其力，良足多焉。」亦是保存北部田園生活圖像。又具體提及深坑庄役場、農林學校及猴山之路的景觀：「沿溪流覽，綠樹森森，流水潺潺，道南橋如虹臥波女郎三五，據岸搗衣，砧聲斷續，與鐘聲相和以警醒塵間之人。」有些旅遊散文俱見大自然之形狀、色澤、音響，故而可視、可聞、可觸的現實景象，成爲讀者徜徉的立體實景。這種對於美感的追求，多爲文人不著重於道德實用的桎梏或關注於諷諫，只需將山水之美細膩地描摹入文。刊登於《風月報》的旅遊散文，多與審美態度與逼眞的寫作技巧相結合，產生許多寫實的作品。

　　於山林景觀的描寫方面，〈獅頭山遊記〉作者爲大甲陳蟾魂，曾於1939年（昭和14年）12月28日與役場組織團體一同登獅頭山。除記錄勸化堂、獅岩洞、海會庵、靈霞洞、金剛寺與凌雲洞的風景外，又以細膩的表現手法描繪水濂洞。此具代表性的地景，因水流切割而渾然天成，作者形容「洞之傍，豐草綠縟，佳木蔥籠，大石小石，環其山麓。上有禽鳥，啼於喬木，天然景色，宛如一幅畫圖。上有啼鳥，下有清水，涓涓長流，到此俗心如被清水滌盡。迴環左右，顧而樂之，令人流連忘返。」文風頗爲清晰暢快。另一篇張瀛洲〈水簾洞遊記〉，亦是應用多種感官意象，如視覺意象：「洞前有一條淺溪，緩

流清澄，其水底之石，瞭然可見」，又形容「豐草綠縟，佳木蔥籠，大石小石，環其山麓」，呈現溪流與周遭景觀的色彩、形態及樣貌。於聽覺意象方面：「水濂洞口，水聲潺潺，遠遠即聞」、「上有禽鳥，啼於喬木」，以流水聲與鳥鳴的聽覺意象，具有使讀者感受身歷其境的修辭效果。旅遊文化的內容可以分為三大部分：精神文化、物質文化、非物質文化。當中的物質文化指廟宇、宮殿、園林、山水等人文與自然景觀。物質文化的旅遊是享受藝術與審美的昇華。陳蟾魂運用書寫這些山水景色與視聽上的感官效果，將這種藝術昇華的感受傳達給讀者。

關於旅遊散文與地方感的關聯，人類學家Steven Feld提出「環境感官認識論」（a sensuous epistemology of environments）提供詮釋的參考。他曾解釋感知與地方之間雙重的互動：「當我們以感知去了解一個地方，感知也具有了地域性；地方創造出感知，感知也創造出地方。」說明感知與地域空間的關係。刊登於《三六九小報》及《風月報》的在地旅遊散文，多以感官意象再現空間移動的經驗。旅人對於自然景觀有所認知，並將地景意象化而流露地方感。有些旅遊散文的作者一方面引用桃花源的典故，隱喻人間理想境界；另一方面卻藉由具體刻畫臺灣的山水，為在地化的風景發聲。

簡荷生為使《風月報》能持續發行，故出遊至臺灣中南部親自訪問會員。因這趟旅途有感而發所撰寫的〈旅中隨筆〉提到：「車行如電掣，茫茫阡陌，旋轉後退，余胸懷不禁為之爽然，而嗟嘆宇宙之神秘，人力之無窮，時代進化可不驚人乎哉。吾輩苟不急起直追，將為時代之落伍者矣！余思至此，感慨無量，正在心往神馳，驀然舉頭觀看車中旅客，有一最觸余目者，即有一旅客倚椅閱讀風月報，頓時集中余之思路。蓋際此文明時代，科學昌明之年頭，倘無一二涵養精神之雜誌，陶冶性情，使之向軌道上邁進，則無以挽救時弊，故本報之存續，殊為量大而深有意義矣。」《風月報》此漢語通俗文藝刊物的

普及，內心思緒綜觀簡荷生的論述，一方面憂慮臺灣現代化的步調，對於忽略科學與人文並進的現象提出批評；另一方面，流露呼籲重視人文的意識及宣揚刊物存在的價值。

簡荷生曾至臺中霧峰林獻堂家專訪，以「丰姿標彩，殊不減於昔日，真鶴顏也。」形容此位臺灣文化界代表性人物的外貌與風姿神韻，同時具體書寫與林獻堂的互動，「立即執余雙手，勉勵余須繼續努力，抱定不屈不撓之精神，維持斯文於一線，彼願力為後援」，藉由感謝林獻堂鼎力提供後援的敘事，凸顯人物氣度及風範。他訪問林幼春先生亦受殷勤教導，曾言：「致意本部執事諸君努力，余為感激。」不吝肯定《風月報》編輯的用心，且專程致上感謝之意。至埔里訪問施雲釵先生後，又往臺南拜訪黃欣先生，這位學者會員期勉他盡全力使風月報成為名震中外的刊物並以激勵口吻說道：「各地人士對本報之期待，而今篇幅燦然，可謂欣欣向榮矣。」又訪高雄苓雅寮同善社社長陳啓貞先生，他亦表達願盡力援助刊物的發行。後與屏東詩友會於藍漏秀先生別墅，開擊缽會慶祝：「與余交情深厚，本報亦備受其援助」，同樣也得到藍漏秀先生肯定。在與眾文人賢士先進會面並得到相當鼓勵後，如此的旅遊論述，呈現此位刊物主編的自我定位。這些主編與讀者互動的敘事，與文人旅途所選擇的場景相關。

另一篇〈中南部訪談記〉提到簡荷生為收集文獻及兼理報務，而與《風月報》記者林靜子專程到中南部遍訪會員。作者以具體的話語，描述林靜子具使命感的個性及音樂素養，當會員詢問他們此行目的，靜子回答道：「報務在身，為訪各地讀者，維持斯文於一線；縱有萬難，亦不畏縮。」呈現靜子投入雜誌編輯的用心程度。此外，旅途中見蘭英女士的表演後，靜子的反應為：「又聆聽此音韻，本自有趣。不覺技癢，亦歌幾闋和之。」旁人聆賞後的反應為：「其詞之雅、聲之逸，令人一聽，心曠神怡。」亦是藉由閱聽者的感受，突顯人物才氣。值得留意的是另一位文人鷺村生於〈日誌兩節〉亦表達對

靜子的觀感：「靜子，意其一婀娜少女，及初會時，乃識其爲極老於閱歷社會者。其後，觀其發表于誌上之作，皆係婦女修養之學，則又疑其爲道學家。此夕再會，始知爲未婚之女，曾爲洋裁教師，能詩、能歌、工國語，又精於拳術，奇女子也。」從想像到實際相會，再由文字得知作品關注的主題內容，並刻畫其多才多藝的人格特質。簡荷生與鷺村生皆以靜子爲書寫對象，但表現手法有所差異。前者以對話及表演的方式，呈顯其內在理念及藝術涵養；後者則以想像到現實的落差，活化女子多采多姿的形象及使命感。作者藉由人物於不同場景的反應，表現女子與社會的互動。

二、《臺灣文藝叢誌》、《詩報》中的自然地景

　　旅行的意義是心靈的漫遊、身體的放鬆，不見得要遠走他鄉，藉由生活而延伸旅行的意義，故旅行書寫呈現旅人的「內心風景」。對於具有地方感的人來說，家鄉是個有親切感、安全感、混合記憶、生活和情感的地方。《臺灣文藝叢誌》及《詩報》收錄諸多在地文人於臺灣島內的短篇遊記，且各具作者的地方感。北部文人李碩卿所發表〈鷹石記〉及〈海外洞天記〉兩篇遊記，與所居地樹林、基隆相關。他在〈鷹石記〉開頭先敘述鶯歌地名來由，指出鶯歌因有石形似鷹而得名，並與三峽鳶山相峙，這樣的描述引導讀者想像兩禽各據山頭對望的情景，亦由對命名的詮釋賦予地景意義。此文又進一步描寫鷹石的形象，作者形容：「勢若犄角，風風雨雨，不知幾億萬年，不飛不鳴，不能言，不點首。」這般巨鷹久棲的樣貌，透過以石擬鷹的書寫，活化非生物的石類，而蘊含生命力。鶯歌石聲名遠播，許多騷人墨客皆以此石爲歌詠的對象，此鷹理應自鳴得意；然而此鷹選擇靜棲山林，飢食山果、渴飲湧泉，韜光養晦儲備自身靈氣，待時機而一飛衝天、一鳴驚人。李碩卿以石擬鷹，再以鷹喻人，藉由描寫鷹石

圖5-3　《臺灣文藝叢誌》

圖5-4　《詩報》

闡述爲人之道。他認爲人應如同此鷹，不汲汲於眼前的名利，而是專注在自身的修養與磨練，靜待一展長才的機會。結尾再以地方父老之傳說強調鷹石的靈性，說明此文目的在於使後來的遊客不致輕藐鷹石，並提醒後人勿看輕任何人或物。此位日治時期臺灣北部名儒，於遊記中不忘機會教育，深具勉勵後進之意。文中對於地名之探源、故事之敍記，不僅是地景的描繪，且是再現對地方關懷的表述意義。

　　1922年（大正11年）李碩卿再於《文藝旬報》發表〈海外洞天記〉，所謂海外洞天即現今基隆市仙洞巖，李碩卿爲基隆人，此文相較於〈鷹石記〉具更詳細的地景描述。

其篇章結構先就仙洞得名的緣由加以陳述，另一部分則由兩次實地造訪的記錄組成。「仙洞聽濤」為基門八景之一，李碩卿先形容此地濤聲如在風雨中聽雷，晨夕之際又如聞鐘鼓；接著再寫望月聽風、湃暑乘涼之趣，並指出這些千變萬化的景象皆出此洞，稱之「仙洞」為名副其實。作者第一次實地探訪後，記錄仙洞深不可探，曲身進入約百餘步後，聽到泉水聲並有冷風，內部岩壁或寬或狹無法探盡。洞中石壁上留有騷人墨客的筆跡，欲提燭火照明觀之，卻驚見洞中蝙蝠成群飛出。李碩卿以蝙蝠與遊客的反應，突顯原先洞穴內的靜謐，以蒼龍破壁形容蝙蝠群飛之姿，使讀者有如臨現場的震撼。他又遊左洞，指出左洞洞口狹小，洞內卻寬敞，洞中奇石形如盤如席，奧不可言；然因洞口狹小，至左洞的遊客較少。1916年（大正5年）夏天李碩卿與黃純青再次遊歷仙洞，提到多數遊客皆知主洞而不知尚有左洞，再次強調左洞的隱密。鄉人告知洞內祀奉之佛陀甚靈，李碩卿初不以為然，認為石洞之仙佛皆可人造。不料，卻恍惚耳聞洞中傳出「仙在咫尺，應誠心禮佛」的回音。李碩卿由原先的不信仙，轉變為感嘆自己因為俗人而無法遇仙，呈現他來到仙洞前後的心境轉變，並以陶淵明對桃源洞的欣羨對照自己對仙洞的追尋。文中引用古籍比喻參照，除有桃源洞之外，又以「蓬萊」、「員嶠」等修辭描繪仙境場景。此文引用《後漢書》典故，如相傳海中有神山：「一曰『岱輿』，二曰『員嶠』，三曰『方壺』，四曰『瀛洲』，五曰『蓬萊』。」這些古代傳說東方海上的仙島，正是文人遊記所隱喻的人間仙境。

臺中文人林旭初則藉由〈萊園春遊賦〉抒發個人情志，所謂「慷慨悲歌，感念今昔。」他聯想到王羲之蘭亭宴及阮籍竹林七賢的文人聚會，感嘆「雖極當時之暫歡」，卻隱含內心亙古的憂愁。又以「海山兮蒼蒼，禾黍兮油油，孰知我悲兮，請與吾子同憂」比興的手法，象徵殖民地民眾如鳥久困而悲戚的心境，並以「寧歌采薇」表現世變下的抉擇。人文主義地理學著重有關存在空間的角度，析論如何在其

所建構的園林裡實踐主體意識，使山水木石、樓臺亭閣，因存在經驗
的投射，共同構成一個蘊含主題價值的空間。任何人觀看世界，都能
看到不同人群與不同習俗、信仰構成的巨幅拼貼，是以地景本身就是
一套由人群的活力與實踐所塑造、具有象徵意涵的系統。地景可以解
讀為文本，闡述人群的信念，並表達社會的意識形態，意識形態又因
地景的支持而不朽。文化地景的想像透露出深刻的時間意識，文人透
過書寫個人的觀看，不僅創造出文學地景，也因作者在地景上活動而
顯現其人文意義。萊園為霧峰林家的宅第，亦是臺灣文化協會會員集
聚的人文空間。此文貌似敘春天遊園之趣，實則暗含文協成員內心的
苦悶，並透露欲寄託鬱結之氣於山林的情懷。

　　至於洪棄生〈遊珠潭記〉、〈紀遊雞籠〉兩篇遊記，於寫景的
表現手法上頗具特色。就日月潭這個臺灣著名的地景而言，洪棄生在
〈遊珠潭記〉開首以福建武夷山九曲溪的三十六峰，或甘肅仇池盤
三十六回相比較，突顯珠潭風景的獨特性，闡述堪稱勝景的緣由。此
文記敘自二坪山、土地公祠到抵達水沙連（日月潭）的過程，並以對
仗工整的四六文句，細膩描繪明潭風光。以引用漢籍典故作為表現手
法，如「塵客入之，胡麻失天臺之路；居人聚者，袾离雞犬同武陵之
風」。不僅論及武陵桃花源意象，又以天臺山胡麻飯的故事相參照。
胡麻飯的典故出自《太平廣記》及《幽明錄》，載劉晨、阮肇到天臺
山采藥，沿溪中所見的胡麻飯而前行，無意間竟到達仙境而得與二
位仙女結為夫妻。在此歷經半年，人間卻已過第七世（晉太元8年，
A.D.388），且遍尋不著當初到天臺山的路。洪棄生除了引用漢籍典
故之外，又羅列與珠潭相關的文獻，如臺灣方志、藍鼎元的文集，呈
現歷時性的記載。所謂「憶在曩初，此為蠻窟」，溯源此地為原住民
的居處，又羅列文獻所載：「蓋郡志所謂珠潭、縣志所謂日月潭、國
初藍鹿洲所謂水沙連──彷彿桃源者，即此也耶。」以排比的修辭手
法，呈現歷來日月潭地名變化。地名的更迭說明地誌是一種空間的文

本,提供不斷解讀、詮釋,乃至於重構。地理空間不僅是一種物質性的地景存有,更是一種人文心靈的存有。珠潭在洪棄生的筆下,彷如傳說中的桃源仙境,但同時也是眞實存在的觀光勝地。另一篇關於珠潭的文本爲《詩報》所載朱啓南〈遊日月潭記〉,此文亦以桃花源比擬日月潭。朱啓南不僅以日月潭爲地景,並紀錄此處原住民風俗因土地的開發而迅速變遷,隱晦批判日本殖民政府過於追求現代化,忽略對傳統文化的保存。吳德功〈珠潭浮嶼水分二色魚二種說〉則仿效宋人格物致知的精神,因對潭水有青淺二色,且有淡水魚、鹹水魚並生潭中的現象感到好奇,而以考察旅行的方式觀察當地景。

　　洪棄生〈紀遊雞籠〉提到:「古之雞籠,遠峙海陬;今之雞籠,近倚山扁」及「古以山著,今以港名」,其寫景以古今參照的手法,記錄從山到港的地理環境變遷。同時又結合臺灣歷史事件,如以虎井嶼爲例,此地爲施琅駐兵所在;又描繪獅球嶺地景,想像此處爲中法戰地,因而賦予地景與時空意義。遊記又蘊含與外界交流的軌跡,如回溯明朝時基隆因地理優勢之便,吸引寇盜前往;鄭氏時期貿易的場景,與清治時期福州人移民來臺所居住的街景,今皆已成爲廢墟。遊記中所書寫的同一個地景,因積累長時間歷史感受,而於不同時代中賦予新的意義。《臺灣文藝叢誌》又收錄洪棄生〈遊關嶺記〉及〈遊關嶺溫泉記〉,前者較關注沿途地勢及景物描繪;後者則將描繪重心集中於溫泉,並就關嶺溫泉與南淡水、北淡水及中國福州溫泉,在水質色澤、地理環境上的異同進行比較。兩文中皆就感官體驗加以鋪陳,如將青蒼的苔點喻爲遠方叢林,以白虹擬仿溪水於谷間曲折的樣貌,並用青碧、黃、白等色描繪山巒,呈現鮮明視覺意象;並以火穴、熱流及溫泉自泉眼湧現時「水出如沸」的景象,顯現泉水溫度之高,在關嶺所聞的鐘聲、鶯啼、蟬語,都屬微小聲響,表現山中的空幽靜謐。

　　彰化鹿港人蔡世賢所撰〈遊務滋園記〉,提到受務滋園主人林

耀亭所邀而參加聚會，並細述召開擊缽吟會命題、撰詩及評詩等過程的情景。林耀亭爲臺中廳藍興堡樹仔腳庄（今臺中市）人，其居第名「樹德堂」，東側有庭園名爲「務滋園」，乃採左傳「樹德務滋」之義。巴舍拉於《空間詩學》提到：「當我們與空間取得親密與私密感，無論這種感受是眞實、想像的，都會將這樣的感受加以命名與詮釋，賦予該空間意義。」「樹仔腳」即今臺中市南區樹德、樹義里之舊稱。當年市郊田野樹林叢生，爲炎夏乘涼好去處。林氏天性誠樸，平易近人，所居處築有「務滋園」大宅院，每年舉辦懇談會，與佃戶相處的情形爲在地人士所稱道。「樹德務滋」的原意爲務求更多德政能施行，以此爲園林命名，可說是人際網絡形象的再現，同時也表現一種歸屬感，一種在地的認同。

　　擔任臺南廳臺南女子公學校訓導的許子文，所撰〈訪夢蝶園故址賦〉爲遊訪夢蝶園的敘事。他目睹此園故址，那種「況黍離之抱痛，最愛瀛洲仙島，好爲世外桃源」的感觸油然而生。此遊記亦抒發「樂好山兮遊好水，盡日流連；對古蹟兮憶古人，終身景慕」的心境。此處所指仰慕的人物爲李茂春，此人年少勤奮，力求功名，但遭逢明清政治動盪，投奔明室卻不時爲清軍所迫。李氏隨鄭經渡臺，居天興州東南邑郊永康里，築草廬，種植梅竹、草藥花卉，每日念佛經自娛。好友陳永華爲其寓居取名爲「夢蝶處」，並曾撰〈夢蝶園記〉一文，夢蝶園後經改建又稱爲「法華寺」。「何必夢何必非夢，應知色相皆空。可爲蝶亦可爲周，早識化機之故」，文學具有表意作用，文學作品不只是對客觀地理進行深情的描寫，也提供認識世界的不同方法，並廣泛展示各類地理景觀。因李茂春好佛，夢蝶園流露禪意，此園後來改建爲佛寺，許子文受地景氛圍影響，流露遊記的儒、釋、道思想。

　　《詩報》所載張篁川〈讀鳳凰山石碑記〉，記載藉由觀賞觀南投鳳凰山碑文而感懷歷史事蹟。根據鄉親父老所言，此古碑爲前清總

兵吳光亮開山鑿險時，某軍門所寫的。這些耆老的傳說可信度極高，因鳳凰山古為南亞加萬番社的隘道，為原住民所居地，清治時期總兵吳光亮率隊「開山撫番」。此文為張篁川因感後人逐漸遺忘歷史事件而作。上述兩篇遊記，即是以歷史地景的感染力，強調文化資產保存的重要性。人文地理學者艾倫・普列德（Allan Pred）提到，「地方感」概念的形成，須經由人的居住，以及某地經常性活動的涉入。經由親密性及記憶的積累過程，經由意象、觀念及符號等意義的給予；經由充滿意義的「真實的」經驗或動人事件，以及個體或社區的認同感、安全感及關懷（concern）的建立，才有可能由空間轉型為「地方」。「空間」與「地方」是兩個不同的概念，透過書寫模式討論作者是以「空間」或是以「地方」的概念作為書寫的起點。臺灣多處景點常為旅人書寫的對象，如北部著名的景點碧潭，《詩報》所載蘇鏡瀾〈碧潭遊記〉，即是作者書寫故鄉新店的地景。新店於日治時期歸屬文山郡所，為庄役場的所在地及官衙會社之駐在，而碧潭為臺灣八景十二勝之一，有人以日本嵐山名勝相參照。"The Art of Memory"一書提到：記憶是榮耀而美好的天賦，我們靠它憶起過往的事物，擁抱現在的事物，以過往事物的相似性思考未來的事物。碧潭遊記的作者望著碧潭的水，雖然有時潭面清澈、有時混濁，但憶起父親所言此水可以洗滌纓與足，因而頓悟若安貧知命，最終生命將得以徜徉。蘇鏡瀾的旅行敘事，不僅描繪地景特色，亦混雜關於以往父親話語的記憶，並省思未來應世之道。

又如獅頭山為臺灣十二名勝之首，歷來探訪者眾多，除《詩報》刊載鄭鷹秋〈獅山遊記〉之外，邱仙樓〈獅山勸化堂記〉則同時刊載於《風月報》及《詩報》。竹南鄭鷹秋〈獅山遊記〉詳列勸化堂的祀奉狀況，所謂：「中央乃玉清宮，祀關聖帝君；右為大成殿，祀孔夫子；左為雷音殿，祀觀音菩薩。」所描繪的地景著重儒、釋、道混雜的情境。另一篇為苗栗銅鑼邱仙樓〈獅山勸化堂記〉，他從勸化堂命

名的由來，強調寺廟的教化功能。文中的論述提到：這座明似聖廟，卻不稱為「廟」，而稱「堂」；又加上勸化為名，得知其中存有深刻意涵。強調有心人士因感道德衰微，而欲藉此堂倡禮義、振儒學，闡述獅頭山勸化堂地景的象徵意義。獅頭山為一單面山地形，由於其形狀儼如獅頭，因此得名。自清代以來即為臺灣重要的宗教據點，最早約於嘉慶年間已有漢人進入該地開墾，而到了1895年（光緒21年）桃園人邱大公發現獅巖洞，開始在此集資興建佛寺，成為獅頭山佛教聖地開山的第一人。自此之後，獅頭山地區便以宗教聞名全臺，1927年（昭和2年）《臺灣日日新報》票選列入「臺灣十二勝」之一。在共同的地方經驗上，宗教勝地給予居民一種「超俗」的環境感受，獅頭山即是因佛寺林立，而成為遊客眼中的「聖境」。遊記具體描寫地方景觀，幫助我們認識、愛護、標榜、建構一個地方的特殊風土景觀及其歷史，並產生地域情感和認同，增進社區以至於族群的共同意識。這兩篇關於獅頭山的遊記，即是經由文人持續書寫，而彰顯其他地景意義，並透露地景與宗教所寄託教化的關聯。

　　有別於一般訪山踏水的遊記，《詩報》刊載許丙丁實地至臺南各寺廟抄錄碑文而寫下〈臺南寺廟楹聯碑文採集記〉六篇。此文提到臺南廟宇，大多創自鄭氏時代，後經名紳巨賈重修建築，至今已二百餘年，其間歷經浩劫、震災，毀壞多次。其楹聯碑文皆是出自名人巨儒的手筆，作者認為若聽其湮沒無聞，實屬可惜。所以忙中偷閒親自到當地抄錄，並公開刊登於在《詩報》上，以與同好共享。《詩報》亦收錄張篁川〈讀鳳凰山石碑記〉，作者因觀南投鳳凰山碑文而撰作此文。鳳凰山為原住民所居地，清治時期總兵吳光亮率隊「開山撫番」，碑文紀錄相關事蹟，張篁川因感後人逐漸遺忘而再現歷史，流露漢人觀看此事件的視角。這些印刻於寺廟的楹聯或留存地方的碑文，記載當地的歷史和人文風景；又因凝聚人與地景的記憶，而使其成為一個具有意義的地景。

　　《臺灣文藝叢誌》遊記除了描寫自然景觀外，蔡世賢與林旭初另以園林景觀爲題材，呈現中部文人詩文結社的交誼情形及文風鼎盛的現象。臺南爲臺灣開發較早的地區，儒學與傳統宗教於此蓬勃發展，從許子文與許丙丁的遊記可見寺廟在儒學教化上的影響力。《臺灣文藝叢誌》收錄在地遊記，多以「園」或「名勝」爲主，作者不以感嘆園林的興廢爲主軸，而是強調園林的歷史厚度及與人物的互動。園林地景爲儒者建構的文化空間，文人寄情於此，並以其主體性價值觀的投射，於造形爲園林進行多重造境。如此以園林寄託文人情志的題材，較少見於《詩報》中。在表現策略方面，由於《臺灣文藝叢誌》與《詩報》的作者群在漢學造詣上皆有一定水準，因此典故的挪用於遊記相當常見。這些典故或用以形容地景的樣貌，或用以寄託作者的自我心境，如洪棄生藉由典故描寫日月潭景觀，李碩卿則以蓬萊、員嶠比喻所居地，臺灣彷如是人間仙境。遊記是作者觀看地景後心境的映照，並運用直述地景、挪用典故、或是託景以喻人、詠物或教化，以及觸景生情等表現方式。

　　綜觀《臺灣文藝叢誌》與《詩報》刊載的在地遊記，多展現人生觀與地景間的相互映照，透露殖民地知識分子的憂心，或對於文化保存的關切。因空間移動所觀察的文化差異，爲研究旅遊書寫的核心層面。旅遊文本是透過敘事者的眼睛，看到另一個社會與本地的自然與人文意象的差異，藉由比較、重溫的省察，進一步理解本身境遇，並改變自我的視界。遊記是在社會關係中產生或形成其概念，故透露空間本質的權力與象徵意涵。臺灣文社的成立與《臺灣文藝叢誌》的創刊，爲古典文學作者提供發表的場域；《詩報》亦提供傳統文人分享作品及創作經驗，並具維繫漢文化的功能，實有助於日治時期漢詩文的保存。此兩部臺灣日治時期發行長久的漢文文藝刊物，所刊登的遊記中的思辨議論，是作者抵抗文學想像於地景上消褪的可能，故具有召喚地景氛圍與記憶的作用。

　　本講透過探究《臺灣文藝叢誌》及《詩報》所刊載遊記，詮釋從居住地觀看地景的關係。從作者社群的寫作習性看來，多見引用典故入文，字裡行間透露其歷史感。文中對於地名的探索和旅遊的敘事，不僅是對地景的描繪，且流露對地方的關懷。《臺灣文藝叢誌》所收錄的在地遊記，多以「園」或「名勝」為主，作者強調園林的歷史厚度及與人物的互動。文化地景的想像蘊含深刻的時間意識，如萊園不僅為霧峰林家的宅第，亦是臺灣文化協會會員聚集的人文空間，透露寄託鬱結之氣於園林的情懷。又如「務茲園」原意是指務求施行更多德政，園林以此命名，表現在地的認同感及歸屬感，此類題材《詩報》較少觸及。此外，文人藉由書寫珠潭等地景，將長時間積累的歷史感受，因不同時代的變遷而賦予新的意義。在表現策略方面，由於《臺灣文藝叢誌》與《詩報》的作者群多具漢學素養，因此遊記多挪用典故，藉以形容地景的樣貌，或用以寄託作者的自我心境。如以桃花源、蓬萊及員嶠比喻所居地，臺灣彷如是人間仙境。綜觀這些在地遊記，或展現作者的人生觀與地景間的相互映照，或透露殖民地知識分子的憂心，及對於文化保存的關切。

　　《臺灣文藝叢誌》、《詩報》皆以維持漢學於不墜為發刊宗旨，在臺灣文學場域上頗具代表性。兩刊物所登載的多篇遊記，敘事範疇含括臺灣在地及跨界至中國、日本等地，具共性亦有殊性，多蘊含行旅記憶及地景意象。這些遊記常流露旅人從出發、行旅過程到回歸的體驗，並蘊含挪用典故、參照比較、觸景生情、移譯轉化等表現策略。遊記提供分析作者的旅途經驗的研究素材，並得以探索因空間移動而省思的心靈活動。本講應用記憶、地景、論述等概念，詮釋遊記的文化意涵，撰遊記豐盈的地景意象。

表5-1 《風月報》、《南方》在地旅遊散文地景舉隅

作者姓名	篇名	地景	區域	出處
高文淵	〈登紗帽山記〉	北投紗帽山	北部	55期1938 （昭和13年）1月1日
高文淵	〈清明前二日遊茱公坑記〉	草山茱公坑	北部	64期1938 （昭和13年）5月1日
高文淵	〈遊臨海道路記〉	宜蘭臨海道路	東部	68期1938 （昭和13年）5月17日
吳漫沙	〈雪後記遊〉	草山	北部	103期1940 （昭和15）年2月17日
石生	〈碧潭遊記〉	新店碧潭	北部	55期1938 （昭和13年）1月1日
石生	〈猴山指南山遊記〉	木柵指南山	北部	56期1938 （昭和13年）1月16日
林錫牙	〈北投淨蓮院遊記〉	北投淨蓮院	北部	94.95期1939 （昭和14年）9月28日
程萬里	〈北投觀月記〉	北投	北部	143期1941 （昭和16年）12月1日
簡荷生	〈新劇比賽參觀記〉	臺北永樂座	北部	121期1941 （昭和16年）1月1日
林超群	〈西園記〉	板橋	北部	125期1941 （昭和16年）3月3日
李學樵	〈詩瓢日記〉	基隆月眉山	北部	176期1943 （昭和18年）6月1日
陳蟾魂	〈獅頭山遊記—上〉	獅頭山	北部	105期1940 （昭和15年）3月15日
陳蟾魂	〈獅頭山遊記—下〉	獅頭山	北部	106期1940 （昭和15年）4月1日

簡荷生	〈竹塹訪友〉	新竹	北部	107期1940（昭和15年）4月15日
邱仙樓	〈獅山勸化堂〉	獅頭山	北部	172期1943（昭和18年）4月1日
張瀛州	〈水濂洞遊記〉	獅頭山	北部	187期1943（昭和18年）12月1日
簡荷生	〈臺中新高會館參觀記〉	臺中	中部	103期1940（昭和15年）2月17日
簡荷生	〈中南部訪問記〉	臺中聚英旗樓	中部	132期1940（昭和16年）6月15日
高文淵	〈遊關子嶺記〉	嘉義關子嶺	中部	46期1937（昭和12年）8月10日
高文淵	〈阿里山遊記〉	嘉義阿里山	中部	89期1939（昭和14年）7月7日
高文淵	〈登祝山記〉	嘉義祝山	中部	93期1939（昭和14年）8月15日
林玉山	〈和樂園遊記〉	嘉義和樂園	中部	61期1938（昭和13年）4月1日
簡荷生	〈旅中隨筆〉	臺中／臺南／高雄／屏東	中部到南部	89期1939（昭和14年）7月7日
吳萱草	〈遊二八花園小記〉	臺南二八花園	南部	41期1936（昭和11年）1月13日
李文在	〈寒溪觀光〉	宜蘭寒溪	東部	61期1938（昭和13年）4月1日
吳漫沙	〈東南浪跡一〉	宜蘭	東部	161期1942（昭和17年）10月1日
東方散人	〈東遊散記〉	玉里	東部	142期1941（昭和16年）11月15日

王養源	〈南迴散記〉	東海岸	東部	148期1942 （昭和17年）3月1日
東方散人	〈玉里之遊〉	玉里	東部	104期1940 （昭和15年）3月4日
吳漫沙	〈東南浪跡二〉	花蓮	東部	163期1942 （昭和17年）11月1日
吳漫沙	〈東南浪跡三〉	花蓮	東部	164期1942 （昭和17年）11月15日
吳漫沙	〈東南浪跡四〉	玉里	東部	165期1942 （昭和17年）12月1日
黃文虎	〈花蓮鱗爪記〉	花蓮	東部	168期1943 （昭和18年）2月1日
黃文虎	〈花蓮鱗爪記〉	花蓮	東部	169期1943 （昭和18年）2月15日

資料來源：歸納自《風月報》、《南方》遊記篇目並加以分類

表5-2 《三六九小報》、《風月報》所載旅遊場景與心境的互涉

作者	篇名	場景	敘事者心境
黃凝香	〈浴佛日遊開元寺記〉	開元寺	體驗旅遊具開拓眼界的作用，並有助於深化學養
李文在	〈寒溪觀光〉	蘇澳寒溪原住民部落	1.參觀原住民聚落習俗，並紀錄文化差異的觀察 2.見原住民受殖民教化的成果，憂心漢人同化速度過於緩慢
簡荷生	〈旅中隨筆〉	拜訪員途中	驚覺時代進步神速，提醒自己與讀者須急起直追，否則將落伍 見旅客閱覽風月報，轉憂為喜，得知此行的意義
	〈旅中隨筆〉	臺中林獻堂萊園、藍漏秀先生別墅等文士之居所	獲賢士先進的鼓勵，將社務經營遭受挫折的心境，轉化為思索《風月報》存續的意義
	〈中南部訪談記〉	會員住處及餐館	藉由會員及閱聽者的感受，以知音的視角突顯同事的才氣及使命感

資料來源：歸納自《三六九小報》、《風月報》遊記

>>> 延伸閱讀

▍ 柳書琴，〈通俗作爲一種位置：《三六九小報》與1930年代臺灣的
讀書市場〉，《中外文學》第33卷第7期，2004年12月，頁19-55。

▍ 黃美娥，〈差異／交混、對話／對譯：日治時期臺灣傳統文人的
身體經驗與新國民想像〉，《中國文哲研究集刊》28期，2006年3
月，頁81-119。

>>> 思考討論

▍ 臺灣的自然地景呈現豐盈的多樣性，你對於刊載在報刊或雜誌上的
那些遊記印象深刻？

▍ 如果創作一篇臺灣遊記，你將選擇哪些自然地景爲作品題材？

第六講　修學旅行：
日治時期教育類雜誌所載遊記

　　修學旅行係指學校規畫的旅遊活動，以推展學生校外學習並拓展視野的途徑及方法。臺灣現代觀光產業形成於日治時期，修學旅行在1897年國語學校設立之際自日本導入，從當時報刊雜誌多載修學旅行的報導看來，戰前臺灣的修學旅行為觀光的重要類別。日治時期因經濟、權力、性別、族群等差異，旅行機會雖不平等，但修學旅行當時風行於臺灣的小學校及公學校，提供更廣泛階層大眾旅行的機會，而成為形塑臺灣觀光事業的要件。日治時期修學旅行空間甚至延伸到日本等地，透過研究修學旅行書寫的發展，可見證臺灣近代觀光事業形成的樣貌。日本廣為推動的「修學旅行」於殖民地臺灣實施，成為新式教育的關鍵政策，旅遊活動在此背景下，多帶有殖民性與現代性的質性。綜觀日治時期雜誌所收錄與旅遊相關的研究素材多以日文書寫，以漢文為傳播媒介者較為有限。然而，《臺灣教育會雜誌》為臺灣教育會的機關誌，曾於1903-1927年發行漢文報而具文化場域的特殊性，故本講以此誌所收錄的修學旅行遊記作為素材。

一、修學旅行的教化功能

　　日治初期伊澤修二來臺後，因深知漢文兼具籠絡、教化及傳達政令等作用，故多善用漢文與地方士紳溝通及交流，《臺灣教育會雜誌》漢文報即為殖民者利用漢文的一環。臺灣教育會成立後開始發行機關誌，日人又吉盛清的研究指出：臺灣教育會致力於日語教育的研究，並進行教授方法等問題的調查，且以同化臺灣人為其主要目

的。1901年（明治34年）開始發行機關誌，直到1943年（昭和18年）停刊，總共發行498號。從各期目錄及版權頁所提供的訊息，得知自1901年（明治34年）7月創刊，從1903年1月第10號增設「漢文報」附於雜誌後，篇幅約占20頁，漢文報的刊行直到1927年（昭和2年）才停止出刊。編輯主任三屋大五郎曾提及此誌起初全以日語發行，造成「不便本島君子之閱覽」；他詳言增設漢文報的原因：當時公學校大部分的學生多由臺灣人教師所引進，在地教師群成為不可忽視的勢力，所以希望透過漢文報的設置，吸引臺灣教員踴躍加入會員，以共同協力於教育。在1903年（明治36年）6月新加入的會員，臺灣人佔了51名；至1904年（明治37年）1月會員757名，臺灣人共有200餘名。從這些統計數字得見雜誌因增設漢文報的頁數之後，臺灣人會員明顯增加。此誌漢文報發刊的對象，除了正式臺灣訓導之外，臺灣代用教師也是主要讀者。雖專發給會員為主，當中有些是臺灣、日本、朝鮮及關東州之外的會員，有時甚至贈送到沒有會員的國度。為了方便臺灣讀者能大量閱覽，故以當時臺灣知識份子所熟悉的漢文作為傳達理念的媒介。

　　《臺灣教育會雜誌》目的是為籠絡臺人參與日語教育工作，也為增加閱讀群眾以達到教化臺灣人民的目標。雜誌所載修學旅行遊記所蘊含的空間意象，透露作者的文化感受力與地景的再現方式。如《臺灣教育會雜誌》為日治時期在臺發刊長久的雜誌，所登載的多篇行旅敘事，在文學場域上頗具代表性。此雜誌形態的漢文報版面配置分為「論議（後改為論說）」、「學術」、「實驗調查」、「文藝」和「史傳」等，旅遊書寫多刊登於「文藝」或「雜錄」等專欄。因旅遊書寫為空間移動經驗的紀錄，這個長期以漢文為書寫媒介的雜誌，所載旅遊書寫與其他報刊相較，兼具共性與特殊質性，至今仍有許多議題留待研究者開拓。

　　修學旅行為臺灣日治時期學校重要行事之一，《臺灣教育會雜

誌》常刊載修學旅行的規畫及施行細則的報導。從雜誌所載旅行詩文
中，呈顯詮釋地景的教化功能，如劉克明於1910年（明治43年）所撰
〈送森川橫山二先生率生徒本島一周旅行〉，提及森川橫山二先生率
45名學生環島旅行的紀錄。此趟旅行所安排的歷史巡禮，包括延平舊
地、五妃墓與石門戰地等，作品流露對鄭氏治臺歷史及五妃事蹟的感
觸。供奉明寧靖王及其五妃的寧靖王祠，位於今臺南，首建於1683年
（康熙22年），爲紀念明寧靖王朱術桂從殉姬妾的廟宇。另一系列的
行旅詩如郭瓊玖〈南部修學旅行雜詠〉，爲1912年（大正元年）11月
記錄他至南臺灣各地修學旅行的經歷。其中〈遊安平有感〉、〈赤崁
樓懷古〉等詩，流露感嘆昔日安平繁華景象不再，評論港口遭淤沙堆
積，致使商業貿易活動萎縮不振的沒落情形。當他登覽赤崁樓望遠之
際，遙想此地曾受荷蘭統治的歷史遺蹟。此外，他也造訪臺南歷史建
物五妃廟，以「羨她貞烈堪千古」的詩句，表現讚揚五位王妃節操的
視角。這趟南部修學旅行除遊覽臺南古都外，亦多以臺灣景物作爲旅
遊書寫的題材。其中，以朱術桂的忠烈和五妃的貞烈，使修學旅行別
具教化的意義。

　　參觀共進會亦是另類修學旅行的方式，此類空間爲殖民者權力的
展示。日本明治維新以後，認爲博覽會是西方工業文明的具體象徵，
故於十九世紀末開始引入代表進步主義價值的博覽會。對內順應「文
明開化」與「產殖興業」的思潮，對外則展示日本文化的特質，殖民
地臺灣也被認爲唯有複製日本勸業博覽會的精神，才能跟上日本的進
步，成爲現代化的殖民地。《臺灣教育會雜誌》刊登多篇參觀共進會
的遊記，如劉克明〈臺灣勸業共進會所感〉、蔡士添〈觀共進會有
感〉、張淑子〈共進會觀覽日記〉等作品。共進會會場爲殖民者展示
臺灣現代化的空間，文本呈現如何觀看在臺舉辦的共進會，並藉此比
較不同作者對展示臺灣各種樣態的感受。

　　1916年（大正5年）爲了慶祝第一個海外殖民地治理二十年，除

回顧領臺以來的歷史之外，也欲向海外宣揚統治臺灣的成功經驗，於是臺灣總督府在共進會的基礎上，舉辦「始政二十年臺灣勸業共進會」，參觀人數多達五十六萬人。《臺灣教育會雜誌》一系列參觀共進會的紀錄，如劉克明〈臺灣勸業共進會所感〉提及日本殖民政府舉辦「勸業共進會」是爲了展示臺灣物產經濟，且流露與南洋各國經濟接軌的意圖。又提到臺灣觀覽共進會的人數眾多，認爲此活動可啓發臺灣人民的智識。此外，他於文中特別報導支那（中國）到處動亂，「人民塗炭，朝夕不安。」所以無暇舉辦共進會，但爲了將來的需求，曾派員前來臺灣觀摩取經。如此的敘事，透露在不同社會變遷的差異下，影響共進會文化展演的時機。

盧子安〈就勸業共進會而言〉則是說明舉辦「勸業共進會」的目的，是希望日本與臺灣本島可以互相瞭解彼此的經濟產業狀況，以使臺灣產業「知所取資，而得改良發展」。另一個目的則是使日本與臺灣本島認識支那與南洋各方面的產業，並觀摩日本帝國經濟產業的發展狀況。至於蔡士添〈觀共進會有感〉曾就社會、學校、家庭教育的貢獻，分析共進會的實質目的。就社會教育而言，他認爲：「共進會展示具有的功能，如示生產物之文明進步，而啓發本島人之智能。」具體指出共進會認識殖民母國日本之文明眞相，且瞭解南洋諸國的經濟關係。就學校教育來說，「使兒童廣見聞，增知識」，且可認知到日本母國的文明，並培養愛國心。就家庭教育觀之，使「本島婦女，知社會文明之程度，並爲將來訓勵子女，養成國家有用之器」，並期勉能「破除迷信，而進於文明」。張淑子〈共進會觀覽日記〉爲另一篇實際觀察的心得，此文驚嘆公學校學生作品的成就，貼著「宮殿下御用品」白籤的精製品，可蒙天皇殿下寵用，是「吾臺公學校手工進步之第一階梯」。當時任公學校教師的張淑子所撰共進會的參觀記，著重於日本殖民政府欲透過教育的力量，宣揚現代化的成果。如此的展示，使臺灣民眾得知殖民者背後的教化目的。

　　關於日治時期學校推動修學旅行的情況，此誌詳細紀錄修學旅行實施的辦法，並建議事前告知「欲行的地點」、「通過的途次」、「何者為名區」、「何者為古蹟」、「何物應留意」、「何事宜關心」等準則。同時提醒督導者在旅行的過程中，應提供給學生鉛筆與筆記，以便記錄書寫；歸校後則應檢閱並參酌他們的作品內容後留存，以備來日不忘，且可提供他人觀閱。這類分析修學旅行實施的細則、功能、重要性以及成效，並善用孔子周遊的敘事，迻譯修學旅行的重要性，具增強臺人參與修學旅行的功能。

二、日人眼中的臺灣意象及其視域

(一) 觀看南國的自然意象

　　不僅文學研究者認為旅遊書寫與作者的習性關係密切，人文地理學者也留意旅行家所看到與所聽到的事物，在很大程度上決定於他的個性。探討這些作者的經歷、學養以及寫作特質，將有助於理解其再現的視域。如〈重登七星墩山記〉提及國語學校兩百多名學生登七星墩山的經歷，此類以集體登山為題材，隱喻群體鍛鍊、精神陶鑄的形塑，欲使臺灣學生的身體符合日本殖民政府期待的國民身體。日治時期學校體育正課時間有限，故增設其他運動項目以補不足，登山便在此脈絡下進入學校體制中，成為課外活動甚或全校性活動的一環，被殖民當局列為教化的重要類型。當時課外活動包括「遠足」、「修學旅行」、「行軍」及「登山項目」等，其中登山的空間轉移是向上、往高處的，這是登山與其他步行運動最為不同的元素。日治初期日人旅行書寫常以「我到現場」的方式，鉅細靡遺報導地理環境及自然生態；或是日本教師帶領學生大規模至野外的修學旅行，蘊含宣揚強健國民體魄的目的。

　　至於知性之旅遊記的作者永澤定一曾任國語學校教授，發表於此

誌的〈南遊談片〉、〈新高山探險談〉著重於地質考察、野外標本採集等面向。這些作品多記錄田野調查的結果、繪製登山路徑圖，或以實際數據分析臺灣各地山巒的高度。〈南遊談片〉自述帶領國語學校師範部的學生前往臺南、高雄修學旅行的經歷，主要記錄地質考察及辨識植物等層面。描述苗栗火炎山因土含鐵量較多而呈紅褐色，但其中含有輝石、長石粉末，故與土壤沖積層的頁岩成分相似，而與時人所認知的火山不同。他們也親身體驗臺南安平砂石飛揚的情形，並分析此源於曾文溪、鹽水溪、二層行溪與阿公店溪等河流的搬運、沖積砂礫所形成。又觀察濁水溪遇大雨即氾濫，兩大源頭雪山、丹大山、秀姑巒山以及玉山、阿里山的山勢極為險峻，因挾帶豐沛水源及黏土，匯流後便由溪谷俯衝而下，溪水因而渾濁。他歸納山脈高聳不僅造成溪谷深狹、川流急促，也使得溪水含砂量大，只要瞬間落下較大雨勢便會氾濫；如此河流湍急的自然環境為進行造橋、開設鐵道等交通建設時所需克服的難題。當他們搭船到旗後淺灘處，見茄苳樹林樹身高出水面，根分成四、五莖插入泥沼等景象，而記錄未曾於日本所見的茄苳、檳榔、棕櫚等樹種。從分析地質、地景、河川、植物作為遊記敘事的核心，呈現作者觀看臺灣山脈土質或河川地形，皆以旅行考察報告的方式具體舉例說明；至於感嘆臺灣河流水力強大，卻無法實際應用於建設，如此的論述則流露關注水利的實用觀。

(二) 帝國視角下的人文意象

新空間理論的特色為：詮釋空間與歷史皆不是靜態的、自然的現象，而是持續或間斷的建構變動；既是社會文化的產物，也是社會文化實踐過程中不可或缺的向度。空間從比喻、象徵、規畫、想像或意義的賦予，多具審美創造的面向，與主導的象徵體系或文化論述亦有深層細密的關聯。舉例而言，中村櫻溪曾率領學生修學旅行後所撰〈後山坡記〉，描述臺北城東邊十餘里的錫口附近鄭姓地主，自稱為

延平郡王的後裔，搬至後山坡已有百年。中村櫻溪認爲今日臺灣山川已收歸皇土，延平廟雖隱於畎畝之間，但族裔遍及全島且受百世供奉，所謂「人猶慕之，忠義而不可磨」。歷來各界以不同立場對鄭成功的存在意義作歷史評價，因詮釋觀點相異而使鄭成功具多重的形象：清廷側重其忠君護國，故籌建延平郡王祠加以祭拜；日治時期則因其母爲日人，故將延平郡王祠改爲開山神社，企圖以臺灣民眾對鄭成功的崇拜納入殖民統治的脈絡中。歷史學者周婉窈認爲鄭成功與生俱來的血緣與地緣，皆具備難以定義於特定政權或單一地域的混雜性，實與流動變化之東亞海洋的關係更爲密切。觀中村櫻溪於遊記再現鄭成功傳世的形象，此段敘事藉由強調鄭氏的忠義精神，拉近日本與臺灣的距離。日人善用漢文發揮「同化」的功能，運用日本與殖民地民眾之間的刻意聯繫，以「同文」與「一視同仁」的口號召喚，並將種族與文化類同性的論述整合到「同化」的整體論述中。中村櫻溪以具日本血統的鄭成功與臺灣連結，所以在臺日人作品常見以鄭成功爲懷古對象。

　　地景意義的產生是由於眾人的觀看所累積而成，研究遊記即是探討歷來空間或地方想像的形成過程。遊記作者藉由再現的表現手法，連繫實存的地景及地景的意義。檢視殖民論述多見被殖民者的文化受到遮蔽，或受到他者的話語所影響，或以他者的方式被書寫。《臺灣教育會雜誌》漢文報旅日修學旅行遊記，爲臺灣於日治時期現代化歷程反思的研究素材，如國語學校校友關注教育議題，並透過再生產的作用，提出加強臺灣教育的論述。又如參觀神社儀式的書寫模式，多強調帝國的威嚴與神聖性，並結合宗教儀式與膜拜以隱喻權威掌控。遊記所載安排參訪神社祭典、皇居拜觀等活動，具有化意識形態爲表徵符號的作用。藉由再現這些神格化地景及儀式，赴日修學旅行的教化意義因而廣爲傳播，並透露日本殖民對臺灣教化的影響。至於日人遊記題材多描繪在臺帶領學生集體登山，顯現國語學校教員對於戶外

活動的重視。他們的自然風景敘事有些以典故迻譯漢籍中的意象,以漢文連結同化的需求;另擇取南國特色的物種、或分析地景生成的原因,展現具科學素養的知性書寫,而流露異國風情的視域。關於原住民部落的書寫,則隱含日人著重於殖民治理及經濟利益的觀點。

　　學校的師生至臺南參觀寧靖王祠與五妃廟,感受朱術桂的忠烈和五妃的貞烈,因而使修學旅行別具教化的意義。至於共進會的參觀記錄,則是總督府對臺灣這塊殖民地統治成果的公開展示,也反映知識份子受到當時氛圍的影響,流露對現代文明的強烈渴望。《臺灣教育會雜誌》漢文報許多遊記中的神社、學校、古道、原住民部落等地景,為日治時期修學旅行的重要參訪地。今若能藉由閱讀修學旅行遊記,吸引讀者前往具文化意義的地景,或許能帶動懷舊之旅的風氣。例如在臺修學旅行所參觀的五妃廟、孔廟、神社、芝山岩等古蹟,導覽者可從文本中反芻作者觀看的視角,亦可引領透過考掘的認知而娓娓道出令人深思的故事。

二、遊記所載臺灣日治時期修學旅行的行程

　　1896年9月25日臺灣總督府以府令38號發佈「國語學校規則」,明訂國語學校由「師範部」和「語學部」組成。「師範部」招收具備尋常中學校四年級以上學力的日本人,以「培養國語傳習所、師範學校教員及小學校長或教員,兼研究本島普通教育方法」為本旨。國語學校以教授臺人「國語」為主要目的,教學內容以「實用」為要,教學時需特別注意發音、用法及理解上的正確性,以及兼授史地知識。此學校以培育臺灣初等教育師資及公私業務人才為目的,長期與醫學校並列為臺灣的最高學府。下表舉出兩篇遊記所載臺灣日治時期修學旅行的行程,以呈現國語學校師生旅遊概況。

《臺灣總督府國語學校校友會雜誌》中的修學旅行舉隅

標題	作者	日期	行程	出處
旅行日記	臺灣總督府國語學校故會員片岡欽次	1900年（明治33年）11月2-18日	基隆港、七堵、七星屯山、富貴角、觀音山、媽宮港、吉貝島、白沙島、安平港、臺南孔廟、延平郡王祠、赤崁樓、曾文溪、林鳳營、三山國王廟、阿里山、雲林蕭壟、他里霧、斗六街、濁水溪、員林街、臺中師範學校、大肚山、大肚溪、大甲溪、銅鑼灣、新竹牛埔、淡水河	【文藝】，《臺灣總督府國語學校校友會雜誌》，頁23-44
旅程雜記	臺灣總督府國語學校客員中村忠誠	1900年（明治33年）11月6-9日	桃仔園、大嵙崁、中壢、北油車口、新竹港、南勢山、新竹孔廟	【文藝】，《臺灣總督府國語學校校友會雜誌》，頁58-64

　　在地修學旅行的場所多爲練習所及名勝古蹟等，爲呈現此兩篇遊記修學旅行的路線，故分別繪出這兩趟主要行程於下頁圖。

　　1900年（明治33年）修學旅行由高橋和渡部兩位老師率領學生到臺南，作者片岡欽次與語學部第三年級、師範部第二年級生徒同行。作者片岡欽次後因患病而於1900年12月4日過世，此篇遊記至翌年1901年作者過世後才刊登出版。〈旅行日記〉自11月2日的健康檢查開始記述，11月3日出發日是天長節，即明治天皇的誕生日。先祝賀明治天皇，後搭火車到基隆港，再乘船抵達澎湖，參觀清治時期的澎湖舊城、奈良丸遭難紀念碑、德國海軍軍人孤拔的墓地及混成支隊

千人塚。11月6日上午又到臺南安平，記載北上沿途參觀學校，描繪地景亦夾述風土民情、物產等。另一篇國語學校客員中村忠誠〈旅程雜記〉，為1900年11月6日至9日修學旅行的雜記。此次修學旅行參加者為語學部土語學科第二年級，及國語學科二、三年級約80位師生，第一天到大嵙崁溪（今桃園大溪鎮），第二天及第三天新竹，第四天回臺北。中村除描繪地景外，亦記述當地風俗、地景及歷史沿革。中村〈旅程雜記〉的記載以臺灣北部為主，內容較為簡要；片岡欽次〈旅程雜記〉則詳細記述每天的旅程，並將所見所聞分類，呈現此跨海至澎湖島嶼修學旅行的特色。

圖例
★ 臺灣總督府國語學校
● 旅行日記
○ 旅程雜記
底圖　1904臺灣堡圖

臺灣總督府國語學校修學旅行路線舉隅
資料來源：筆者與林怡姍合作繪製

　　就旅遊的發展脈絡而言，臺灣總督府推出距離短、票價相對便宜的行銷手法，促成更多臺灣人利用鐵道旅遊。鐵道省在1931年6月發售臺灣周遊券，從日本出發的周遊券，以日本人觀光客為對象；臺灣鐵道部交通局在1937年2月發售臺灣周遊券，為參考鐵道省的周遊券，以促成更多臺灣的觀光客利用鐵道進行旅遊，發售各種招徠觀光客的周遊券或臨時旅客列車。為了促進臺灣旅遊，1930年代成立觀光推廣機構，到了1937年臺灣有11個觀光推廣機構，並在鐵道部運輸課下設立「觀光系」，主要任務是宣傳臺灣旅遊活動。從「臺灣日治時期統計資料庫」收錄臺大圖書館與臺灣圖書館，建置臨時戶口與國勢調查的統計資料庫，提供關鍵字檢索與延伸查詢工具，為臺灣日治時期旅遊文學背景的重要參考。

>>> 延伸閱讀

▌范銘如，《文學地理：臺灣小說的空間閱讀》，臺北：麥田，2008年。

▌周婉窈，《面向過去而生──芬陀利室散文集》，臺北：允晨文化，2009年。

>>> 思考討論

▌如果將舉辦修學旅行，行程應如何規畫較具意義？

▌遊記收錄許多臺灣旅行地景，你心目中必遊的臺灣地景為何？大家來票選吧！

MEMO

第七講　歷史場景：吳德功與謝雪漁的臺灣遊記

　　對於跨越十九到二十世紀的臺灣文人而言，面對社會動盪與政權更替，常激起內心多重的感慨。其中彰化文人吳德功（1850-1924）的遊記，顯現傳統士紳與歷史脈絡對話的痕跡，並與文化多有交鋒的情形。又以臺灣日治時期謝雪漁（1871-1953）旅遊散文為例，探討如何敘述發生於角板山的歷史事件，或是遊記如何呈現觀看自我；同時分析見聞刊登於報刊等傳播媒體時，如此的文本具有何種論述的功能。

一、吳德功《觀光日記》

　　吳德功，字汝能，號立軒，彰化人。1894年（光緒22年）成為貢生。1895年日軍侵臺後，各地武裝抵抗活動風起雲湧，軍方鎮壓造成臺灣民眾慘烈的傷亡。臺灣總督府從軍政時期過渡到民政時期之際，為了制定殖民基層行政組織，故展開網羅具學識名望的臺人的行動。先於1896年10月發布「臺灣紳章條規」，隔年4月又據以頒授紳章予具科舉功名、或富學識、或資產豐厚的臺人，首次計有336人獲得紳章。臺灣第四任總督兒玉源太郎為了更進一步與士紳有所互動，並展現初期殖民統治的成果，於是在1900年（明治33年）3月15日，於臺北淡水館（前登瀛書院）舉辦「揚文會」。吳德功受邀參與此次大會，並撰寫3篇策議及1部遊記。藉由分析臺灣知識份子書寫空間移動的內容，將有助於理解他們在日治時期所處的位置與內在意識。地理空間可以是某種意象化的形式，作者藉助於在一定程度上共通的意象，來「看到」這個空間或發展出對於這空間的感知。

　　在因武裝抗日的重挫，知識領導階層在面對日人治臺的世變之
際，需重新適應新的殖民處境。而就殖民政府而言，則在統治之初，
一方面採取武力鎮壓的手段威嚇反抗者；另一方面，又以懷柔收編的
策略，籠絡各地的菁英階層。揚文會的召開，即是總督府欲彙集臺灣
科舉之士，並進一步與這些傳統文人有所互動。早在於揚文會召開之
前，總督府即對外宣布：「徵求其平生所撰議論性文章，作為治臺資
料，並藉以振興文運而馴致同化。」透露出殖民者表面上以振興臺灣
文風為由，其延伸的目的更在藉由他們提供舊慣習俗的建言，以作為
殖民政府執行同化政策的參考。吳德功除了曾任參事等職以外，1922
年（大正11年）總督府史料編纂委員會剛成立之際，亦受聘為「評議
員」。

　　吳德功於1900年（明治33年）受邀參與揚文會後，並將北上旅途
所見、會議內容、總督府參訪行程，撰寫成《觀光日記》。他以日記
形式再現這趟殖民政府刻意安排的參訪活動，這些觀光記憶多透顯空
間與差異的敘事。「觀光」是人們短暫離開工作與居住的場所，選取
迎合其需要之目的地，做短暫性的停留並從事相關之活動。日本於明
治維新以後實施現代化，吳德功以第一人稱的現場觀察，正展示日本
於海外殖民地的經營策略與成果，更銘記了個人的現代性體驗。見下
表這些參觀行程，若重新依照類別歸納，呈現出軍事、警備、產業、
醫學、通訊、教育、測量、法律等殖民的現代化概況。

《觀光日記》參觀行程一覽表

類別	地點	參觀紀錄摘要	時間	頁數
軍事	陸軍軍營	肅嚴無譁……各手執隱倉鎗，腰帶炮子袋，以革帶繫刀，背佩獸皮製四方袋	15日下午	173
	騎兵軍營	其馬匹皆獨逸式，隊長號令，馬行如旋風馳驟，桓桓糾糾，實一勁旅也	15日下午	173

	基隆觀戰艦	首尾安鋼線砲……艦中置大砲數十 罇……時管帶官命海軍操演，如對敵 狀，各演空鎗數十響。尋而二人假 為中傷跌下，命苦力縛繩抬起，軍醫 隨時療治。忽見艦中大砲發數十響， 煙滿艦中，不辨人物。旋又出魚雷一 罇，入海以擊敵船也	16日上午	174
	砲兵工廠	內有砲具製造所、小銃製造所、銃砲 製造所、目黑火藥製造所。又有鋸木 料所	20日	180
警備	警察獄官學習 所	所內洋樓一座，四面窗牖玻璃明亮。 中分四室：舍監室、事務室、會計 室、受付室。上有走馬樓，清潔異 常。屋脊上高三、四尺，兩邊玻璃 窗，以通空氣，且光明異常	17日上午	174
	練習武藝所	所長令鈴木練習生等打拳，連環攀 倒，撲地有聲。演數回，令操伏地 繩、綑縛繩、非常繩、土匪綑縛繩等 法	17日上午	174- 175
	獄吏生、警察 生練習所	獄吏生練習所中懸一匾，文曰「至 誠」，兒玉爵帥手書也。警察生練習 所中一匾，文曰「盡忠」，後藤民政 局長親題也	17日	175
產業	製洋煙所、貯 煙膏所、熬煙 所	計製煙職工百餘人，可供全島人之 吸，不亦簡而該哉	17日	175- 176
	電火所	燈中數條白金線漸紅，而火即發矣。 鐵管數枝：一分燃總督衙門，一分民 政局衙門，一分測候所、衛生所等處 也	17日	176

	衛生課	取民製下等煙膏化之，其水黑而不變；以官製之煙化以藥水，即變爲乳色。誠以官製之煙無毒物以雜之，吸者可以無病焉	17日	176
	商品陳列所	陳列水器、磁瓶、五金器皿、綢緞銃刀。無論會員及隨行，皆可入閱，揣其意無非欲開本島人之智慧也	19日	178
	樟栳製造所	大鐵爐銅鼎六座，以煮本土之腦，每鼎二日夜，噴出水氣，可煮五、六千斤之腦。……裝淨栳，如製洋煙之式，眞佳製也	20日	181
醫學	病院、時疫病室	民政局後藤諭會員歸去開導聰明子弟入醫學院。後又參觀上等病院、配藥室、死屍橫陳列室	19日	178
	公醫學校	自明治三十一年十一月開學，初次生徒二十名，將來卒業，必爲本島醫學專門之名士。又有看護婦養成科十數名	19日	178
	天足會	與黃玉階與村上知事論述纏足的積弊	20日	181
通訊	郵便局	局面倣西洋式，甚壯大堅固	19日	179
	電信局	司電者各司其職	19日	179
教育	總督府國語學校	觀講堂卒業生演化學。陳內地、本島及地球全圖並各地分圖，引會員展玩以廣眼界。……又引觀生徒習課，試以國語，皆應對如響，可見平日校師之課程嚴密焉。再進東邊運動場，……頭戴鐵面具，腰圍皮革囊，數十人以行棍擊刺，如飛花滾雪，令人目不暇給	20日	179

	芝山女學校	校中女弟子百餘人，有十八餘歲卒業生，擢爲女師。校長令弟子鼓琴唱歌，並寫漢文於烏板，各能誦說。不謂村落竟有此學校，視爲本島得風氣之先	21日	181-182
測量	度量衡調查所	度有銅天尺、魯班尺、本島與西洋諸尺皆備。量……本島各縣之斗都備。衡……西洋諸衡連本島各縣諸衡，無所不備也	20日	180
	測候所	地震器械凡地震一分，其機自動。壁上懸漢朝張衡侯風動地儀圖	20日	180
法律	覆審法院	閱法堂上法官、通譯審問，檢察官紀錄口供。會員坐聽一時久告退	20日	181

　　傳統社會的知識分子於這趟現代文明展示之旅後，在驚嘆之餘，更開啓文人的另類視角。吳德功觀察現代化武器等硬體設備之外，同時形容陸軍軍營「其號令進退步伐，皆有紀律，洵爲節制之師也」，又描繪騎兵軍營「桓桓糾糾，實一勁旅也」。而砲兵工廠「製造之敏捷，於此可見」，皆是書寫訓練有素的面向。至於有關通訊、生產的設施，如郵便局「見各口各人司事，甚有條理」，則展現硬體設備之外的人事管理與工作效率。至於樟栳製造所「聞機器製栳、煮煙，外國未經開設，皆由內地博士創始，功省利薄，眞令人不可思議哉」，則呈現對於殖民者在臺北新興產業的研發、機構制度的建立，以及產業的經營理念，多有讚嘆。

　　在教育方面，特別記錄臺灣總督府的公醫教育爲臺灣首例，芝山女學校爲開女子教育風氣之先。此外，參觀衛生課時，則言：「化學之理奧妙如許，格物之功，烏可廢哉！」又言商品陳列所：「揣其意無非欲開本島人之智慧也。」論述對眼前所見文明與現代性的看法，

更是以「格物之功」轉爲瞭解「化學」之理的翻譯挪用。這種將漢學經典中的思想，連結從西方移植的概念的行爲具有時代意義。他們參觀覆審法院聆聽正在審理中的抗日人士簡大獅案，當時會場有法官五人、通譯二人，並有檢察官紀錄口供。雖有這樣的法庭初具現代律法制度；但殖民地的法律規範，卻未必是以公平正義爲原則而制定，吳德功的遊記中並未觸及這等文化批判論述。

在與社會團體會談方面，則記錄參與「天足會」創會的筵席，並聆聽會長黃玉階與村上所宣導的理念：「婦人主中饋，相夫助子，躬親操作，若一纏足，則步履維艱，衛生有礙。」呼籲會員開導育成，使得全島痛除纏足的積弊。日治時期解纏足運動原先由士紳發起，後來各地漸由婦女倡導，例如彰化由區長楊吉臣、參事吳德功、吳汝祥等夫人發起組成「解纏足會」，並於1914年11月25日召開大會。解纏足運動亦是總督府重大宣導與介入的政策之一，在這新身體形塑過程中，諸多臺灣士紳多具帶領作用。

揚文會後一些士紳以列名該會爲榮，總督府將與會士紳的策議彙集爲《臺灣揚文會策議》出版。然而，現代化多是以日本人的利益爲中心，當臺灣居民面對現代化時，內心多少透露出焦慮。十九世紀臺灣歷史轉型期有其複雜性與多重性，探究現代化是與殖民接觸交混而不均的認同結構，也就是在他人身上發現自我的矛盾結構息息相關。吳德功這部《觀光日記》一方面採取旅行文學評論者普蕾特（Pratt）所謂的「觀察論述」（observational discourse），即遊記作者抽離現場，盡量不添加自己的觀感，以客觀科學的方式來記錄所見所聞。另一方面也對現代化多有讚嘆，更在回程所吟詠的五律詩中表現儒者的心境，所謂「大道千鈞挽，吾儒一線存」，顯示在現代化的衝擊下，仍堅持保有儒者的使命感。旅行促使他觀察被殖民都會現代化的強大勢力，同時也迫使他在這樣的殖民社會中，思考如何能繼續保有本土性等議題。

二、謝雪漁的臺灣遊記

日治時期在地文人的臺灣遊記，多透露地方感，並隱含殖民地知識份子自我觀看的視角。其中跨時代的文人謝雪漁，曾撰寫數篇旅遊散文，並連載於公共媒體刊物。此位臺南文人於日本治臺後遷居臺北，為第一位具秀才身分而入臺灣總督府國語學校的知識分子。後任職於總督府學務課，又任教於警察官吏練習所。曾擔任《臺灣日日新報》記者，並主編該報漢文欄，後赴南洋任馬尼拉埠《公理報》記者，返臺後又接任《昭和新報》、《風月報》之主筆。1909年（明治41年）與洪以南等人倡設瀛社，並繼洪氏之後成為第二任社長，戰後任臺灣省通志館顧問委員會委員。綜觀他於日治時期的學經歷，不僅兼具新舊學的文化素養，又因曾擔任臺灣及海外記者，而有機會擴展見聞並累積文化資本。他更將島內及海外的旅遊經驗及文化差異的觀察，撰寫成數篇旅遊散文。

謝雪漁至臺灣南部旅遊後所撰的〈南歸誌感〉，於1906年（明治39年）4月13日至24日共連載六回，紀錄嘉義大地震後的觀察。〈角板山遊記〉則於1915年（大正4年）2月24日起至3月10日，共分六篇，同時也記載1907年（明治39年）枕頭山之役、大豹社事件始末，並詳細記載日治時期角板山的樟腦、造林等產業活動，及原住民受到所謂「文明教育」的影響。綜觀這些旅遊散文，不僅著墨於山林景色及旅遊經驗，更蘊含作者個人的論述，又因刊登於公共媒體，故頗具探討的價值。

謝雪漁旅遊散文〈角板山遊記〉，包含描寫有關北部原住民抵抗日軍等情節。此篇登載於1915年（大正4年）2月24日起至3月10日共分六篇，同時也記載1907年（明治39年）枕頭山之役始末，並詳細記載日治時期角板山的樟腦、造林等產業活動，及原住民受到所謂「文明教育」的影響。遊記作為漢語散文的一個門類，是地理與文學

的結合體。具體地說，遊記是以描摹山水名勝、記錄遊蹤風情爲內容
的散文。此文敘事結構從開首先點明旅遊的緣起，謝雪漁等人於1915
年（大正4年）2月27日登桃園沿大嵙崁支岳角板山，此爲北部原住
民的居住範疇，因距臺北近，所以來自日本官紳渡臺觀察者，「靡不
足履，以考撫墾成效」。但臺人除了於墾荒或製樟腦者外，到此處的
人甚少。謝雪漁推測主要是因爲路途艱辛，再加上非許可不得進入原
住民區域，在地遊客因申請手續的繁瑣，故較少至此旅遊。此文的中
間敘事則詳細說明旅遊過程，包括因見特殊地景而分析當時林家遷至
板橋林本源故居的緣由，林家祖先遷臺初期曾到角板山區域從事墾
荒，並且籠絡原住民而得到不少土地與利益。但因察覺原住民善變的
天性，認爲無法在此久居，故僅設立辦事處，原本居住的房子失修坍
塌，如此的今昔對比而使謝雪漁心生感嘆。至於當時的政經狀態，謝
雪漁認爲原住民領地的屯墾、樟腦事業的開發，主要由三派人馬把
持，分別爲本島人派、內地人派以及混合派。當時的桃園廳長西美波
氏，較偏向於本島人的立場，同時倡導「以公濟公，不欲利益爲私人
獨占」，並且陳情總督府，建議設置桃園墾荒製腦事務所。他又任命
當地公正紳士爲董事，每年將部分獲利挪爲桃園公廳公學校的教育基
金，謝雪漁讚賞：「苟各廳胥以地方有利之事業，不付於個人，而付
於公共，則民人當得減輕許多負擔也。」其後經營者不負廳長的美
意，累積可供桃園廳各校的基金達兩萬一千餘元。此外，描寫日人的
教化功效，以「俯首行禮」、「口操國語」、「路人答禮」等修辭，
形容這群皆爲入學校受文明教育的學生，顯示當時日人的現代教育有
其教化成效。

　　〈角板山遊記〉歷史敘事的特色，顯現於詳細描繪角板山原住
民與日軍之間由衝突、反抗到鎮壓的過程。1900年（明治33年）8月
原住民起兵欲將樟腦製造公司驅逐到領地外，攻擊各個樟腦工廠。日
人率兵鎮壓反被襲擊，造成相當死傷，也使日軍防衛行動暫時中斷，

直到9月2日與臺北援軍會合後才又繼續。隨後原住民再次襲擊角板山附近樟腦工廠，日軍雖加強火力，但仍無法逼退原住民，故採取消極策略不再推進，僅配置少數隘勇於角牛湳。1906年（明治39年）9月，日軍繼續將隘勇線前推到大豹社。大豹社原住民則與周圍部落聯合，與日軍交戰五晝夜、大小戰役十數次，雙方皆有相當死傷。最後原住民受日軍所制，簽訂條約界定：「桃園廳阿姆坪經枕頭山，橫斷插天山，包容大豹社及大嵙崁。」除此之外，當地民眾與大豹社頭目聯合反抗，1912年（明治45年）5月5日警部編列九百名成員出兵，分從阿姆坪向枕頭山、黎毛眼向插天山，雙方交戰超過三個月，日方一直到8月19日才取得優勢，擴大新隘勇線範圍，但有些部落反對隘勇線的劃定，常與民眾相謀伺機反抗。謝雪漁於此文篇末提及最後如何以激烈的方式，記錄日軍「往後全線皆設有電流鐵條網」，警官並沿線頻繁巡邏，爲此事件留下歷史的記錄。直到1910年（明治43年）11月，熬眼番隘勇線完成，從插天山到枕頭山一帶皆包括在隘勇線內，並馴服大多數原住民。遊記由「遊」而「記」、以「記」記「遊」的文體特點，遊蹤構成遊記的重要要素，這是遊記區別於其他文學樣式的基本特徵，是「遊」的體現。謝雪漁於此文不僅記錄遊蹤，且感嘆今日能夠到此旅行：「一觀風景，念當年死辜者之功，不禁深爲同情也。」又回溯過往歷史：「前清時代以曾派遣軍隊，撫蕃到此，爲蕃族包圍、糧食俱盡；而以溺爲飲，迨圍解，而死者過半矣。」如此的歷史敘事，不僅呈現從清治到日治的歷時性，更以明確數據記錄雙方交鋒的日期、戰役的次數、軍隊動員的數量、雙方傷亡的情形等。這些數據及文字使交戰具象化，使讀者如臨現場，且隱含對過程中陣亡人士的同情，透露其觸景而生的感懷及視角。

日治時期的島內旅行需空間移動的載具，所以與交通的關聯密切。交通工具敘事所連結的功能，包括展示物質條件如何參與城市流動空間的書寫，也隱含現代日常生活形態與公共空間／時間秩序的塑

造。〈南歸誌感〉描繪當時鐵道貫通，並配合搭乘汽車，「南北已可朝發夕至，省下遠路寄宿盤纏，又減受許多困苦」，形容交通往復之便利與昔日相比爲天地之別。在旅遊文學敘事中，這些旅行的工具爲作品情節的關鍵點，密切參與生活與文明的結構，並影響視覺經驗的更新。交通工具不僅是物質的外在條件，亦影響臺人重組現代生活秩序，與對自我的認知。謝雪漁又針對新式交通的諸多面向提出建議與批評，如提到政府在鐵路設施上投資頗豐，鐵道的鋪設不僅象徵科技的進步，也應提升文化層次：作者見各站對待旅客的態度猶如僕役者，非但不甚親切且大聲咆哮；推車苦力者亦以輕狂舉動凌辱旅客，如橫眉怒眼、盛氣凌人及高聲謾罵等方式。他更具體指出：「惟目前之鐵道，尚有遺憾，而望其速爲改良者。」作者思及交通制度的諸多不合理之處：如列車之三等客座不限人數，有時車內滿載，沒有座位及立處，仍舊催客登車。故乘客時常抱怨：「鐵道視人如貨，客車有如貨車，橫堆縱積。似此，在寒冷之際，猶能忍耐；若在溽暑之時，其何以堪。」嚴厲批判雖有現代化的硬體建設，卻無現代性的觀念，故管理制度疏失甚多。

作者常藉由島內旅遊散文記錄觀察所得，且發抒個人對於衛生、公德心、秩序等現代性的論述。舉例而言，關於衛生的理念，〈南歸誌感〉提到作者於車廂內見到口涎鼻涕亂唾亂塗，「其有害於衛生也」。他對此現象感到憎惡，並建議「滿身汗穢、兩腳泥塗」、「臭氣薰蒸令人難耐」的勞力者在欲乘車之時，應以停車場附近的水洗濯乾淨，以維護其他乘客的權益。作者又提及雖然火車上設有大小便所，但只許行駛時使用，停車之時則不許用；此因停車時使用，將積穢於停車場。許多臺灣民眾不理解此事，故常犯鐵道之禁例，而遭嚴厲斥責。作者眼見此種現象，藉旅遊散文宣揚總督府衛生概念，期許國人提升素質才能使日人尊重，呈現於殖民教育影響下的價值觀。又提及臺南之鼠疫時恆猖獗，其他惡病亦往往隨之發生，這是因臺灣往

昔衛生思想仍屬「幼稚」，而不講衛生之法。日人治臺後，臺人對衛生方法略能講究，「道路無塵芥、溝渠無污水，人家之內外亦洒掃潔淨、無有穢氣」。並懂得清理環境，使蚊、鼠無棲處，此後無鼠疫之流行，並能斷慢性瘧疾根株。根據醫學史料得知，1901年（明治34年）總督府聘請高木友枝來臺主持鼠疫防治大計，確立以撲滅病媒之老鼠爲主要之防治策略；並設置權宜的專門防治機構，全面展開鼠疫防治措施。當時，鼠疫防治以衛生監測與檢查爲主，與先前的政治鎮壓有一貫之處，也具加強社會控制的作用。謝雪漁於旅遊散文中所揭露關於清潔的觀念，正與日本殖民者的衛生政策密切相關。

現代性從理念上來說，是以理性和進步爲核心，和啓蒙運動關係密切。謝雪漁對現代性的態度，從其旅遊散文中的教化論述可得知。舉例而言，他認爲不宜只關注個人的利益，而「不計他人之利」等說法，處處強調公德心的重要性。又如鐵道各驛待旅客不親切，作者將原因歸在臺人不諳乘車法，因此受日人輕蔑。他認爲：「倘我仍以非法行，誠無怪彼之無禮相加也。予不能爲鐵道掩其過，又安能爲島人隱其惡乎。」他期望臺人應行事得宜，以提高民眾素質及規範。當觀察臺南民眾多知西藥的效驗而趨之若鶩的現象後，因而強力批評：「惜乎其知擇藥而不知擇醫。」他認爲西醫應思生命攸關，進而研究高深的醫術，以增進同胞的幸福，且應自覺責任日益加重。他一方面對於交通的便利、西藥的普及深有所感，同時批判相關設備或醫學專業仍有多處待改善的情形。另一方面，對於民眾的公德心、服務態度或是過度迷信盲從等風俗作出直接的批判，再現文明與粗鄙兩相對比的面向。

此趟觀察嘉義地震災情的慘重，謝雪漁以細描大莆林及打貓兩村的實際狀況爲例，所謂「敗瓦頹垣，入於耳者，盡是泣親哭子」。又形容屋宇全壞或半壞，大破與小破者，縱橫狼籍，比比皆是，不得以架小屋以暫時棲息居住。至於收容所重傷者，多「破頭爛額，折臂損

足，呻吟牀褥」。據地震史料得知1906年（明治39年）3月17日嘉義
廳打貓支廳（今嘉義縣民雄鄉）與梅仔坑支廳（今嘉義縣梅山鄉）附
近發生芮氏地震規模（ML）7.1的強烈災害地震。整個梅山地震系列
共造成1,275人死亡、759人重傷、1,721人輕傷，現住民房全倒7,361
戶、半倒5,377戶、大破6,425戶、破損11,014戶、燒燬3戶，其他非現
住民房全倒1,302棟、半倒511棟、大破708棟、破損1,032棟。他亦談
到許多關於地震發生原因的傳說皆是虛妄，「然愚而無識者，皆信以
為真，可笑亦可憐也」。又提到地震而先有聲，為自然現象，不足為
怪。至於在地方政策的觀察方面：「島內之治安，則為開闢二百餘年
來，所得未曾有。固當歸功於警察，與保甲制度之妙。」又如：「今
則物遺於道，無有敢拾取之者，即此一端。可知地方之靜謐，已達何
等之程度也。」如此對於警察及保甲制度所採肯定的態度，亦隱含他
讚許殖民統治的視角。

　　在臺南教育的觀察方面，他批評臺南富家子弟嬌生慣養，顧忌
參與學校諸種運動，家長又恐學生群聚爭鬥，與貧家子弟把握就讀機
會的情況迥異。可惜許多學生公學校畢業後，欲北上入國語學校或醫
學校以研究高深學術者，寥寥有限。從種種現象加以觀察，他認為臺
南的高等教育人才落後於臺灣其他各廳。敘事只是手段，論述才是目
的。過去的敘事之所以有意義，主要是因為它契合現在的論述。綜觀
謝雪漁於島內旅遊散文，不僅為觀察臺灣南部的敘事，多著墨於教
育、公共建設等面向，亦批評某些制度、風俗，或推崇總督府地方治
理的成效，並同時論述臺人諸多需改善之處。

　　十九世紀末的旅行寫作以客觀描述為主，及至現代轉而突顯旅行
的論述性質，其中筆法的暗伏或直陳，非單純報導所見聞。藉由分析
旅遊散文作者評論文化差異的心理機制，有助於掌握臺灣二十世紀上
半葉旅遊文學與文化的發展。因旅遊散文為作者再現空間移動的經驗
所得，此類敘事隱含其價值觀。以日治初期的知識份子謝雪漁為例，

他兼具傳統漢學的薰陶與新式教育的洗禮，其旅遊散文多涉及有關東亞再現的相關議題。本講蒐羅刊登於《漢文臺灣日日新報》、《臺灣日日新報》的臺灣旅遊散文如〈南歸誌感〉、〈角板山遊記〉為素材，從知識份子觀看文化的視角，理解作者現代性體驗及文化觀複雜糾葛的特殊質性。

謝雪漁的臺灣旅遊散文描寫原住民與日軍從衝突、反抗到遭受鎮壓的過程，並以明確數據使征戰具象化而增加臨場感。又以參照的敘事方式，連結異地與本土的相似性或相關性，使讀者易於得知地理特徵與相對位置的功能；或以比較手法呈現兩地氣候、物產、行政及文化差異。身為記者的他所撰寫〈南歸誌感〉，表達對南部變遷的觀察，並以文明教化者的姿態，提出個人的評論。他嚴厲批判雖具現代化的鐵路硬體建設，卻缺乏現代性的觀念，故管理制度疏失甚多；又藉此宣揚總督府衛生概念，而與日本殖民者的衛生政策相呼應。他直接批判有些醫生專業能力不足、民眾欠缺公德心、服務態度不佳及過度迷信盲從等現象。至於觀察嘉義地震災情後，論及地震發生原因的傳說多為虛妄，其對警察及保甲制度的態度，亦隱含他肯定殖民者統治的視角。綜觀謝雪漁常藉島內旅遊散文發抒對於衛生、公德心、秩序等現代性的理念，並檢視總督府的治理政策，並在教育、公共建設等面向有所著墨，更汲汲於強調臺人需改善的缺失。旅遊散文的表現手法與小說或詩多有不同，此文類是以敘事表達行旅經驗或異地想像，並蘊含作者的文化論述，反映其學養及價值觀。藉由臺灣日治時期的旅遊散文，能進一步探析他們處於殖民地的錯綜心理情緒，有助於理解知識份子觀看文化的視角。尤其謝雪漁兼具傳統儒學與現代知識的涵養，顯現跨時代文人於新舊思潮衝擊下所消化、重組、迻譯的文化觀。

>>> 延伸閱讀

▌方孝謙，《殖民地臺灣的認同摸索》，臺北：巨流圖書公司，2001
年6月。

▌蘇碩斌編，《旅行的視線──近代中國與臺灣的觀光文化》，臺
北：國立陽明大學人文與社會科學院，2012年7月。

>>> 思考討論

▌從地景再現歷史，請列舉你所知臺灣哪些場景具有歷史意義嗎？

▌你對臺灣哪些電影中的場景印象深刻？爲什麼？

 第三單元

行走世界：
旅外遊記的文化迻譯

第一章
旅亞遊記的文化再現

第八講　越南之旅：蔡廷蘭《海南雜著》

綜觀《海南雜著》的版本，自1837年（道光17年）秋天起，短期之內接連有初刻一刷、初刻二刷和二刻一刷、二刻二刷等4個不同版本的刊本問世。臺灣、日本、俄羅斯、越南等地藏有若干刊本、抄本、排印本和翻譯本。1872年（同治11年）或1877年（光緒3年）即已有俄文譯本；1878年（光緒4年）又被譯成法文出版；二十世紀末到二十一世紀初，更有日文、越文翻譯問世，此書成為清治時期在地文人著作譯成多國語文的特例。日本立教大學的後藤均平教授，於東洋史課程中以《海南雜著》作為兩年的研習教材；並組織「《海南雜著》を読む会」，將此書中的〈滄溟紀險〉、〈炎荒紀程〉加以翻譯、考訂、註釋，且將研讀成

澎湖縣文化局出版

果〈蔡廷蘭《海南雜著》とその試訳〉，發表於《史苑》第54卷1號「東洋史特集號」（1993）。

一、蔡廷蘭越南行旅

　　蔡廷蘭，字仲章，號廷蘭，諱崇文，諡郁園，學者稱秋園先生。又一號曰香祖，原本爲恩師周凱依其名所取之「字」，但因早已按照家族輩份取字「仲章」，遂以「香祖」爲號。1801年（嘉慶6年）8月20日生，1859年（咸豐9年）3月15日卒，享年59歲。他於13歲即中秀才，1832年（道光12年）澎湖饑荒，周凱勘查賑災情形，蔡廷蘭上〈請急賑歌〉，詩歌中透露知識份子對民生的關懷，爲臺灣古典詩歌史上著名的作品。他曾擔任引心書院的主講，並於臺南崇文書院、澎湖文石書院任講席。蔡廷蘭科考登進士後，澎湖文人考中科舉的情形自此也更興盛。蔡廷蘭除在臺任教外，又於44歲分發至中國江西任知縣，49歲補峽江知縣，後歷官至同知。

　　蔡廷蘭於1835年（道光15年）秋赴福州省城應鄉試，時年35歲。考後由金門料羅灣乘船回澎湖的歸程中，遭風漂至越南，與風雨搏鬥歷十晝夜。後來他將漂流至越南的行旅事蹟及所見所聞，按日記載而成《海南雜著》。此書第一部分〈滄溟紀險〉，敘遭風歷險十晝夜抵越南的情景；第二部分〈炎荒紀程〉，按日記載於越南及歸途的經過；第三部分〈越南紀略〉，述越南史事及當地的典章衣飾與風土人情。以下即分別就歷險探奇的旅行記憶、越南古蹟與民間傳說兩方面加以論析。

(一) 歷險探奇的旅行記憶

　　記憶開啓了旅行書寫，一般旅遊文本多語氣眞摯。遊記作者對於旅程中的奇特景觀記憶深刻，常藉由冒險探奇以表現這趟旅程的不平凡；同時也發揮聯想力，吸引讀者的閱讀興趣。蔡廷蘭《海南雜

著》的〈滄溟紀險〉多處描寫遭遇颶風的經歷，文中鋪敘展開驚險的情節，如：「叫嘯怒號，訇哮澎湃，飛沫漫空，淋淋作雨下，濕人頂踵，毛骨生寒，眾相視無顏色。忽然一聲巨浪，撼船頭如崩崖墜石，舟沒入水，半瞬始起。」在水傾盆直瀉艙底的狀態下，蔡廷蘭表現臨危不亂的處事態度，例如於淹仆之間，由其弟手中接住繩索束腰；而當眾人嗷啕大慟時，他鎮定地對船主說：「哭無益，速砍大桅！」於是船桅折墜入水中，船身暫時穩住。就因他們即時的反應，而使災難不致更惡化；又藉由船夫「搖首咋舌」的發言，以加深此趟海洋航行危機四伏的地理形勢：「中一港甚窄，船非乘潮不得進，觸石立沉……海底皆暗礁、暗線……港道迂迴，老漁尚不稔識，一抵觸，齏粉矣！」透過長期在水上生活的老漁夫之言，更能呈顯此趟旅行所冒的風險。同時，蔡廷蘭也自敘幼時常往返澎湖海域，但從未遇到像此次「萬死一生」的奇險災難。當時的海上旅程，因航海設備及技術的侷限，多充滿著不可預知的危險。

蔡廷蘭所遭遇的海難事件，於越南阮朝國史館編《聖宗實錄》，明命16年（1835）冬10月綱目下有簡要的記述：

> 清福建商船一艘，往商臺灣府，因風漂泊于廣義洋分。省臣照風難例，給與錢、米以聞。船內有搭客廩生蔡廷香，特加恩增給錢五十緡、米二十方，俟便遣之回國。

「蔡廷香」即蔡廷蘭，為避越南嘉隆皇帝（明命父皇）母親之許名蘭的諱，故將其名廷蘭、字香祖合稱為「廷香」。《海南雜著》記錄蔡廷蘭於越南所受的特別待遇，歸納如下：

1.明命國王資助旅費

考量蔡廷蘭盤纏罄盡，除經該省給發錢、米外，又加恩增賞錢50貫（每貫60文）、米20方（每方約四斗），以利長途旅程所需。

2.破例核准由陸路返國

一般依往例，凡船遇風抵越南者，若爲文武官屬及紳衿，俱配官船護送回國，商民方有從陸路回者。官船送回須候翌年春暖風和，甚至須至五月和風季節方能成行。但蔡廷蘭向前來勸說他行海路的使者表明心意：「余以急歸奉母爲言，操管往復，自辰及未，求益堅。」使者知曉其堅定意志後，才轉爲代申請由陸路返鄉，最後終於獲得官方的核准。

3.阮朝沿途官吏之禮遇

戶部特地行文各省，要求於廷蘭到省之日，必給路照關文，資助路費及糧食，並派一員隊官，帶兵20名護送。廷蘭在旅程中經過十一省和首都富春城，沿途總督、布政、按察多熱忱接待。

蔡廷蘭除了書寫海上的歷險之外，在陸地風景的描繪方面，也呈顯於越南探奇的特殊經驗。他因急於啓程返臺，申請以陸路爲回程路線，而得以有機會觀看越南的自然及人文風俗。在第一部分〈炎荒紀程〉中，以西南「荒莽非人境」、「景象淒絕」等書寫，呈現異地荒涼的自然景觀。另外某些地區雖有落英繽紛可供悠閒欣賞，但處在「高勢巉巖，石級鱗疊，若千丈雲梯」的陸路景緻下，常得面臨險惡地勢的挑戰，許多路段甚至需旁人扶掖相助，始能汗流浹背徐徐而行。他不僅記錄異地風景，也將當初從海口往廣義省途中，所見波羅蜜、禾稻、修竹、甘蔗、檳榔等熱帶產物，及沿途景觀與家鄉的景物比對，故言「風景絕類臺灣」，以景物相互參照的方式來稍解思鄉之情。此外，書中所載越南「七姊妹洞」的蜘蛛精傳說，或是「鬼門關」的諺語，以及「袒衣捫蝨」等風俗，皆透露於越南探奇的特殊性。

在旅行的心境方面，多記錄蔡廷蘭情緒的起伏及內在心境的映照。一方面描繪因遇及危險而感到恐懼驚慌，但隨即思考對策而加以因應；另一方面，當他窮愁抑鬱之時，忽聞從陸路回鄉的申請已通

過，忍不住「余病若失，躍起詰之」。思及將與剛結識的友人分別時，又忍不住「掩淚揖別」、「迴思越南諸官及流寓諸君殷殷之意，未嘗不感極欲涕」，情緒波動不已。《海南雜著》記敘了作者鬱悶悵結的心情，但得知由陸路歸鄉的申請核准時，又如衝出樊籠的鶴鳥般欣喜自由。每逢節慶時刻情緒更易起伏，如蔡廷蘭看到越南當地傳統習俗：「是日除夕，人家換桃符、放爆竹，如中國送臘迎年故事。余感時思親，與家弟終夜零涕，不能成寐。」此種描寫不僅是情節的再現，也是人的心理、情感過程的再現，景物與人相互交流的描繪。又如元旦時：「序慶履端，辰徵首祚，丁街亥市，番舞夷歌，歡聲動地。」以及元宵節慶：「客舍主人張燈聚讌慶元宵，余心益悲。」在燈會的熱鬧氣氛中，更感到身處他鄉的孤寂。

　　蔡廷蘭在〈滄溟紀險〉篇末言及自己「忠信愚忱」的性格，遇到旅途中的顛危險難，內心不免於恐懼；但也因對家中母親的掛念，轉為化解旅途中種種困阻的動力。他形容道：「心怦怦然，展念老母，終焉不孝，尚敢自望生全，亦聽命於天已爾。乃竟不死，以至於斯。不知天將厚造於余，而先使流落遐荒、窮愁拂鬱，因以擴見聞於海外之國，未可知耶？然亦幸矣。」蔡廷蘭因緣際會漂流到越南，卻能在眾人的協助下，循陸路而回。當時清廷只開放越南從陸路定點入貢，嚴禁兩國從事海路貿易，越南國王亟思突破現況，屢次想藉護送難民返籍，尋求擴大貿易的機會。清代漂到越南沿海地區的中國難船，起碼超過六十二件，但能把海難經驗詳實記錄下來的，惟有蔡廷蘭的〈滄溟紀險〉。他詳細記錄此趟意外旅程的時間及參觀地點，呈現跨界的具體樣貌。（參見第141頁：蔡廷蘭旅遊行程表）歷來海難事件中，蔡廷蘭並非惟一具有「文武官屬及紳衿」身分者，然而只有他為陸路采風留下第一手資料，也因至「海外之國」而拓展了見聞，《海南雜著》更增添其在臺灣古典文學史上的地位。

　　此趟長途旅行雖然是意料之外，卻得到越南官方及民間物質的資

助，與眾人精神上的鼓勵。當1836年（道光16年）蔡廷蘭拜會諒平巡撫陳文恂時，原不知蔡氏未居任何官職，僅為一名廩生。因當時明命國王崇尚儒術，故多以禮對待外來的儒士。因蔡廷蘭為周凱的學生，周凱是越南三位地方要員的故友，再加上蔡廷蘭詩文素養佳，故備受禮遇。十九世紀上半葉長距離旅行，多受經費所侷限。尤其蔡氏雖非官方身分，仍因漢文化薰陶下的科舉文化資本的影響而受益。劉鴻翱為《海南雜著》作序時提到：「國王雅重儒術，其國文武大小吏員皆曰：『不圖今日得見天朝文士！』」蔡廷蘭在旅途中的異國空間裡，也被當地民眾觀看，呈顯雙方文化接觸的交互作用。他於1849年（道光29年）任峽江縣知縣時，林則徐卸雲貴總督，次年三月回到福州。蔡廷蘭曾寄《海南雜著》向林則徐請教，後來林氏作〈蔡香祖大令寄示《海南雜著》讀竟率題〉六首七絕。其中第一首提到：「君家濱海習風濤，涉險歸來氣亦豪；天許鴻文傳域外，驚魂才定甌拈毫。」以及第二首，「大化遙沾古越裳，未通華語解文章；天朝才士來增重，嚮答詩筒侑客觴。」描寫蔡廷蘭漂流至越南涉險探奇的經歷，以及與當地文士唱和的情形。至於詩中記敘「卻金仍自返空囊」，更是讚賞蔡廷蘭在行旅過程中，婉拒官員或文士的諸多餽贈，所呈現出廉潔自愛的情操。

　　旅行是跨越空間與時間的經驗書寫，過程中有時會將其他文化再現，或以距離的方式重新想像。舉例而言，清治時期來臺的文人，通常先透過方志資料，建構對異地的認知，如郁永河、藍鼎元、黃叔璥、蔣師轍、池志澂等人，皆於書中提到閱讀古文獻影響他們書寫臺灣的面向；同時，也因親身經歷的不同，而寫成各具特色的旅遊筆記。個人旅行經歷受到閱讀他人作品、以及聆聽相關見聞的影響。觀看的眼睛並不是天生具有的，對異地風土的認知，有如社會文化的累積過程，經過許多人共同參與、互相影響而來。周凱曾評此書：「挨日記事，即景寓奇，本李習之《來南錄》、歸熙甫《壬戌記程》，而

尤覺鬱茂，所遇異也。寫景處，半自柳柳州『山水記』得來。」蔡廷蘭得到一些境外遊記書寫所啓發，同時也受柳宗元等人山水遊記的影響，著重於觀人文、寫奇景。〈越南紀略〉在空間的形塑上，呈現出作者對越南人文地理的概念，如：「然廷蘭竊觀越南形勢，其王城固而有備，憑山阻海，得地利可自雄，南北一帶如長繩，五千餘里皆歸統轄，可無爭並之虞，實爲外藩傑國。所慮鞭長不及，民情澆薄無常耳。」蔡廷蘭對於越南地理形勢的變化，是以治安管理爲主要考量，並表現出統治階層的敘事觀點。

(二) 越南傳說與諺語的民間記憶

蔡廷蘭不僅記錄回憶當時與官員、文人相互唱和的諸多情景，更特別的是收錄一些早期越南傳說、諺語，而呈現口傳文學的民間記憶。「傳說」爲民間文學的文類之一，通常指的是描寫歷史時代與歷史人物，具有紀念性的功能；傳說也具有鮮明的地方性，如地名或特產傳說等。此書第二部分爲〈炎荒紀程〉，收錄有關鼎峙於海中的「三臺山」的記錄：「俗傳昔有七蜘蛛巢其中，幻作好女爲祟，後爲佛所除，今稱七姊妹洞，高出地二丈許，望之屹然。」作者簡要書寫「七姊妹洞」的蜘蛛精傳說，此屬於動物幻化爲人的民間傳說類型。他所記錄的數則越南早期地名傳說，使得《海南雜著》具有保存民間口傳文學的價值。他又曾於2月16日途經「鬼門關」時，采錄一則諺語：「鬼門關，十人去，一人還。」並記錄與此相關的民間傳說：「俗傳有鬼市，過午則群鬼出關貿易，人犯之輒病。」作者在此關下感到「陰風襲肌」，反映陰涼潮濕的氣候、多瘴氣的自然環境，並描繪鬼群聚集此地貿易的傳說情境。

越南古早歷史與「同仁社二女廟」的傳說，呈現有關越南古早歷史的集體記憶。蔡廷蘭紀錄道：

至同仁社，觀二女廟（東漢光武中，女子徵側、徵貳反，馬
援來平，二女死於月德江。其屍流回富良江，土人為立廟
宇）。返宿如琛園中，興懷憑弔，吟答終宵；覺觀覽之餘，
別深寄託。

　　徵側、徵貳姊妹本姓駱，徵是別姓，為交阯麊泠縣駱將之女。此
事件起因於漢交阯太守蘇定橫徵暴斂，朱鳶縣（東安縣）雒侯子詩索
撰寫〈古今為政論〉諷喻時政，得罪蘇定而被誅。詩索的妻子徵側、
以及其妹徵貳，為交州雒降（今文江縣）人。因此率眾起義反抗，攻
佔州治，南海、九眞、日南、合浦皆應之，又略定嶺南大小城池65
座，自立為王。東漢光武帝下旨征討兩年始平定。此傳說即以徵側、
徵貳亡於月德江，遺骸漂流到富良江畔，當地人士建「二女廟」祭拜
為背景。越南人哀慕徵女王，於福祿縣喝江社立祠奉祀，並訂每年農
曆二月初六為二徵女王節以為紀念。
　　此外，〈炎荒紀程〉記錄另一個傳說為蔡廷蘭於鬼門關的見聞：
「關側有伏波將軍廟，甚靈異（凡使臣往來，必詣廟進香）；廟前皆
薏苡（即馬援當時所餌，能勝瘴氣、解水毒，人呼乾坤草；余掇取盈
橐）。」伏波將軍即為馬援，蔡廷蘭也入境隨俗，在鬼門關旁一座供
奉馬援的伏波將軍廟前，取「乾坤草」服用以對抗瘴氣，並解除水毒
的侵擾。他不僅記載有關馬援的民間傳說，又於〈越南紀略〉提到馬
援的歷史事蹟：「光武時，女子徵側、徵貳反，馬援討平之，立銅柱
為界。」另觀范曄《後漢書‧馬援列傳》引《廣州記》提到：「援到
交趾，立銅柱，為漢之極界也。」《海南雜著》以漢為中心論述馬援
的官宦生涯，或「立銅柱於交趾」守疆域交界的具體事蹟；而越南民
間則以神奇草等傳說，將歷史上的馬援將軍予以神化。這些民間傳說
也象徵越南人面對瘴氣或水中含毒的環境，如何以野生植物來調整身
體機能，或是以宗教信仰來作為適應自然環境的心靈寄託等文化意

義。

　《海南雜著》另一個結合諺語與傳說的例子，爲描寫到越南貿易的船隻「冬到、夏還」的情景：

> 俗云：「孔雀徙，唐船來；蘇和鳴（昔有一繼母所生子名蘇和，以事逃安南不返。次年，母遣繼子往尋之；繼子至安南，訪弟無音耗，不敢歸，病死，魂化爲鳥，四處呼蘇和，唐船將回，悲鳴尤甚，因名蘇和鳥。今此鳥甚多，其聲宛然蘇和也），唐船返。」

　蘇和鳥的傳說爲人變鳥的母題類型。此段傳說之後又接著提到：「數年來，官禁肉桂、生糖等貨，不准私販出口，定官價採買，歸王家商販；又增商船稅例。以此中國船益稀少，十減五、六，民甚苦之。」呈現蔡廷蘭在采錄民間文學素材之餘，也關心官方限制民間出口貿易或增高商船稅金等情形。

　旅行書寫常吸引世界各地民眾的閱讀興趣，及研究者的關注。蔡廷蘭所描繪的越南傳說，蘊含了底層民眾的記憶，也再現異地事物，因而能引起讀者的閱讀興趣。周凱曾如此評論：「寫外藩，據事直書，而夷情自見。抑揚處皆得體。」早在漂流越南之前，蔡廷蘭於1829-1832年間（道光9至12年），曾協助蔣鏞纂修《澎湖續編》而有編纂志書的實務。從《澎湖續編》中的〈天文紀〉、〈官師紀〉、〈人物紀〉、〈藝文紀〉等，多載錄他所參考的文獻及田野調查的成果。他與澎湖文人合作記錄一些官員的列傳、踏訪島民，描繪出節孝、節烈等傳統價值觀下的人物形象。《海南雜著》爲蔡廷蘭於以往的田野調查基礎上，結合史志撰寫的舊經驗，再現實地觀察十九世紀上半葉北越社會。

二、遊記中的歷史與風俗論述

　　蔡廷蘭《海南雜著》是一部駁雜的旅遊筆記書，日本立教大學後藤均平教授與讀書會成員，於翻譯並注釋此書的前兩章時提到：「〈滄溟紀險〉可作爲江戶期海難史研究者取材的史料，〈炎荒紀程〉可供十九世紀前半的清國文士於越南行旅事蹟的研究文本。」此外，第三部分〈越南紀略〉則是作者歸納古籍中有關越南的史料，並呈現書寫者的歷史文化論述。在此，作者先敘及越南的「社群文化」，如：貴族儀節、官制法令、祭祀、軍事、民間規約、婚姻風俗等。在「技術文化」方面，則有：衣飾官服、耕作、物產、建築、貿易等。在「表達文化」方面，記載音樂、戲劇、舞蹈，最後論及地理形勢。這些文化各層面的簡要記錄，若以「論述」的概念來分析其旅行見聞，將發現在某些特定的觀念、語彙及各種再現的形式中，都具有一致的論述對應印記（discursive register）。論述主要關切的是分析再現的形式、再現如何被構築出來、再現包含了什麼設想——如種族或中心主義，以及再現投射出什麼樣的意識形態等。爲分析《海南雜著》文化論述的意涵，以下分成歷史論述、風俗論述兩層面來加以探討：

(一) 歷史論述

　　蔡廷蘭於《海南雜著‧越南紀略》的章節中，藉由編綴越南從古至今的歷史文化，形成以漢族中心意識建構而成的越南史論述。在現代史學理論研究中，「歷史敘述」（historical narrative）日益受到學界的關注，史書作者如何通過對史料作出有判斷的選擇和安排，成爲歷史敘述理論研究的核心。歷史敘述筆法已從分析性的文字組織轉變爲描述性的，史家功能的概念亦從科學的轉變爲文學的。可見這種轉變已注意到歷史的意義是史書透過作者的意識，而流露出史家的敘述觀點；同時也因著重在歷史以何種方式呈現，所以歷史書寫活動更

成爲討論重點,與文學的關係甚爲密切。蔡廷蘭於閱讀歷史古籍文獻後,摘錄羅列秦、漢、南朝、唐、五代、宋、元、明到清的中越關係;敘及近代的史事時,則不侷限於文獻的記載。作者自言:

> 史冊所載,班班可考,何敢贅述。廷蘭聞諸道路者皆近事,
> 不能詳考其實,與所目觀者,姑書之以供海外之談。

　　所以他於書中標示資料的出處爲「據流寓越南者言」,希冀采錄流寓越南的華人口述歷史,以補充文獻上所載近代史事,並期能與傳統史冊相互參照。

　　觀〈越南紀略〉所記錄的民變事件,因篇幅所限,未能呈現事件發生的複雜背景原因。有關徵側、徵貳的事件,范曄《後漢書》所記:「交阯女子徵側及其妹徵貳反……詩索妻,甚雄勇。交阯太守蘇定以法繩之,側忿,故反。」《海南雜著》未詳細敘述因交阯太守蘇定爲政貪暴而引起民眾武裝反抗,以及各地越人紛紛呼應的經過。蔡廷蘭雖列舉數起所謂「相繼爲亂」的事件,但若探究其中一件「黎利復亂」的原委,可知民變事件的背後牽涉到治理政策的問題。此事起因於1407年(明永樂5年)中國派文官治理越南,當時曾舉行人口調查,並行徵兵制及課徵重稅,又由於許多不合理的措施而激發了越南的民族主義。1418年黎利領導軍隊抵抗,並採取游擊策略,10年後佔領河內,驅逐中國軍隊與文官。蔡廷蘭因長期處於儒家文化圈中,在書寫這些複雜歷史事件之際,難以跳脫傳統漢文化中心意識的歷史敘事手法,文中所透露的觀點也常爲統治者用來處理民變的修辭。

　　再從十八世紀後半葉的越南史來觀察,越南中部西山地區的阮氏三兄弟揭起反叛大旗,當時阮文岳自稱爲「西山王」。然而蔡廷蘭於〈越南紀略〉中,主要以嘉隆皇帝爲正統,不僅詳加描述「粵人海寇」何獻文如何協助嘉隆帝擊退阮文岳,又紀錄因感念何獻文的及時

鼎力協助而「厚視唐人」。相對的，描繪阮文岳時則以輕蔑的口吻，評論這位「西山王」的形象：

> 西山賊光中，自入山後，誘制生番，聚黨寇掠，仍稱西山王，子孫相襲（有景盛、寶興諸偽年號）。又有一種蛇鬼番，乃白苗種類，居山中，生育浩繁，一蛇鬼王治之，時群出殺人為害。

　　此處所謂「白苗」，為越南的少數族群。越南苗族可分為黑苗、花苗、白苗、紅苗，及漢苗五個支系。苗族婦女的服裝色調及飾品，在支系與支系間，有相當程度的區別，因此苗族支系是依據服裝顏色的差異而有不同的稱呼。然而，〈越南紀略〉卻以傳統書寫模式「偽年號」、「蛇鬼番」等污名化的修辭，透露其正統觀下的族群偏見；同時，也呈現對嘉隆帝與西山王相關歷史敘事的對比手法。

　　《海南雜著》紀錄旅途所見漢文化傳播異地的情況，也從歷史文獻上歸納越人在祭孔、科舉制度、官制，甚至服飾、戲劇、音樂、舞蹈等內容或表演方式，受到漢文化影響的程度，「筥子無歸，然問俗採風亦吾儒事業，始舉其顯而易見者約略紀之」。中國統治越南將近一千年，後來又有朝貢關係，其目的非著重於土地的拓展，而是「天朝」聲威的宣揚。古代越南的官方語文就是漢文（語），因此越南歷史上許多重要著作如《大越史記全書》，都是以漢文書寫成的。越南的史學古籍受到春秋、通鑑、綱目的影響，著重褒貶勸戒的書法，以及春秋別內外、辨華夷的精神。〈越南風俗記〉又提及：「越人文章不甚講究，而最重詩賦。皆古音古節有唐人風韻，雖市井中亦多有能詩者，而於史學尤深。至於《三國志》，雖婦人女子無不稔熟；書法純學王趙，制藝多讀明文。」越南早期的史書《安南志略》，作者黎崱於〈自序〉中提到：「庸表天朝德化所被，統一無外，而南越其有

惓惓向慕朝廷之心，亦可概見于此者。」《安南志略》的紀元都是採用中國朝代的年號，作者視越南爲中國的一部分，並採取中國的角度看越南的歷史。蔡廷蘭《海南雜著》也多從漢籍史冊或華僑口中聽聞越南史事，雖有保存史事的功能，仍以「他者」的眼光，敘述越南歷史發展的脈絡。十九世紀中越關係發展密切，嘉隆恢復十五世紀黎聖宗師法中國模式制定的帝國政府，皇帝與六部部長組成樞密院，六部分別管轄吏、戶、禮、兵、刑、工。嘉隆也恢復依據儒家學說的科舉考試，頒布一套基於中國法學原則的法典。1819年（嘉隆18年）嘉隆王駕崩，太子瞻繼位，越史稱聖祖，改元明命，亦是一位崇尚漢文化的君王。蔡廷蘭於明命朝漂流至越南，正親身體驗當時漢文化影響下的越南體制。

　　爲瞭解遊記的內在意涵，需關注敘事者的修辭、背景、職業、權力、資源及其限制，才不致於將文化與歷史的差異性抹煞。《海南雜著》其學術價值與文學成就，有助於我們了解十九世紀30年代越南的風土人情。然而，一位當代越南學者曾婉拒爲澎湖縣文化局出版的《開澎進士蔡廷蘭與「海南雜著」》寫序，他認爲：「我們不應該寫，因爲蔡進士站在中原的角度來評價〈越南紀略〉。如果在越南出版，一定不可能拿到允許證。如果書出版了，我們一定碰到不少困難。請您向澎湖朋友轉告。……請原諒！」歷史敘事觀點的不同，常造成詮釋的差異性。以往認爲是田野觀察所得的客觀紀錄，實際上卻多呈現出主觀的文化詮釋。旅行文學提供薩依德所稱的「想像地理」（imaginative geography）──締建區分「我土」（our land）與「蠻邦」（barbarian land）的疆界。若從越南文化的主體性來看，中國直接統治越南是從西元前111年到西元939年，再從1407年到1428年，其間曾經發生許多起義事件。越南的民族主義，即是在該國抵抗中國支配的歷史搖籃裡滋養的。

　　早期以中國爲中心的冊封體制，是由中華帝國強加在東亞世界的

國際政治關係之中所呈現的具體形式。因而，這種冊封體制，便隨著中國各王朝的鼎革、勢力的盛衰，而有數次分裂、瓦解，乃至於重編的現象。東亞世界除了以冊封體制爲主軸的政治圈外，還包括相互重疊的文化圈、交易圈、交通圈等，以及包含整合這一切，構成一個整體的歷史世界。中越兩國因地理位置、歷史、文化、語言文字等各方面的接觸而關係密切，越南帝王曾長期以儒學爲其「國教」，儒學的影響極爲深遠。官化制度與儒家價值，協助越南精英豎起權威之牆，鞏固其於農民社會的勢力與經濟地位。越南人雖然不滿中國統治，但仍吸收中國文化的一些特徵、民事與道德法律、儒家的官僚組織、文官科舉考試制度，以及皇帝的機制。越南華化影響的主要是上層社會階級，農民仍傳承著越南的習俗，如咀嚼檳榔，並且保持崇拜祖靈及村莊神祇等泛靈信仰。《海南雜著》呈現作者對越南士人階層與鄉里間的觀察，漢喃研究院的鄭克孟（Trinh Khac Manh）曾爲漢越雙語版的《海南雜著》題序：「在越南歷史方面，我們很珍惜並高度評價作者的記載，其中，有很多東西值得參考、研究；不過也應該指出的是，由於時間短促，材料缺乏，所以難免有些地方的描寫不盡符合事實，需要改正。在越南文化方面，特別是風俗習慣方面，作者寫得很詳盡，很細緻，這對越南文化研究界頗有裨益。」此外，杜正勝於〈觀光與人格〉所言：「〈越南紀略〉也稱得上是初步的民族誌，對越南有某種程度的了解。臺灣人之著述外國歷史民族文化者，這可能是第一部了。」在早期臺灣文人旅外遊記難得一見的情況下，蔡廷蘭《海南雜著》此部文筆流暢的作品，不論就臺灣文學史或文化史而言都頗具代表性。

(二) 風俗論述

　　顧炎武等許多清朝儒者的遊記不再強調旅行休閒活動成分，旅行的目的與紀錄甚且轉爲對中國土地的考察研究。這些文字不可避免

地牽涉對非漢族群及文化的觀看、瞭解與呈現，也往往反射作者的身分和文化認同。蔡廷蘭於《海南雜著》中，多呈現傳統文人體驗陌生地的特殊性，以及旅行者書寫差異性的內在潛意識。日本後藤均平教授發表於1993年12月《史苑》的論文中提到，〈炎荒紀程〉標題中的「炎荒」爲「南方化外之地」，呈現古代中華知識份子的差別意識。蔡廷蘭於〈炎荒紀程〉刻意強調自己所處之地的「蠻荒」景象：

> 平原曠野，或數十里斷絕人煙，蕪穢藏奸盜，行人戒備。客
> 舍多以蠱藥害人：置牛肉中同啖，則不可救……
> 荒墟野徑，榛莽縱橫，勁茅高丈餘，萋萋滿目，絕少人家；
> 或空山幽谷，蓁叢未闢，人跡不經，常患奸匪。又有石山，
> 崢嶸突屼，聳入重霄。煙瘴封埋，竟日不散。……溪水所
> 經，兩旁林木交蔭，不漏天光。虺蝎藏踞，腥穢落溪中，故
> 水上最毒。行人自裹糇糧，滴水不敢入口。

此兩段書寫以時間先後爲敘述順序，使景物呈現流動狀態，並再現探險過程。不僅記錄可能遭受盜賊以蠱藥置於牛肉而害人的危險，又兩次提及在此受到「奸盜」、「奸匪」干擾而影響行程。此外，處在瘴氣迷漫的山谷、森林中，又有毒水溪的威脅，皆呈現自然環境的潛藏危機。研究旅行敘事的學者伊斯蘭（Syed Manzurul Islam）認爲旅行者透過表達「差異論述」（Discourse of Difference）以凸顯自己到達異地：旅行者可能長途艱苦跋涉到達某偏遠之地，但是唯有藉著表達論述中的差異，他／她才能宣稱跨越了疆界。例如李維史托（Glaude Levi-Strauss）便列舉組成當地自然環境的一系列成份品質，如：污穢、混沌、雜亂、擁擠；廢墟、茅舍、泥濘、灰塵；糞便、尿、體液、分泌物、流膿的瘡……以宣稱他到達印度加爾喀達。蔡廷蘭的越南之旅，一方面紀錄沿途各地文人與官員以漢詩相唱和的

人文景象，另一方面也提供給讀者窺伺探險之奇的想像空間，並藉由作者眼中「煙瘴封埋」的「蠻荒」之地，而突顯文人跨越疆域的特殊性。

《海南雜著・越南紀略》也描繪作者於行旅途中所觀察到的風俗，如：男子偏好穿著黑衣紅褲，戴著形如覆釜的箬笠，見人則脫笠低頭叉手行禮等。文中記錄道：

> 又嘗細驗其民情，雖漢裔居多，而雜彝獠舊習，詭隨輕誇，殊不可親。男子遊賭安閒，室中坐食，家事聽其妻。好著黑衣紅袴，戴箬笠（形如覆釜），見人則脫其笠，以低頭叉手為敬。衣服至敝不澣，蟣蝨常滿，捫置口中嚼之，謂吸自家生氣（貴賤皆然；官臨民，亦解衣捫蝨，不為怪）。

此段所載「詭隨輕誇，殊不可親」、「遊賭安閒」、「衣服至敝不澣，蟣蝨常滿」等多非讚揚之語。作者描述當時越南人解衣捫蝨，與抓蟣蝨置口中嚼食以吸自家生氣的習慣，藉此書寫來宣稱他跨越了疆界。此句中的「不為怪」附語，顯現這個地方風俗在越南頗為普遍；然而，當蔡廷蘭有一天因避雨而拜訪何姓巡撫時，卻見到不同的反應。〈炎荒紀程〉寫道：「時公方袒衣捫蝨，見客至，斂衣，遽怒鞭書吏二十。余以書進曰：『某來未失禮，何遽見辱？』公霽顏起謝曰：『渠不先通報，致老夫倉皇不能為禮，一時唐突，幸勿罪！』」此位越南官員認為在外來文士面前「袒衣捫蝨」是種「失禮」的行為。官員這樣的想法，多是受到儒家教化影響價值觀。

就現存之漢喃文獻來看，越南民間風俗文獻的編纂，從內容到方式多受到儒家思想的影響。這些文獻對風俗的評論，與儒家道德背道而馳的風俗，往往被視為淫俗、腐俗；或俗例條約及獎懲規定往往根據儒家的道德觀念制定，孝等道德要素備受重視，它們往往被視為

集體規約文本的重心。柯立福（Clifford）在《書寫文化》（*Writing Culture*, 1986）一書的導論中，描述當代文化人類學者全新的觀點和文本論述的模式：他們視文化為嚴謹競逐的符碼與再現等要素所組成。文章形塑與修辭的重心，有意凸顯文化闡釋蘊含人為建構臆造的特性。此舉自然會崩裂瓦解原先威權透明的表意模式，也讓我們洞悉人類學歷史書寫的窘境；事實上，人類學一向就游移深陷於文化的創造而非文化再現的情境中。旅行文本傳統目的旨在教育啟迪，藉採擷訪地的素材，短暫滿足讀者眷戀外邦，或編織異域「風采」或勾起「浪漫」思緒。例如：於《海南雜著》中，在諒山見一老婦人彈奏狀如月琴的嘴琴，又見「二女子炫妝出度曲，互唱低吟，餘音淒咽。每一曲終，輒對語喃喃，不可曉。又能作婆舞，進退輕盈，嬌轉欲墜。眾擲以金錢，則秋波流睇，含笑嫣然。」對於「嘴琴」、唱曲、舞蹈以及不可曉的喃喃異族言語，作者感受到「異方之俗，亦別具一婆種風情」，增加了旅行中所見事物的神秘感，至於「能唱中國歌曲者，尤人所豔好」，則呈現表達文化受漢族影響的情形。

　　蔡廷蘭停留期間，正當越南的最後王朝──阮朝（1802-1883）阮福映（嘉隆帝）、阮福晈（明命帝）獨尊儒學之際。〈越南紀略〉提到「今國王敬事天朝，深明治體，尤通書史（頒刻自製詩文集），崇儒術（大官多用科甲），事母以孝聞」，可見明命朝深受儒家薰染的情形，並以儒教價值思維具體融於治理政策之中。蔡廷蘭又說：「而法度悉遵中國（如設官、校士、書文、律例，與中國無異）」、「其內外文職，品級名號，皆倣天朝官制」，《大南寔錄》中的〈世祖實錄〉、〈聖祖仁皇帝實錄〉處處可見記載諸臣奏請設立儒學講堂規程、獎勵入學與經史編纂，以及會試試法包括經傳義、詩、文、賦等措施。蔡廷蘭的遊記時而流露漢族中心的文化意識，他觀察到：「閱兒童所誦四子書、經史、古文、詩賦，與中國同，皆寫本。」當時從事公職必須通過以儒家經典為主的科舉考試，每年舉行省級考試

一次，每三年舉行區域與全國性的考試一次。由於菁英的社會與經濟地位，越南到十九世紀一直是個文官支配的儒教國家。科舉考試培養一群受過教育的菁英，鼓舞向高層級效忠，促成規範良好的文官官僚組織，這一切導致相當穩定的社會、政治、行政秩序。在另一方面，這些因素也使其他行業的人民產生一種屈尊俯就的態度，以及一種從過去尋求先例以解決目前與未來問題的趨勢。

《海南雜著》記載蔡廷蘭每到一處拜訪官吏，常與他們頻繁唱和詩文。雖然許多詩文未收錄於此書中，但有些官員向蔡廷蘭「索題楹帖」，反映以漢文同文的教化影響。遊記反映出當時的經世思想潮流，及作者所觀察的風土，透露出個人的文化論述。蔡廷蘭受到越南地方官的殷勤招待，故有感而發地描寫到：

> 廷蘭以風濤之厄，身履異域，雖譯語不能盡詳，幸遇同鄉流寓者眾，得隨地訪聞其事；益知我聲教所被，能使窮荒海壤，喁喁向化，中外一家，贐資得歸鄉土；何莫非聖天子高厚之成生哉！

流寓者指閩南華僑。蔡廷蘭以文士身分，雖然言語不通，但以漢文書寫卻能與知識份子筆談無礙，可見漢字文化圈及其意識型態影響範疇的遼闊。此即呈現儒學於境外發展的情況，以及教化影響的普及程度，甚至讓他能籌得回臺資金。從文廟的歷史透露當年越南儒學化的程度，今日儒學對越南的影響不是透過政治制度，而是藉由家庭倫理、生活習慣及宗教信仰來表達。這種看不見的影響往往是最不容易被政治力量或是西方的文化所控制或消滅。從《海南雜著》的風俗論述，呈現蔡廷蘭旅行過程中的文化想像是在具體、以及歷史的脈絡之中，彼此互相透過旅行、翻譯跟互動的方式，種種文化實踐的差距下而開展的。

• • • • • • • • • • • • • • • • • • •

　　旅行書寫中所透顯的族群文化價值觀，多受過去的經驗與個性所形塑。家庭背景、學習與生長的社會環境全體的累積，影響每個人觀看之眼的角度。藉由觀看，我們將自己置身於週遭的世界中；用語文解釋這個世界，但語言永遠無法還原這個事實，我們的知識和信仰會影響觀看事物的方式。1835-1836年（道光15至16年）的一段意外旅程，讓蔡廷蘭見識到越南的自然景觀及人文風俗。他所撰的《海南雜著》牽涉到跨越疆界的書寫，而成為清治時期臺灣在地文人著作譯成多國語文的特例；今日也因此書的流傳，加深作者在家鄉或異地的象徵性社會地位。本節從兩大面向對其人其作加以詮釋：首先探討蔡廷蘭越南行旅的異地記憶，分從歷險探奇的旅行記憶、越南傳說與諺語的民間記憶兩方面來論析。蔡廷蘭對於旅程中的奇特景觀記憶深刻，常藉由冒險探奇以表現這趟旅程的不平凡，並記錄個人旅行心境的轉變。他在越南遇到許多閩、粵的移民，並從以漢語交談的居民口中了解越南的習俗；也見到越南境內幾處與中國有關的古蹟，並聽聞地方的傳說。這些越南傳說，蘊含了底層民眾的記憶，也再現異地的多種事物，因而能引起讀者的閱讀興趣。旅行書寫得以完成，是憑藉作者特定主體位置，故參酌相關史料與旅行文學理論，以探究此部旅外遊記所牽涉到的文化遷徙流動，並呈現在地文人的價值觀。蔡廷蘭因記錄越南民間傳說，而顯示出官方與民間不盡相同的視角。

　　其次，又從歷史論述、風俗論述兩層面，分析《海南雜著》文化論述的內在意義。旅行是跨越空間與時間的經驗書寫，過程中有時會將其他文化作刻板的再現，或以距離的方式來重新想像。例如〈越南紀略〉藉由編綴史籍與田野訪查所記錄的越南歷史文化，呈現出以漢族中心意識建構而成的越南史論述。書中一些觀察記錄與社會史形成參照景觀，提供蒐藏記憶與歷史感知的書寫策略。《海南雜著》不僅

紀錄漢文化的傳播成果，以及儒家文化圈的教化情形，蔡廷蘭在旅途
的異國空間裡，也被當地民眾觀看，在相互的觀看中呈顯其差異性。
作者於凝視自我與他者之間，透露出文人對異地的記憶以及文化論述
的特殊質性。蔡廷蘭曾有編纂《澎湖續編》的田野調查經驗，所以他
一方面紀錄越南的歷史傳說，觀察當地越南文化特色；另一方面，卻
因描寫異民族對古典詩文的學習與孺慕之情，不自覺流露漢文化的優
越感。這兩種複雜的情緒交織而成，成為帝國論述與紀錄文化流動的
書寫風格。這部十九世紀旅外遊記在文化想像之餘，也因翻譯在地文
人的踏查記錄而與國際對話。同時，也提供發掘更多古典散文內在意
涵的機緣，而激發研究者探索臺灣古典文學史豐盈面向的可能性。

蔡廷蘭旅遊行程表

旅遊日期	參觀地點	經過行程	《文叢本》頁數
1835道光15年 10月13-16日	茱芹汛 （廣義省）	途經潞灂、緊板	5-6
1835道光15年 10月17-22日	廣義省	途經潞灂市、虬蒙城。22日回船	6-8
1835道光15年 10月26日-12月27日	廣義省城 （俗稱惠安）	途經惠安、三臺山、七姊妹洞、隘嶺、海山關	8-12
1835道光15年底 12月30日除夕	富春 （俗稱順化城）		13
1836道光16年 1月7-11日	廣治省	先由陸路候廣治省；陳親舉家送溪邊，溪行二日。途經迎賀	14-15
1836道光16年 1月13-20日	廣平省城 （俗稱洞海）	途經（助市）崙、洔市、固崙、橫山嶺、中固、河華府	15-16

1836道光16年 1月20日	河靜省		16
1836道光16年 1月22日	乂安省		16
1836道光16年 1月26日	清華省		17
1836道光16年 1月29日-2月5日	寧平省 （俗稱平創）	途經飛鳳山、里仁府、常 信府	17-18
1836道光16年 2月6-11日	河內省 （即古東京）	觀黎氏故宮、渡洱河江、 閱天使館，至同仁社，觀 二女廟；途經慈山府	18-19
1836道光16年 2月11-16日	北寧省城	途經諒江府、芹營屯、桄 榔屯、鬼門關、伏波將軍 廟、五臺	19-20
1836道光16年 2月17-29日	諒山省城	至飛來山、觀二青洞、三 青洞、大青洞、文廟；途 經駈驢庸、文淵州、由隘	20-23

資料來源：

1. 此表依時間先後，將蔡廷蘭《海南雜著》所載旅程重新整理成表格方式，並佐加文叢本頁碼出處

2. 有關蔡廷蘭越南行旅的路線，蔡丁進已繪成〈蔡廷蘭越南行跡地圖〉（收錄於高啓進、陳益源、陳英俊合著《開澎進士蔡廷蘭與「海南雜著」》，澎湖：澎湖縣文化局，頁13），可供參考

▶▶▶ 延伸閱讀

▌陳益源，《蔡廷蘭及其海南雜著》，臺北：里仁書局，2006年。

▌Robert J. C. Young著，周素鳳、陳巨擘譯，《後殖民主義——歷史的導引》，臺北：巨流圖書有限公司，國立編譯館，2006年。

▶▶▶ 思考討論

▌蔡廷蘭當年因緣際會漂流到越南，在旅程中觀察哪些自然景觀以及風土人情？書中有關越南的歷史與文化論述有何特殊性？

▌蔡廷蘭歷劫歸來，想辦一場旅遊分享會，宣傳海報將以什麼意象呈現？

memo

第九講　日本之旅：
李春生《東遊六十四日隨筆》

　　就十九世紀末臺灣的文化場域而言，仕紳階層及在地文人在清、日政權轉移後，至異地旅遊內心多有深刻感受。當時的富商李春生，於日本殖民臺灣的第二年接受總督等人的邀請，赴日參訪遊覽兩個多月。回臺後，便將此跨界之旅的經驗，撰寫成《東遊六十四日隨筆》。遊記的內容不僅是他個人私密的回憶而已，也含括他與政商界的交流、對文化差異的觀察。這些經過內心思索並沉澱後的思考，轉化成行動力，藉由報刊媒體公共領域空間的刊載，而得以傳播至知識份子階層。如此一部旅遊書寫，為日治之初臺人到日本參訪的代表性遊記，牽涉到跨界的移動所引發的文化觀察以及認同議題。

一、旅遊緣起與書寫的動機

　　1896年2月李春生因日本治臺首任總督樺山資紀，以及少將角田秀松等人邀請，而攜親友八人赴日遊覽。回臺後，李春生將2月24日啓程至4月26日返臺的見聞，撰寫為《東遊六十四日隨筆》，並自1896年6月起陸續發表於《臺灣新報》；後來重新整理著作時，另由福州美華書局刊印成單行本出版。此遊記內容呈現李春生對異地的回憶，包括實際觀察日本現代化的臨場感受，及各種風俗見聞的論述，記錄作者首次遠赴日本印象之旅的點點滴滴。李春生於清末雖擔任過買辦，但未有旅遊異國的機會，曾言：「僕雖自有生以來，身未越國門，然於中外圖書報紙，購閱頗詳。」他對世界的觀感，多來自於廣泛閱讀。李春生此次離開臺灣、走出書房，跨越到日本的疆界，除了觀看風景之外，更直接與日本社會週遭對話。

　　在旅遊活動的過程中，風景形塑可說是一種文化媒介的過程。通常觀看的眼睛受經驗與個性所影響，過去的經驗包括家庭背景、學習與生長的社會環境全體的累積。遊記作者的旅行經歷即是受到個人的回憶、閱讀他人相關文本、或聆聽見聞的影響，並以記憶與閱讀交互指涉的方式，去參照所見與所讀的異同。李春生於日治初期到東京的參觀筆記，有多處讚嘆當地景觀的描寫，如：「地靈人傑、外觀如斯，則國中之風土人物，亦概可想見矣！」或是有關溫度的書寫：「視其東京之當寒而無寒者，豈真所謂蓬萊果仙境哉？」文中頻用典故，以蓬萊果仙等誇飾的修辭形容身處奇境的感受，或是：「曾經滄海，除卻巫山」、「子都之姣，有目共賞」、「黃粱夢境，或悞入桃源」桃花源意象的理想國度，透露作者應用閱讀古籍的典故，以美化日本的風貌。又為了加強所見所聞的可信度以及寫實性，故強調「後之東遊者，當不以我言為謬」等說詞。李春生曾形容於沿路上所見日本的自然景觀及人文風光為「天然可愛，修潔離奇」，並讚嘆數百千年古跡，無絲毫崩塌廢墜、荒蕪衰頹的現象。他特別留意日本人將奇花異草、怪石靈泉移至戶外，並多加肯定如此「以公天下」的行徑。早在遊日之前，他曾聽聞有關日本景觀的訊息，但「此等風光山水，實逾描寫傳聞者」，記錄了他親臨現場後始對當地風景又有另一層新的體驗。

　　然而，李春生心裡明白，這趟旅程絕非純粹度假式的休閒活動，而是蘊含了官方處心積慮對他的拉攏，以及對這位頗具代表性仕紳的未來期許。遊記中明確載錄了日本總督樺山資紀的訓勉「此次遲遲其行者，蓋欲君等，同飽眼福，俾異日返臺，悉將此時遊歷情境，轉佈島民，未始不無稍補治臺開化之一著也。」此書亦透露作者對殖民者統治策略的頓悟：「予至是，使晤公之處心積慮，無一不為大局計。」廣島離京，鐵道兼程，不過僅需二晝夜。日本總督等人邀請李春生遊日，具有希冀他回臺後廣加宣揚其見聞，以發揮啟蒙「開化」

臺人的功能。李春生轉佈於日本的所見所聞，不僅完成爲日宣揚現代化思想的任務，也因而維護本身的既得利益，拓展人際關係與社交網絡。這部旅遊書寫後來公開發表於傳播媒體《臺灣新報》上。但是另一方面，他在當時文化場域所抒發的遊歷感懷，非片面爲日本現代化的建設大費脣舌，而是於字裡行間透露跨界旅遊之後個人的深沉感受。

李春生是一位兼具新舊學涵養的傳統文人，由於基督教的宗教信仰與所從事的商業活動，使其思想的面向具有特殊性。《東遊六十四日隨筆》的底稿爲李春生的日記，他通常於晚餐後或就寢前寫日記，有時亦於空閒之際提筆，這些隨筆呈顯其內在思維。李春生遊記中的「再現」，包括表意實踐與象徵系統。透過象徵系統，意義被生產出來，而這些意義將其定位爲主體。再現生產了意義，透過再現，可對自己的生活經驗，以及「自己是誰」、「自己可能變成什麼」等問題有所理解。Woodward等提及論述與再現系統建構了某些位置，在這些位置上，或爲自己定位，或就其立場發言，而媒體即是提供認同資訊的一種管道。李春生將遊記投稿於日人發行的《臺灣新報》上，此報與《臺灣日報》皆爲1898年發行的《臺灣日日新報》的前身。於此日治初期的傳播媒體上發表，李春生的遊記於臺灣文化場域上當具有其影響意義。

二、空間記憶與敘事參照

李春生於《東遊六十四日隨筆》提到他初抵日本時，一下船即見岸旁輪船魚貫而列，船上鮮豔的旌旗，人員整齊華麗的服裝，都是爲了迎接樺山資紀總督一行人。這樣的景象使他感到震撼，甚至以「令人生怖」一詞，來形容內心的驚懼。此外，他又描述於停驂處、駐蹕所「都麗莊嚴，令人觸目生畏」的感受。李春生在參觀東京的監獄

後，提及監獄建築間隔繁多，樓層巍峨有如巨室大戶。從臺灣到東京的空間移動，而得以見到日本人的活動與空間所形構的氛圍，或是實質具體的規訓空間，皆透露出空間所呈顯的權力與意義。

　　遊記中的敘事常有意或無意流露作者的認同，如李春生《東遊六十四日隨筆》即呈現他在日本殖民初期認同轉移的心境。旅行書寫是旅行者空間移動的觀察筆記，尤其到原本陌生的環境去旅行，形成個人心路歷程的轉變。認同是關係取向（relational）的；而差異則是由與他者相關的象徵記號（symbolic marking）所建立。如在衣妝的象徵方面，李春生一行人至日本參觀時，當地村童看到車輛經過，即譏笑他們為「唱唱保」，也就是「豬尾奴」之意。李春生雖形容這些村童「頑梗殊甚，棄世清國妝者，勢如仇讎」，但也因長辮而遭取笑的親身遭遇，激發他發表感嘆的話語：「可以人而不知變通從權，自甘固執陋俗，苟且偷安，至於喪師辱國，割地求和，而累數百兆生民，共玷『唱唱保』之臭名。」李春生等人因當時官方的關注，預先調派警力臨場照護，才免於「投磚擲石之辱」。這些記錄，真實反映一個殖民地知識分子不堪的經驗，也鋪陳了後續對個人行動的轉變。這趟旅遊，促使他下定決心斷辮改妝，遊記中詳細提到：

　　素喜西制，嘗慕改妝笑辮，以為利便，奈格於清俗，不肯權變為憾。今者，國既喪師獻款，身為棄地遺民，此次東遊，沿途頻遭無賴輩擲石詬罵之苦，因是決意斷辮改妝，以為出門方便之計。

　　此處清楚表達受限於清朝留辮習俗，遺憾無法彈性改變身體外貌。現今遭遇被清國所棄的世變，而決意改妝。李春生於斷髮之際，毫無留戀舊有妝扮的心情，與傳統文人對於斷髮的不捨而滿腹哀傷，形成兩種迥異的狀況。並形容華人「自甘固執陋俗，苟且偷安」的性

格,即是注意身體與國民性的相關,書中又描寫孫子將祖父改妝這件事視為榮耀,所以同行的親友大多樂於效法,而且毫無受迫勉強。這樣的態度,與傳統文人斷髮時苦痛的感受,迥然不同。日治初期臺灣社會中、上流階層紛紛響應斷髮運動時,亦有部分仕紳對斷髮運動感到消極排斥,或顯現感傷無奈,或加以諷刺批評,甚至組織護辮團體以相對抗。如臺北生員王采甫、鹿港生員洪棄生等,皆在詩作中表達對於斷髮運動的哀痛。臺灣總督府於1915年(大正4年)4月,於頒布的保甲規約內附加厲行斷髮事項,如有不從政策,則以保甲法處分。李春生曾於遊記中言:「自是雖知身非歐西族類,然英俠之氣,勃然流露,已非昔時孱弱區僂之比。」認為外貌能呈顯身體的強健,同時也呈現不同的國民性;如此有關身體的論述,多觸及民族認同問題的思考。

再就國旗的象徵而言,李春生提到觀賞魔術表演,只見表演者唸咒作勢,掌上變出「清國龍旗一面」。後又稽首作勢,掌上的龍旗消失,變成許多「細小雜色旗幟」魚貫而出。再重新催咒作法,變成「大日本國旗一面」。在觀賞後他感嘆道:

> 日人之忠心愛國者,區區幻術,亦莫不藏神寓意;其視夫躬膺節鉞,坐鎮嚴疆,大敵當前,不戰自潰者,真術人之不如也。

國旗是國族象徵的一種標誌,從清國旗、幻化為四分五裂的細小旗幟,到「大日本」國旗的變換,彷如殖民者的更迭。李春生認為日本民族主義者甚至連變魔術時,都不忘以國旗寄託寓意;比起清國軍心渙散、不需戰役即潰敗的情形,形成強烈對照。

Crossley提出敘事心理學視語言為建構真實的工具,特別是有關自我真實的經驗,以及自我概念常與語言、敘事、他者、時間及道德

等有所聯繫。只有透過特殊的語言、歷史與社會結構，自我的經驗才具有意義。因此，敘事心理學的主要目的，就是去研究那些構成自我的語言和敘事，以及此類敘事對於個人和社會的啓示與影響。當日本孩童譏笑李春生等人爲「唱唱保」時，他才驚覺自己以「豬尾奴」的形象，呈現在他者眼中。經由旅行的空間位移，帶來一種眼光的轉移或眼界的開闊，這樣的經驗，影響到日後旅遊活動及回臺生涯規畫。李春生於旅日期間，下定決心斷髮及改妝的敘事中，呈現欲轉變的自我形象。從這些旅行敘事中，觀察到透過生活中自己與他人的語言表達，而能理解自我如何存在，以及自我怎麼被敘說，甚至影響到建構自我認同的方法。

　　李春生旅遊敘事的參照，又如3月26日當他與日本友人乘車遊歷淺草，經過劇場時聽聞所搬演的劇目爲日本與清國水陸戰鬥的主題。他雖早就從日報所載的詳細內容，得知這些潰敗的訊息；但當他想像戲劇的內容，仍不免發出「新恩雖厚，舊義難忘」的深沉感嘆。李春生雖「忝爲棄地遺民」，且自願改妝入籍，但在面對這些慘目傷心的景象時，縱使別人感到興高采烈欲一睹爲快，唯獨他「不忍躬親一視」。這些敘事呈現他對清國的情感認同難以抹滅，透露他在遭逢清國遺棄後的頹喪心情，及其無可奈何之處。李春生於遊記中多處批判清國施政的不當，或是華人的社會與文化，如此殷切求好的情境，也是遺民悲憤心情的表現。研究旅行敘事的學者范登阿比利（Georges Van Den Abbeele）指出：「回歸點即出發點。兩者間既相同重覆，卻又在相同重複中產生差異，旅行本身便爲這種『迂迴』（detour）所建構。」李春生於日本觀察文化差異的現象後，雖然對現代化有所嚮往，但有關人倫關係及價值觀依然崇尚傳統儒學德目。就空間而言，經歷兩個多月的旅遊，又重返臺灣的土地上；而文化的認同上，也是一種回歸儒學禮教的現象。

三、日本文明與風俗論述

在旅遊文學中，作者常描述到國外所見的文化差異，也呈現異民族之間價值觀的不同。李春生在遊記中，常敘及他於日本旅遊時與現代文明接觸時所見所感。就文明的嚮往而言，除了殖民者自我的宣告外，被殖民者於參觀殖民者展示國威後的書寫，也有助於編織帝國宏大景觀的論述。例如，於法治人權方面，李春生提及參觀日本眾議院的情形，記錄眾議院外觀巍峨寬廣，甚至以阿房宮相比擬。他又進一步描寫貴族院與眾議院之分別，理解到這樣的政治體制是參考西方制度，在眾議院內分上、下二層，下層乃舉辦會議、諸事之處，上層則供民眾旁聽。民眾旁聽必須安靜鎮定而無喧嘩，否則將被警吏斥責；且欲旁聽者，必須申請號碼牌以茲憑證，才能入院旁聽。李春生並描述眾議院中包括餐廳、廁所、茶點處、休息室等皆有條不紊，而貴族院則爲王室成員出入的地方，其內部設置精巧，與眾議院相比又是另一種局面。這些井然有序、遵守規範的社會情景書寫，透露出李春生對於日本政治體制的認知。

李春生也描述參觀博物院的經過，提到此西式風格的建築物中，鉅細靡遺地蒐羅稀有珍貴的典藏品，分門別類陳列了奇異的動物標本。他認爲日本人宏觀的視野，及潛心積慮的企圖，在此處表露無遺。李春生亦曾遊覽日本公家活版印書院，描寫從印書室、刷票所、鑄字廠、鍍版屋、釘書廳等種種精巧絕倫的器具。他並提到日本公司汽廠機局，原本都由西方人管理，後來日本人逐漸學會後，西人便相繼辭去職務。此類書寫，呈現日本現代化的歷程中，如何善用資源，及其用心經營的成果；且透過展示與觀看的關係，蘊藏著殖民者「進步主義」的想法。觀覽者在審視展覽之後，常產生比較與競爭的心理活動，藉由競爭以追求進步，始能順利邁向現代文明的進程。這些差異使李春生體認到臺灣與殖民國間所存在的落差，進而思考如何形塑自我。

　　在現代城市的旅遊中，城市文化景觀對旅行者的吸引力，已從權威性的古蹟、神廟、宮殿，轉向體驗性和參與性的都市現代生活。以觀賞、飲食和娛樂等行為主體的旅遊方式，旅行者的視角著重於行動與體驗，以參與性的娛樂代替敬畏性的瞻仰，城市內在的商業化與世俗化場景，吸引旅遊者的好奇心與滿足感。這種轉變，或許是隨著現代化過程中大眾、通俗文化而產生。李春生在旅行的過程中，曾觀覽都會消費文化的虎戲園。他原本感到相當驚駭，但當他見到馴獸師與老虎間的驚險互動，則不免讚嘆馴獸師過人的膽識。李春生對大象形貌的細膩描寫，呈現他對於罕見動物感到十分好奇。然而，曾受儒學思想影響的李春生，卻想起「勤有功，戲無益」的警語，並反省自己不應帶領兒孫輩前來觀覽這類的表演。觀覽的目的應在於增長見識，使資質中等者有所感召，勉勵自己繼續努力；資質中等以下者，亦當勸誡自己不能淪落無知者；資質駑鈍者，亦得以勉勵自我，不流於糊塗度日。李春生面對新奇的展演，一方面感受到其中的視覺刺激與驚奇的效果，同時卻又回顧先哲的訓誡，省思自身的行為。在這通俗文化的展演空間裡，李春生肯定大眾文化的產業功能，也反映儒者對現代化休閒消費的態度。

　　在學校教育方面，李春生記錄所參觀的學校環境整潔幽雅，並有寬敞的草地提供學生遊玩休憩；且算學、比例等各類課程的安排，皆有條不紊，使學生得以系統化接受課程教育。在遊覽帝國大學校時，李春生描述了學校空間規畫的完善，佈置設計多以西式建築為主。而「工料考成所」更使他感到印象深刻，這些靈巧神妙的器物教具，具有提供給教授、學生增長見識的實際用途，其目的為造就人才並促進國家富強。此外，他參觀日本的教會女學校時，不只注意到學校的西式建築，且留意來自國外的教師多具虔誠信仰，於日本奉獻一生、作育英才的情形。他又在參觀貴族女學校時，觀察他們在語言方面的課程有：英文、漢學、德文、法文，另有算學、繪圖、琴棋書畫、刺繡

裁縫等課程。而學院中的教師學經歷亦頗爲可觀，不乏留學旅外多年的教師，返回日本教授外語。這些記錄呈現日本現代化學校專業的課程規畫，以及因才施教的辦學特色。

李春生認爲辦理郵政一事也與教育有關，他評論郵務在日本能夠迅速推展，是因日本的教育推廣成效卓越，無論男女貴賤多能識字，人與人的相處重視交誼，崇尚道義，雖然住居僅有咫尺之遠，仍然會郵寄書信，聯絡情感。反觀中華，知書識字的人寥寥無幾，寫作書信者更是稀少，所以中國無法順遂推行郵務。這些關於國民識字率的論述，亦呈現對其文明化的嚮往。李春生又特別注意到日本人好學的精神，他觀察到許多中年男女，在晚間回家的路上，往往攜帶裝著書籍的布包。這些人原來是認爲自幼學淺，須再加強學習各方知識，以塡補前所未學；其中包括已作嫁人婦者，仍孜孜矻矻地努力學習。日本在現代化之後，教育更爲普及，接受新知的管道亦更爲多元，終身教育則是啓蒙民眾的主要途徑之一。而在東京大量湧入外國人的前提之下，「出國留學」成爲當時的一股風潮，雖然僅限於家世背景良好的人，卻也呈現了日本教育國際化的一頁。當李春生回臺以後，每見各地設立學校時，經常捐贈高額經費。這些回臺後的捐助行爲，呈現他實踐對教育的關懷與重視。

再就風俗的論述而言，李春生在參觀東京監獄後，留神細察計算監獄中的囚犯僅有十數餘輩，而且穿著服裝與常人無異，「面色光滑，想係無及於苦楚者」。他進而感嘆東京地理涵蓋範圍廣大，更是世界各地人口彙集之處，想必會衍生不少社會問題；然而在牢獄之中，卻僅見數十名囚犯，可見「平日風厚俗美」。如此讚嘆東京平日風俗淳厚的話語，顯示他過度美化當時社會風氣。他曾在《臺灣新報》發表日本行乞現象的評論，先敘述從廣島到東京沿路幾乎未見行乞之人，就算在熱鬧的市集上也未發現乞丐衝突或搶地盤的景象，而強盜跟偷竊的情形更是「幾乎絕無僅有」。同時讚賞了日本的民情敦

厚，治安的良好已達「道不拾遺，則其他鑽穴鼠偷，亦幾不禁而絕矣」的境界，並認爲可能因有效禁止賭博和鴉片的影響，而造就現在的景象。

李春生提到直至4月2日，日人爲他設席祖餞時，才首次聽見樓外咿咿作叫化聲。席後，前往吉原遊廓觀覽時，特別描寫了此煙花之地的景象。他提到街市遍佈勾欄，欄內的雛妓幼婦，淡妝濃抹席地而坐。甚至形容此地妓女數量多至數千，「只怕客吝銷金，不區郎爲何物」，不禁爲這些女子感到憂心，且感嘆世風竟到如此地步。此時，禮密臣出面緩頰說道：「天下之大，到處都有酒地花天，如歐美等地，雖稱服化之國仍是如此。所以必須大興善教，潛移默化挽回良知，否則自身難保，又何暇顧及他人？」李春生亦同意禮密臣的說法，但更希望官方能發揮力量積極整頓，社會風俗才不致流於頹喪。從這段描寫，可見李春生在禮教、善良風俗的維繫方面，有其堅持的理念，才會對此社會現象提出針砭，這也是《東遊六十四日隨筆》少數的批判性話語，其最終的目的仍在於提倡道德教化的重要性。他對於殖民國的想像，原僅依靠少數相關的日本書籍建構形塑；但透過旅遊書寫，得以發現想像與現實之間，存在著極大的差距。例如他又描寫當地另有一種貧童跟隨遊客叫化行乞，疑惑爲何這些貧童不在街道行乞，而偏偏在這煙花之地徘徊，故認爲這勢必是好事者刻意安排，以諷寓遊客勸其捐資行善，勿揮金買淫。他甚至認爲：「噫！豈日東眞仙境哉？不丐則已，丐則個個聖人！」他巧妙將貧童行乞的現象，轉化爲提倡道德教化的論述，甚至尊喻乞丐爲聖人以拉抬日本地位。如此主觀的論述策略，呈現模糊對殖民國的風俗批判。

李春生到東京時即發現日本是秩序的，而華人社會的環境衛生、公共行政卻多呈現不穩定的狀態；在日本時空之下的迴映鏡景中顯得特別突兀，人我關係因此有另一種重新呈現。他雖跨越疆界，渡海來到日本，但這個旅遊地卻是殖民者的疆域。他在遊記中對於種種文化

差異的比較，不免受時代情境的影響，差異比較的過程中，常對本土政治、經濟、社會種種文化現象產生批評的距離，以及不同的觀點，並顯現其文化批判的位置。遊記中所謂的文化批判，即是對不同文化差異提供借鏡，對自己的文化採用批判性的眼光加以反省。李春生有關禮教的文化差異，令他更感到人我之別。此外，以憤慨的口吻，批判清國消極的治理態度，同時也檢視臺灣與日本於現代化程度的差異。

遠離家園到異地旅遊，是一種改變日常生活方式的體驗活動，且有時因文化的衝擊而重新更動舊有的觀念。本節先從旅遊書寫的緣起與傳播概況，論及李春生如何再現此次的跨界經驗。李春生於1896年2月清、日政權轉移後，至殖民主國度旅遊的記錄，呈顯其文化論述的特色。他透過殖民者的話語，意識到自身將扮演著「轉佈島民」的傳媒角色，以宣揚殖民母國的進步與文明。回臺後，將旅程見聞撰寫爲《東遊六十四日隨筆》，並自1896年6月起發表於日人刊行的大眾傳播媒體《臺灣新報》，所以在臺灣文化場域當具有特殊意義。李春生的旅遊行程，皆是殖民政府的刻意安排，從遊記中所載錄參觀各式產業及機構，多呈現對現代文明的關注。此行的目的，除了參訪日本政要之外，另有爲延齡、延禧、延昆孫子三人，及親友輩之子弟李解紛、李源頭、陳培炳親友子弟三人，共計安排六位學童至日本入學。李春生本人不諳日語，卻親自帶其孫輩遠赴日本探詢就學相關事宜，呈顯他對後代子孫接受現代化教育的期勉。

日治時期臺灣在地文人的遊記中，多呈現作者旅遊的空間記憶。李春生跨越疆界，實地到東京參觀橫濱碼頭、活水池等公共設施，也參觀了寫眞樓（照相館）、時計樓（鐘錶行）、博物館、戲院、美術院等休閒場所，以及第四回內國勸業博覽會。在國營事業的部分，則是於公家活版印書院、製紙廠、織絨局、日本銀行、郵政總局、電報局、電話局、灰場、棉紗製造廠、水利電氣局、造幣廠等參觀考察。

行政機關方面，參觀了貴族院、眾議院、法院、牢獄、宮內省、帝居；而學校則包含：帝國大學校、教會女學校、貴族女學校院等。李春生所參觀的空間類別較具現代性，機構單位的範疇也較廣泛。當李春生受邀參訪魚雷局，並親身經歷魚雷發射、演練的震撼；又到造船廠觀覽其間巨大的機具規模，對現代化機器的精巧絕倫發出驚嘆。

　　就空間記憶而言，李春生此次跨界的經驗，是透過從臺灣到東京的移動空間書寫的再現，親身體驗到日本人的活動與空間所形構的氛圍；且其實質具體規訓空間的描繪，透露出空間所呈顯的權力與意義。原本相隔千里的想像空間，透過實際到達現場，得以親自體驗當地的風土民情。在旅行敘事參照方面，李春生主要藉由衣妝與國旗之象徵記號，及遊記書寫中的敘事心理轉移。當日本孩童譏笑李春生等人為「唱唱保」時，他才驚覺自己以「豬尾奴」的形象，呈現在他者眼中。於是在旅日期間決心斷髮及改妝，表現亟欲改變自我形象的意圖。又如李春生認為日本民族主義者甚至連變魔術時，都不忘以國旗寄託寓意；比起清國軍心渙散、不需戰役即潰敗的情形，形成強烈對照。

　　在遊記的文化論述方面，探究李春生對日本文明的嚮往以及風俗的論述。李春生遊記中曾對臺日兩地進行比較，論述中亦呈現所遭遇的文化衝擊和省思。他書寫西方政治體制、博物院展覽、學校教育等方面的觀覽心得，顯現了對於現代文明的憧憬與嚮往。透過觀覽的過程，也進一步地理解、建構自我的形貌，而他對日本文化與禮俗的觀感，多呈現較為傳統的禮教觀。有關日本社會現象的評述，則因他閱歷未深，故有過度揄揚而不切實際之處，須由旁人點醒始能理解日本的風俗禮教。李春生跨越疆界到日本所書寫的遊記，更流露他經歷不同政權轉移後的心境。

⟫⟫⟫ 延伸閱讀

▌Michele L. Crossley著，朱儀羚等譯，《敘事心理與研究：自我、創傷與意義的建構》，嘉義：濤石文化，2004年。
▌Kathryn Woodward等著，林文琪譯，《認同與差異》，臺北：韋伯文化，2006年。

⟫⟫⟫ 思考討論

▌李春生旅遊緣起與書寫動機為何？
▌《東遊六十四日隨筆》如何再現日本文化？與現今的哈日風有何異同？

MEMO

第十講 神州之旅：洪棄生《八州遊記》

文化產品不能撇清它們與政治的關係以及世俗關聯
（worldly affiliations）。

——後殖民理論家艾德華·薩依德（Edward W. Said）

一、旅遊緣起與書寫的動機

日治時期發表長篇遊記的在地文人
洪棄生，在1922年秋天57歲時計畫到中國
旅遊。詳細規畫的旅程是從臺灣出發至江
蘇上海、南京、安徽，然後到江西廬山、
湖北漢口、湖南岳陽樓，北至河南開封，
東至山東曲阜，後至北京而折返天津、上
海、浙江、福建，行遍八州，歷經十省。
洪棄生《八州遊記》中的八州之名，即
《禹貢》青、徐、冀、荊、揚、兗、豫七
州，加入《舜典》分載幽州，故為八州。

《八州遊記》
臺灣省文獻委員會出版

9月6日，洪棄生由次子洪炎秋的陪同下，
從彰化出發北上，12日始從基隆乘船出海。文中得知洪炎秋在旅程中
除了陪伴其父遊覽之外，還擔任北京話翻譯的角色，對此趟專訪助益
甚多。在計畫至中國的旅程時，洪棄生曾事先請教上海的詩友，包括
倪軼池、陳白沙、王澹然等人，詢問從江蘇至安徽、江西、湖南北上
的路程細節，呈現他對此次旅遊的重視與細心規畫。旅遊各地時，隨
著區域地形的不同，交通工具亦隨之轉換，包括肩輿、轎子、馬車、

腕車、摩托車、小帆、火車、火舟等。如從彰化到臺北基隆搭乘火車，自基隆到上海則乘輪船。又如從江蘇上海經安徽至江西、湖北、湖南的洞庭湖五省，採水行；自湖南北上到湖北漢口則改陸行，乘平漢鐵路到河南鄭州，改隴海鐵路往西至洛陽，再東行至江蘇徐州，轉換津浦鐵路北上，經山東省到河北省天津，至北京、長城八達嶺。從北京返天津，則改為海行，沿山東南返，經江蘇、浙江、福建，最後返回臺灣。

　　若就廣義旅遊的動機而言，出外遊歷的原因雖然各有差異，包括高度的自我實踐，個人的利益；或為了政治性的、意識型態的、智慧性的本質，甚至於經濟的利益。洪棄生此趟到中國八州，是籌備已久的旅程，更是一種自我挑戰、自我實踐。他從臺灣出發的跨界旅遊，是將平面的經典閱讀化為具體的考察；這些遠距離的想像空間，如今都成了長途跋涉下的場景。洪棄生於1917年時即開始整理自己的詩文作品，出版《寄鶴齋詩矕》、《寄鶴齋文矕》稿，以便赴中國時得以分贈詩友。他計畫藉由此次到中國的機會，將著作交付當地出版，此行動透顯旅行兼顧個人的利益以及經濟層面。同時，處在日本殖民地之下到中國旅遊，亦具有政治層面的意義。

　　洪棄生於1923年1月17日自中國歸臺後，將隨行日記與詩作，重新加以整理增補而成《八州遊記》與《八州詩草》。《八州詩草》所載寫作時間，是從1922年7月至1927年12月21日，可見洪棄生歸臺後的晚年，全心撰寫遊記與記遊之詩，並且陸續發表在《臺灣詩薈》。此二書內容，展現洪棄生博學強識的學養，他自己提到：「一路遊跡所及，無論勝地僻壤，寫風景外，必一一窮其歷史。」並且認為旅遊如同讀書、看畫，不細心則無法體會其中趣味；不知民俗風情、地理形勢，則僅能隨聲附和、毫無己見。所以洪棄生每到一地，都細心考證歷史背景、人物典故。《八州遊記》內容無論觀光名勝或是鄉野僻壤，常必須窮究其歷史；且必與經史子集相互考證古今遺蹟，期望比

前人所記錄得詳細。他也注意山水風土的變遷，且考校精詳；同時區別地同名異，或地異名同者。這些實地紀錄之外的考證工作，更加深此書的學術性與價值。

二、空間記憶與敘事參照

　　洪棄生這些遊記跨越各州的空間甚大，所以空間的敘事亦有不同。他實地考察而使得古書中的地景，不再是文字資料，也不只是盤據於腦海中的想像。《八州遊記》所引上古史籍或地理書的地景描寫，也因時代的跨度大，所以常於遊記中以古今對照、今昔比較的方式呈現景物的特殊性。他曾描寫登虎邱山時，有感於「康熙、乾隆、嘉慶時代，山上樓閣寺觀，金碧霞綺，塘中畫舫燈船，珠翠波連」；但是到道光末已不如以往，今日又較前更荒廢。雖然如此，作者認為此地的天然湖光山色依舊不改，聞名而往的遊客，仍絡繹不絕。又如小倉山房即袁枚隨園的舊址，道光末年遊客仍可見到庭園；然而「今已毀成平地，僅存遺址於荒煙蔓草間，惟墓道未沒耳」。他主張這些文學史上的文人故居，應設立一亭作為紀念，也流露他重視文化古蹟的理念。

　　洪棄生的《八州遊記》與徐霞客《徐霞客遊記》雖同為地理考察，但觀看的重點不同。徐霞客詳盡記載各地山川、水流、風俗、人情，並涉及當地各種產業發展，但整體而言較偏重以科學的視域進行考察。例如徐霞客記錄洞穴時，能仔細觀察洞穴的位置、大小、深淺、結構、質地等，區分溶洞或非溶洞，並對碗井、天地等岩溶現象予以科學命名。甚至，否定自《尚書・禹貢》以來「岷江為長江正源」之說。洪棄生則以旅遊映證、補充古書的地理記錄，或糾正書面資料之誤。他認為古墓上同樣稱為「西塞山」，但唐張志和〈漁歌〉所謂「西塞山前白鷺飛」與劉夢得〈西塞山懷古〉所形容的背景是不

同的地方。經由他考證劉禹錫的詩是「金陵西塞山」，並特別指出：「注劉詩者亦誤引武昌之西塞，皆非也。」洪棄生區隔湖北太冶東面的長江邊，與另一在江蘇南京附近的山名，以顯出他的地理考證功夫。每當洪棄生記錄一處旅遊景點時，多援引與該地相關的數本古籍，加上自己觀察的體驗，對古籍內容進行考證。又如洪棄生對黃石磯景點的考察，他先提到南朝宋文人鮑明遠〈登大雷岸與妹書〉曾言及：「東顧五洲之隔，西眺九派之分」，據此洪棄生認為由於五洲與黃石磯相連，故皆在雷池之東；《水經注》亦提到「一水東通大雷」，更加證明他的推論正確。然而，《水經注圖》卻將黃石磯置於雷池之西，洪棄生便判斷其中存有謬誤，乃：「作圖者之失也！」由此可見，洪棄生不僅由地理志書中尋求地名沿革典故，更佐以著名文人作品集、古今圖籍、一一考察旅途中親身經歷的景點。

在記錄旅行見聞時，則採取參照的手法，將臺灣與中國相對應。例如：當小輪船自太古碼頭登陸，海關前有堆積如山的行李，驗關者為英人與華人，檢查的制度頗為寬大，約略環視後即放行。洪棄生見他人行李貨物甚多，竟無一徵稅，與當時的臺灣比較起來極為疏略。藉由出入海關口的見聞，以比較在日本殖民下的臺灣稅賦制度與中國的差異性。又如上海往蘇州的途中須經崑山縣，時正值秋天收穫期，當地水利雖然充足但土地卻不肥沃，禾稻乾枯，洪棄生又以「一望遜於臺灣」，作為相比較的基點。尤其當他至鄭州「東里書院」時，原欣喜於有實地訪查的機會：「余一路見一坊一碑一門牆，無不下車視，至此乃大喜。」但後來四顧張望仍見不到坊與祠，他欲入孔子廟瞻仰，卻只能以「空空如」、「家徒四壁」等修辭來形容這殘垣斷壁的景象。至於見到狹小的廟地左右皆逼近民家，無法容納兩廡泮宮，他又發出感嘆：

東牆左一室有高扁，大署「黌學」二字，室外數碑，均頌美
教官辭，入其室，剃頭匠在焉，其深止三步耳，出外視，則
附近人家門碑，皆署文廟街，路皆崎嶇，無一磚石，風起土
飛，噫嘻怪矣，街不成街，而廟則胡廟，何鄭州之荒至於此
極，反甚今日臺灣也。

　　作者對這些空間的敘事，呈顯孔廟的衰頹與文廟街落寞的景象。
當時臺灣在日本殖民同化政策下，漢文的維繫雖面臨危機，但古蹟卻
得到一定的維護。這些實地參觀文化建築的敘事，透露他尋找儒教文
明的失落感。

　　有些景觀對照較不含價值判斷，如描寫北沙河：「河身較闊，舊
時尤利運河，遊行至此，始見村家結棚演戲，如臺灣村景。」只單純
將類似的景物加以聯想。他又描寫：「臺灣形勢，臺北對福州，臺南
對廈門，而臺中正對泉州。泉州自東北以迫西南，起惠安縣之崇武、
獺窟、蚶江、深滬，舟楫如林，清時最頻往來於鹿港，各地民物，前
此皆以臺灣為尾閭。今則破釜沉舟，景象蕭條矣。」以中國對照臺灣
的港口位置，尤關注於他的故鄉鹿港，並呈顯今昔貿易變遷的情形。
至於到蘇州車站時，則認為驛亭「高大整飭，殊勝於臺灣」，他並提
到此車站有懸橋、隧道、座椅舒適、男女分輛，故提出其價值判斷，
認為這些皆「可謂文明」。他又描寫臺灣東部海岸山脈多高似插天，
而江南的山地皆覆平地；他本以為江南的山為小，但當見了三臺洞卻
「登臨不盡，則似小而非小焉」。如此的空間敘事，則呈現他實地考
察後的臨場感，並挑戰以往的刻板印象。

　　空間記憶也呈現在異地飲食文化的對照書寫方面，如洪棄生提
到有關品酒的觀感：「臺灣自設官榷，已少佳釀，今屬官酤，可云無
酒，其洋酒則皆日本偽造，尤不堪飲。」洪棄生接受招待時不慣英國
濃烈香辣的酒，宴席上的主人知道他喜好華酒後，就取出天津製五加

皮、玫瑰、高粱酒，這些看似與臺灣二、三十年前種類相同，但實更為醇厚。至於螃蟹在蘇州酒樓見積蟹正多，反小於臺灣。臺灣之蝤蛑亦蟹類，能滋補養生，為天下所稀。所以他特別舉歷代曾著迷於蟹的人物，作為形容螃蟹美味為「世有尤物，洵足移情」的註腳。這些皆是因空間移動的記憶而產生味覺的對比敘事。至於在社會風俗的書寫方面，洪棄生原聽聞人言，泰山一路多乞丐，但當他實地遊覽卻見不到一丐，只見到兒童追隨乞討的情形。他批評日本人的遊記所言不實：「日本人遊記言孔氏守孔廟，過門輒索銀，近有江蘇人，記孔廟中得遊客之錢，作顏、曾、冉、閔四姓分攤。余遊孔林、孔廟，歷問守者多人，不獨無孔姓，亦並無顏冉四姓，即守林廟之雜姓，亦導客出入，隨客取給，不曾強索如俗僧，然則人言亦烏可信哉？」記錄下親身的旅遊經歷，具有翻轉前人遊記空間記憶的實質效果。

　　《八州遊記》除了廣引古籍所載地景之外，更描繪有關現代化的建築。如洪棄生見到慈善會各院多有「宏大無比」的建築，其次為貧民工廠、學校、機器廠、新報館壯觀的規模，皆使他有很深的感觸。書中又提到位於漢口各國租界的情形：英租界最繁盛、法國次之，另有德、俄、日租界等。並記錄舊建築改為美術學校、師範學校，東邊為吳縣醫院、工業學校，西齋改為圖書館的狀況。藉由書寫這些建築物的沿革，展示出中國現代化的變遷軌跡。他也因於旅途中所見現代化的建築而發出感嘆：「蘆林村中，洋樓纍纍，且多蓄泉水，佔地之長且數里，腹地名山，亦界外洋，何國中之無人也，噫！」在觀摩外籍人士引進蓄水設備後，反思人才應更投入於國內民生建設的議題。此外，他並將對現代化的關注，表現在北京環境變遷的描寫上。從以往自北京參加會試回來的人，皆稱「北京道路積穢，溝渠不通，糞土如山，臭氣熏人，風起則飛塵蔽空，雪下而凝冰成塊」。但洪棄生親自到此地旅遊時卻不以為然，他寫道北京馬路雖然較上海租界為寬闊，「左右通往來車馬，中通徒步行人，路平如砥，填以細石，日日

水車四灑，糞車四出，無積穢，亦無塵坌矣。火車環其三面，腕車馳於四境」。透露他欲改變世人對北京印象的寫作企圖。「蓋中國不變，則因循不已，欲變則往往具絕大電速力類。」他認為中國常由於惰性而因循苟且，但若能深加省思則具有龐大的改革空間。

三、中國想像與現實批判

　　遊記所呈現旅遊的層次，與遊歷者的動機、探查者的個人特質，或是直接的地理經驗有關。而這些旅遊書寫的背後，亦呈現作者空間移動距離的政教意識。敘事學是關於敘事的科學，「敘事」是指在時間與因果關係上意義有著聯繫的一系列事件的符號再現。敘事文本是敘述代言人用一種特定的媒介，諸如語言、形象、聲音、建築藝術，或其混和的媒介敘述故事的文本。洪棄生在《八州遊記》的〈凡例〉中提到：「記者之遊，仍如讀書，處處與經史子集，參互考證，以核古今名蹟，然必出以簡括，不敢如《水經注》之泛涉，遊騎無歸，或有所詳，必前人所未及。」從作者的撰述要旨中，得知此書非普通記遊，與採取與隨興式旅遊書寫截然不同。他在書中引經據典，以旅遊書寫與古籍相對話，使讀者走入歷史地理的情境中。這些古籍包括地理書如：《水經》及《水經注》；經史如：〈禹貢〉、《春秋》、《春秋傳》、《史記》、《史記正義》、《漢書》、《明史》等。翻閱全書統計引用次數最多的是《水經注》，其次是《史記正義》、《漢書》。（參見下表：洪棄生《瀛海偕亡記》所引古籍舉隅）從這些統計數字可看出洪棄生對於地理書的重視，並留意經史中所提到地理沿革的紀錄。旅遊前勢必熟讀古書，才能建構這部旅遊記憶書寫。

洪棄生《瀛海偕亡記》所引古籍舉隅

類別	書名
地理	《水經注》
	《水經》
	〈禹貢〉（《尚書》中的一篇）
	《水經注圖》
	《河渠志》、《南畿志》、《溝洫志》
史書	《史記正義》
	《漢書》
	《史記》
	《明史》
	《宋史》、《續漢志》、《會典》
	《元史》
	《通鑑》、《越絕書》
	《吳越春秋》、《南史》、《唐書》
	《後漢書》、《國語》
	《吳志》、《前漢書》、《通典》
	《太平寰宇記》
	《元和志》、《前後漢志》、《漢官儀》
	《三國志》、《晉書》、《通鑑注》、《新唐書》、《魏書》、《戰國策》
神話傳說	《山海經》
	《路史》
	《述征記》
經部	《左傳》
	《春秋》
	《爾雅》、《禮記》
	《周禮》、《詩經》
	《孟子》、《尚書》
子部	《淮南子》
	《呂氏春秋》
文集	《唐文粹》

　　除了引用古籍以外，洪棄生也關心中國近代的時事，有些甚至是回臺後才書寫的補記。此外，他在〈凡例〉中亦特別注意中國山川風土的變遷之處，並詳加記錄地景地貌的演變過程。有關這些地名歷史的沿革，他言及其中的考證過程，多取自於無數典籍之間的融會貫通，進而認為可藉旅遊體驗讀書的訣竅與樂趣。他也憑藉閱讀經典的記憶，一一訪求中國古蹟，「雖荒煙蕪草亦不厭」，只求一睹過往閱讀經驗中的想像情景。在〈凡例〉末特別註明：「是記須與連君雅堂之撰參看。」因洪、連二人記錄的旅遊地點可互補不足之處，若能互相參照閱讀，則更呈現文人眼下中國地理景觀的特色。洪棄生透過對旅遊的記憶，除了建構他對中國空間的想像之外，並書寫至旅遊之地的文化批判。尤其對於儒學在各地發展的興衰，有深刻的感觸。當他旅遊至位於盧山五老峰南麓（今江西九江市）的白鹿洞書院時，除了詳述此書院創建的沿革情形外，更為這個文化場域的沒落，寫下個人感懷：

> 旁有朱子祠，自清末迄民國，道德不講，悉廢為農林場，遊者皆言其荒蕪可嘆也。如黃龍潭各處多置農林場，剝奪及山僧，蓋民國患貧，效顰東西洋，其弊至此。

　　南宋理學興盛，朱熹出任南康（今星子縣）太守時重建書院，並親自講學，確定了書院的辦學規條和宗旨。朱熹邀請理學家呂祖謙、陸九淵等人至院參訪講學，在實施種種振興書院的措施後，名聲逐漸遠播。日後雖有各地人士來此求學，但隨著清末廢除科舉，書院於1903年正式停辦，1910年白鹿洞書院改為江西高等林業學堂。洪棄生對於白鹿洞書院的認知，應不只是一座古建築，而是承載了儒學的發展與文化的傳承。

　　洪棄生藉由參觀古蹟時，激起歷史人物的評價。如遊記中明白表

達對武則天的觀感：「武照淫惡，百倍胡靈，竟得靦然祔廟，不受沈河之誅，是亦天道之不可知者矣。」現今學界對武則天在歷史上的功過有褒有貶，然洪棄生立於傳統禮教的立場，認爲武則天應有負面的懲誡。洪棄生也提到平定吳三桂之初，清康熙皇帝提倡文學、偃武修文的情形，並加以評論：「於是開一朝太平之業，視民國鹵莽滅裂，鄙夷道德，所謂夷狄之有君，不如諸夏之亡也，論者猶以建虜斥有清豈平情歟？」這些批評文教及道德風氣的言論，呈現他評價歷史人物不以是否具有漢族血統爲標準，而以參與倡導儒教作爲褒貶的參考。

除了評論歷史人物之外，洪棄生也關心近代政治、經濟的議題。例如在近代政治上，他聽聞前年曹段起釁：「此地兵變，民家被焚掠，損失數百萬，至今始漸回復，中華擁兵之害，可勝恨哉！」犀利批評軍閥擁兵自重，且在這人煙稠密的地方發動戰爭，對民眾身家財產造成莫大的影響。又提到張作霖的兒子張學良在馬廠開戰，因當時直軍分攻其後路，並將青縣站口軌路掘斷，此時北上列車，「適爲奉軍叱退，回至此遂翻車，死傷無數，阻兵之禍之烈，不止一端，爲戎首者，可勝誅哉？」他嚴厲批判領軍作戰的策略，實是遺害世人。他又寫到歸臺後的隔年3月20日，所發生的臨城截車擄掠事變，居民平時即常爲擄人勒贖之事所苦，但軍警卻不加以治理。當京漢同盟罷業時，被吳佩孚所逐的工人，糾合法國回華失業的役夫及退伍軍人，及外地二千餘人附集豹子谷，截斷北上火車並劫財物，更擄走華人百餘、英美二三十位當人質。官軍雖然包圍此地卻不敢深入巢穴，又加上田督軍行事苟且，處理此事拖延甚久，最後竟遵從對方的要求，將編有軍器的匪徒作爲官軍，除放出西方人外，「華人悉任其作勒贖私產，紀綱於是掃地，武夫爲政之害，至於此極，蓋彼亦匪類也」。洪棄生如此批判官方無擔當的作爲，透露他除了經由閱讀而作有史評之外，並對近代社會的民生疾苦有人道的關懷。

在經濟的認知上，他蒐集廣智廠各國進出口比較表的資料，如瑞

士一國土地14萬4千方里，人口6百萬，進出口商務7百70兆。中國土地3千8百萬方里，人口4億，進出口商務700兆。英三島僅百萬方里，而商務為中國的六、七倍，他藉數據以檢視中國經濟政策的得失：

> 余謂中國素以農為本，商工業之不如他，所不待言。至於出入之數，要非即為盛衰之數，中國人口眾多，自出自銷，不必售出國外，為當此競爭之世，不能閉關而治。此後非急起直追，則滬厄日甚，國計民生，必有窮蹙不堪之患耳。

洪棄生認為不能以中國自古發展農業為主作藉口，而忽略國際貿易的政策應隨時代而調整。主張不應閉關自守，需積極加速改善的腳步，觀摩各國經濟策略，以改善民眾生活作為施政的最終目標。

洪棄生不以捕捉美感的旅遊文學書寫方式，亦專不以觸景生情、融情於景的書寫來尋幽探勝、寄情山水；也不是因遭到貶謫貨流放、或迫於戰亂而顛沛流離才書寫。他是以記錄時序、方位、名稱、色彩、氣候、山川、景物、歷史等的實感，作為遊記的表現方式。晚年費了許多心力，長途跋涉到中國各地旅遊，其內心蘊藏著為自己潛沉的生活作一些改變的渴求。長期浸淫於古籍的他，在完成此趟有計畫的探險之後，終於能完成這本融合旅遊記憶與文化批判的著作。

. . . .

洪棄生在歷經日本殖民的時代鉅變，產生了悲憤憂患的感受，於1922年秋天透過旅遊體驗文獻典籍所載的實際場景。洪棄生早有旅遊中國的心願，此次旅行乃經長期計議，行前花費許多心力作準備工作，並由其子洪炎秋陪伴並擔任北京話翻譯的角色。

洪棄生將旅遊書寫的重點置於自然與人文景觀方面，在遍覽山川

景色與各地古蹟之餘，不僅考證景觀的典故以及比較今昔的變化，並緬懷典籍閱讀經驗裡想像的中國。

就空間記憶而言，洪棄生的八州之遊，雖然也是一趟自我挑戰、自我實踐的歷程，但這樣旅遊的最終目的，是使抽象的經典閱讀轉化成實際的感受；洪棄生則每到一地，都細心考證歷史背景、人物典故，且必與經史子集相互考證，並注意山水風土的變遷。這些考校精詳，區別地與名異同的寫作模式，皆加深了此書的學術價值。

在遊記的文化論述方面，分析洪棄生對中國的想像與現實批判。洪棄生書寫的《八州遊記》所引上古史籍或地理書的地景描寫，因時代的跨度大，所以常於遊記中以古今對照、今昔比較的方式呈現景物的特殊性。除了探討洪棄生對旅遊的動機與閱讀經驗外，又從遊記中建構他對中國的想像；更從空間敘事與實地考察，詮釋他至旅遊之地的文化批判。這些批評文教及道德風氣的言論，呈現他評價歷史人物不以是否具有漢族血統為論述的標準，而是以倡導儒教作為褒貶的參考。除了評論歷史人物之外，洪棄生不僅涉獵漢籍文獻，也關心近代政治、經濟的議題；雖然他的評論未必客觀而全面，但也呈現出這部古典遊記與現代社會有小部分對話的特殊性。

>>> 延伸閱讀

▌ 黃應貴編，《空間、力與社會》，臺北：中央研究院民族所，1998年。

▌ Yi-Fu Tuan（段義孚）著，潘桂成譯，《經驗透視中的空間和地方》，臺北：國立編譯館，1998年。

>>> 思考討論

▌ 請將洪棄生的《八州遊記》更改爲具創意的書名，以利當代出版行銷。

▌ 如果到中國展開一場文化之旅，如何規畫深具意義的文青必遊景點？

MEMO

第二章
日治時期歐美見聞的書寫策略

第十一講　實業家的旅遊：
　　　　　顏國年《最近歐美旅行記》

一、再現歐美旅行見聞

　　敘事學的發展逐漸多元，不僅常見於歷史敘事、新聞敘事等層面，並已廣泛應用在神話、詩歌、戲劇、傳奇、寓言、小說、傳記、遊記等面向的分析。許多敘事的展開與人物生命歷程重疊，為作者仔細記錄所行經旅遊的路徑而成。透過遊記議題及敘事策略的詮釋，呈現處於殖民地知識菁英觀察到哪些歐美不同都會的文化差異。為探討顏國年如何彙錄歐美見聞，故先分析其旅遊敘事的特色。

(一) 旅遊動機

　　就遊記的撰寫背景而言，包括文人的學養、文化資本與旅遊動機及目的，透顯其特殊的敘事視角。從《最近歐美旅行記》所提供的訊息，推測顏國年於1925年（大正14年）至歐美等地的旅遊動機如下：

　　　1.旅中經驗促發立志遠行

　　在前往歐美考察礦業前，顏國年曾於1924年（大正13年）4月24

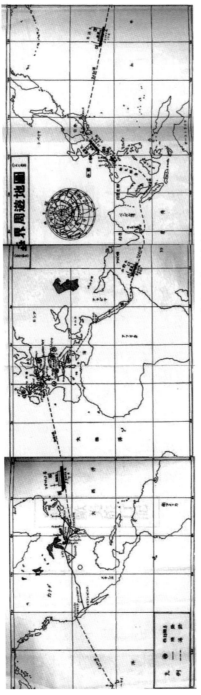

圖11-1　顏國年：《最近歐美旅行記》附圖，典藏於中央研究院人文社會科學聯合圖書館

日到中國華北，進行由三井物產株式會社安排的76天旅程，主要目的
為參觀當地礦業。1926年（大正15年）刊印的〈最近歐美旅行記自
敘〉提到：「前歲乘探礦之機先，遊禹州，自江浙而魯直，而豫晉，
以至關外，雖行程草草，不惶領略真趣，而過眼飛霞亦足盪胸振氣，
歸後復夢想歐美之行。」此次的中國行雖匆匆趁探礦而遊歷中國南
北，卻也因此開拓眼界，而促發立志至歐美旅行。

2.考察歐美等國三井支部的實況

三井為戰前日本代表性的財閥，長期與日本官方關係良好。1876
年（明治9年）三井進行改組成立「三井物產」，同年與工務省締結
合約，取得官營三池煤田的獨家販售權，也承辦唐津、高島、築前等
地煤礦出口，並透過煤炭出口拓展海外市場。除了出口至上海外，亦
將經營地點拓展至香港、新加坡、汕頭等地。此外，三井亦於倫敦、
紐約、巴黎等地設置分店，除了經營生意的目的外，並具學習西洋先
進事物的意圖。顏國年此趟旅遊的規畫，大部分的行程藉助於三井居
中聯繫，所以能於歐美各地順利進行考察之旅。

3.觀摩歐美文明

顏國年遊歷歐美221天，除了觀覽各地名勝古蹟，主要目的仍在
於取法現代的實業經驗。他訪查先進國家煤礦場油井、電動屠宰場、
電機製造廠、肥皂製造廠、碼頭、印刷廠等，嘆服於各工廠電氣化的
程度。在這次旅程中觀察的焦點之一為科學發展的現況，呈現實業家
的積極觀摩態度；同時亦從參觀博物館等表達文化地景，而親身體驗
精神文明。

4.完成親人的夢想

兄長顏雲年生前抱憾之一就是未能周遊列國，並考察先進國家的
設施。為代兄長完成其念茲在茲的心願，引發顏國年暫擱下繁雜的家
族事務，而遠赴各國狀遊。另一個實際的目的是順道安排後代的進修
事宜，親送長女梅子赴東京女子高等師範學校就學。顏國年於1925年

（大正14年）成行，歷訪歐美等地並將其觀察所得詳實記錄。

(二) 旅程安排

　　旅遊過程包括行程設計、參觀地景、與當地人的互動等層面。與行程有關的社群不僅是本地或外地支援旅行的網路，並含括友朋贊助者、旅行所引發的公關及旅行概念。旅行所涉及的科學社群，包括出發前對於已到過當地的旅遊者所提供的線索，同行者激發旅遊中的互動而引發不同的體驗，皆使個人的旅行經驗更加錯綜立體。《臺灣日日新報》報導顏國年深知通譯之重要，因此邀請基隆炭礦株式會社礦物主任尾家重治擔任通譯，此位畢業於日本熊本高工的同行者，除全力安排旅途瑣事外，並協助考察有關實業、礦業等事務。顏國年撰文感謝旅途中三井物產社員工的協助，而能「視察各地方，不勝欣喜滿足之至」。另如「克訥群島」會社社員，亦曾親切招待引導顏氏參觀炭坑，這些同行者皆影響作者對於旅遊地的理解。從有關顏國年的報導及其著作中的旅遊路線，推測其歐美主要行程於圖11-2：

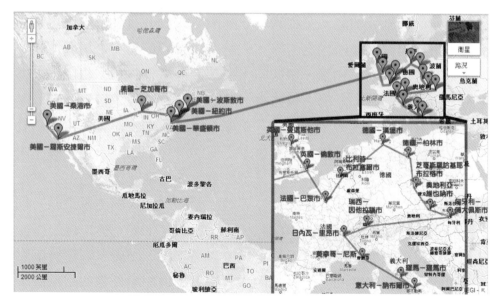

圖11-2　顏國年歐美旅遊主要行程圖
資料來源：根據顏國年《最近歐美旅行記》所敘景點加以編繪而成

顏國年旅程中行經的國家包括：日本、美國、英國、法國、比利時、荷蘭、德國、奧地利亞、匈牙利、瑞西、日內瓦、莫拿哥（摩納哥）、意大利、羅馬、星加坡（新加坡）、香港等。《最近歐美旅行記》書前頁所附世界周遊地圖，記錄1925年（大正14年）的航行路徑，得知他搭乘北野丸、蓬萊丸、天洋丸等輪船。遊記以行程安排以觀摩產業為重要面向，包括：礦業、農產、屠宰業、酒業等，並仔細記錄炭坑的勞動時間、人員組織等層面。

當時《臺灣日日新報》多篇關於顏國年旅外的報導，與旅遊行程直接相關者如〈顏君二日渡美〉提到：「顏國年君欲漫游歐美，前月束裝晉京，勾當諸務。附輪渡美與文副主筆大澤貞吉同船，仙旅同舟，他鄉故知。」即是紀錄巧遇大澤貞吉的情形。另一篇〈顏氏遊歷消息〉則報導：「顏國年氏寄書來，五月十九日，經各地方參觀碳坑其他工場。六月一日再歸紐育，訂六月十三日渡西洋經倫敦，按九月二十日往馬耳塞，乘北野丸歸臺，大約十月可抵家。」此二篇報導顏氏訪美參觀礦坑、遊歷紐約後，欲橫渡大西洋到英國倫敦及法國馬賽。〈國年氏旅歐消息〉又提到：「顏國年氏於七月七日自巴里寄到葉書，謂英國旅程如所預定告終，七月十六日到巴里，有萬國博覽會及名勝，由白耳義、和蘭，經德國，在瑞西，旅程告終，將由馬爾塞乘船，由香港歸臺。」另一篇報導言及顏氏自英國倫敦遊畢，至巴黎參觀博覽會及名勝，後至比利時、荷蘭、德國、瑞士遊覽，再從馬賽經香港歸臺。除上述著重於報導旅遊主要的行徑國家外，另一篇〈國年氏旅行消息〉則詳細報導顏氏又至柏林、墺太利（奧地利）、洪牙利（匈牙利）、伊太利（意大利）等地。至於〈顏氏歐美視察談〉則提及顏國年：「自出北美至歐洲之地，凡遊十五國，歷二百二十餘日，視察美英法德比各國名炭坑九處，製造工場三十處。」更詳細點明參觀處所及遊歷時間、地點。從這些報導，得知顏氏常傳回旅遊現況，報導中多明寫其旅遊地、交通工具及目的，且言及歸國時間。從

臺灣第一大報長期報導，亦顯現其歐美之行受到官方及民間關注的情形。如此長途旅行，若因見與故鄉相仿的景象，則易引起感懷。顏國年自言：「自余歐美旅行以來，未曾見過水田；今日至此始見之，未免遇景生情，稍萌思鄉之念。」見熟悉景象所流露旅外思鄉之情，亦反映空間與人物心境的關係。顏氏此行遊歷美國，經大西洋往英國、歐洲各國，空間移動的範圍甚廣；他以礦業實業家身分，參訪各國炭坑、工廠以作為經營事業參考，更顯現此趟旅遊的實用性。

(三) 回歸

　　旅遊回歸的面向，涉及旅遊書寫、旅遊影響實踐、文化批判與省思等層面。例如顏國年歷訪美國、英國、法國、比利時、德國、匈牙利、瑞士、義大利、新加坡、香港等地，回國後所撰《最近歐美旅行記》即是將其觀察所得詳實記錄。此書選擇某些地景，留存旅遊的空間記憶。依照旅遊行程的時間呈現旅人行經的國家與城市，茲整理顏國年《最近歐美旅行記》地景一覽表於表11-1：

表11-1　顏國年《最近歐美旅行記》地景一覽表

國家	城市	地景	出處頁碼
美國	桑港市	金門公園、加州大學、斯坦夫奧大學、約塞彌底公園、兵營、博物館、動物園、水浴場	9-11
	羅斯安捷爾市	鱷魚園	13
	格蘭迦里恩市	大巖窟	14
	芝加哥市	屠獸場、博物館、百貨店、公園	16、17
	紐約市	河岸住宅、格蘭將軍墳墓、紐約美術館	26

	波斯敦市	美國獨立戰爭紀念塔、波斯敦美術館	28
	紐約市	紐約博物館中央公園、紐約水族館、圖書館、亞斯伯利巴克海岸	32、47-48、50
	華盛頓市	華盛頓軍縮會議所、上下院議事堂、大統領官邸	34-35、37
	來牙拉市	來牙拉瀑布	43
英國	倫敦市	倫敦塔、倫敦橋、市會議事堂、哈伊得公園、國會議事堂、倫敦教會、立智蒙公園、刊事裁判所、高等法院、圖書館、植物園、威因查城、國有美術館、博物館、動物剝製品陳列場、機械模型陳列場、加多利訥湖、羅蒙得湖	52-56、65、74
	曼這斯他市	石鹼製造工廠	67
法國	巴黎市	巴黎萬國博覽會：三克爾公園、北魯細由宮殿、厄夫挨爾塔、北魯塔戰蹟、伊多爾坦教會、魯克三母魯烏公園、布羅尼公園、不惜蒙公園、魯烏母魯美術館、亞捷麥這機械館、母烏捷格勒邦美術館、克爾尼古物陳列場	79-82、86、90-91
比利時	布拉塞爾市	裁判所、斯丁城、朗三砲臺、安士港	93、95-96
荷蘭	黑伊格市	和平宮、植物園	101
德國	漢堡市	動物園、東洋紡績所、河底隧道、植物園、古家屋	103-104
	柏林市	支爾公園、美術館、百貨店、舊皇宮、動物園	113、115、117
芝哥斯羅哈基耶	布拉格市	大統領衙門、國立博物館	121

奧地利亞	維也納市	得拿烏河水浴場、生布輪植物園及公園、普拉他公園、維也納市機械館、米幼亨大工業館、新舊美術館	122-123、130、132
匈牙利	蒲大佩斯市	蒲達佩斯博物館、馬爾牙勒島、匈牙利國會議事堂	126-128
瑞西	因他拉謙市	幼痕峨夫拉烏高山	138
日內瓦	伯安市	伯亞格湖水及公園、博物館	141
	里昂市	教堂、里昂博物館	144-145
莫拿哥	尼斯	海水浴場、公園、教堂、博物館	147、149
意大利	彌伊丹市	教堂、公園、凱旋門、動物園	152-154
	伯尼斯市	牙爾達湖、聖多馬爾哥寺院、及幼加爾政事堂、薩爾特聖多華拉利教堂、羅奧母多寺院、三羅奧安左寺院、三馬利耶諾伯拉寺院、巴勒斯庇智美術館、牙亞羅利烏非及美術館、王宮	155-169
	庇查市	教堂斜塔、古物館	162
	訥布爾市	訥布爾港、龐培古都、維厄斯庇亞斯噴火山、訥布爾博物館	175-177、181
羅馬	羅馬市	聖伯提羅寺院、安伯耶多公園、聖治約亞里拉提拉諾寺院、加拉加拉大浴場、哥爾修母大演武場、古羅馬王宮舊蹟、英傑招魂堂、基督教展覽會、宗教博物館、美術館、教堂、羅馬公園	164-174
星加坡		教堂、柔佛王王宮	188
香港		域多利亞山峰	190

　　他於歐美旅遊之際，曾利用乘船所需較長的交通時間，隨筆記下所見所聞。此書曾三次提到他整理日誌的時間點，例如：9月30日船入印度洋後，接續五天的航行時間，第一次提到：「在閒暇無事之餘，或讀書或整理日誌。」又在此書出現第二次自言：當船抵達錫蘭島後，也利用閒暇時間「整理日誌」。第三次則於10月14日記載船隻往香港出發時，利用4天在船無事閒暇時光「整理日誌」。從這三次「整理日誌」的紀錄，得知顏國年常於旅途中先隨手筆記後，回臺再經歸納始成《最近歐美旅行記》。書末提到遊覽的時間有限，「恰如走馬看花，見聞恐蒙管窺之譏。」又說：「言文不通，前述各事，難免有多少誤謬」。作者自謙之詞透露他原未計畫將遊記大量刊印出版，而僅以書稿交付印刷場的方式流傳於親友間，或捐贈臺灣總督府圖書館等處典藏。

　　旅行通常是玩樂以及工作並行，許多關於旅行的書寫，皆透露玩樂的愉悅以及工作的苦頭，兩者為必要存在的一種拮抗辯證關係；一如工作這樣的概念，可使人產生轉變，到了遠方才能更了解自己，也是一個經常被提及的悖論關係（Paradox）。度假時能夠享受到的最自由，透過遠離工作來再造自我，同時可以在旅遊時光中發揮創意，更可以脫離歷史對人們的苛求。知識菁英顏國年此趟歐美之旅除了考察及觀摩學習之外，亦為一種脫離時間束縛的永恆體驗。

二、觀摩產業實況

　　賦予事件情節後轉變成連續故事中的一幕，從而呈顯獨立個案的意義，並將敘事的各部分聯繫起來，成為一個具有內在意義的整體。顏國年於1925年（大正14年）3月21日到10月27日，以221天時間考察歐美16國。主要參觀各國煤礦場、油井、電動屠宰場、製造廠、碼頭、印刷場等，對於各工廠電氣化程度十分讚嘆，並將參訪所得紀錄

於《最近歐美旅行記》。

(一) 以工業為主的考察之旅

　　旅遊研究者Kristi Siegel提到男性知識份子的旅遊書寫，通常較為直接，且具有目的性或是較為功利導向，同時對於地方、事物的關注也多於「人」。顏國年身為家族中的男性核心成員，又是實業家，旅遊的目的性及功能性常顯現於字裡行間。他紀錄現代化對於產業的影響，至美國「馬利奧多」炭坑曾觀察到「一日勞動八時間，一星期僅勞動其4日而已，掘炭使用截炭機，節省坑夫人力」。「馬利奧多」炭坑不僅使用專門的機械，且人事極為精簡，而無使用冗員之弊。他至太陽炭坑會社所經營之炭礦坑參訪，觀察「坑外捲揚機之原動力，一坑使用蒸氣、一坑使用電氣」後，每日僅消耗石炭燃料四十噸，相較於使用雙蒸氣動力的350噸，排水的效能大幅提升。他又遠赴「利巴匏爾」（利物浦，當時英國第三大都市），參觀「利巴」兄弟會社石鹼（肥皂）工廠，其規模之大、獲利頗豐；又述及員工所得薪資、配股皆優渥，並提供會社以社費協助員工加入保險，著重員工福利。顏國年也觀察到社員的組成女性的比例高，「取其性馴而溫柔，且能耐於勞苦也」，紀錄女性員工的特質及晉用人力的考量。

　　顏國年指出德國的勞工政策，除了工時限定外，並記錄此地雇主亦具有為勞工投保等觀念。於德國柏林市「三井柏林出張所」聽聞該市勞動環境近況，得知德國人當時工時定為九小時，以及各行業大約收入、家庭或單身支出情形；當時的德國傷害保險及失職保險，均由資方代納，可知作者對勞動環境的關注。許多臺灣日治時期旅外散文，只著眼於參觀工業技術所引起的驚奇感，卻較少如顏國年細述現代化設備改革後的效能。更特別的是關於現代經營所著重的員工福利，此書亦於多處強調，呈現與其他旅人觀察面向的差異。此外，當作者參訪紐約市時，先至位於當時世界第一高樓的「烏魯烏奧斯」商

會：又至世界第一大商會及「厄魁達布爾」銀行，商會內社員約三萬
人，每日書信約500萬通，顏國年以此二事評論美國人欲爭佔世界第
一的企圖心。如此的評論，已由產業而延伸觀察其國民性的特質。

　　收錄在長濱實所編《顏國年君小傳》中的〈北支旅行記〉，記
載顏國年搭乘津浦線至北京、大連、旅順、天津等地的見聞，沿路詳
細紀錄各站轉運的石炭量，及他和山西省議會議長談論炭礦經營等內
容。因參觀炭坑為歐美之行的重點，《最近歐美旅行記》較〈北支旅行
記〉紀錄更詳細的炭業資料，茲整理歸納參觀炭坑的要項於表11-2：

表11-2　顏國年《最近歐美旅行記》參觀炭坑一覽表

炭坑名稱	所屬國家	設備	人力	作業流程	產量	獲利	頁碼
馬利奧多炭坑	美國	v	v	v	v	v	19-21
斯坦打石油會社之炭坑	美國	v	v	v	v		22-23
拔黎姜布會社-金羅克炭坑第四斜坑	美國	v	v	v	v		38-40
保厄爾底佛廉炭坑	英國	v	v	v	v		62-63
捷母斯林莫會社所屬碳坑	英國	v	v	v	v		73-74
塞爾安格利埃智炭坑	比利時	v	v	v			97-98
漢尼拔爾會社所屬炭坑第一坑	德國	v	v	v			108-109
漢尼拔爾會社所屬炭坑第二坑	德國	v	v	v		v	111-112

　　顏國年此趟旅遊的重點爲觀摩產業，爲了呈現觀察所得，而以參照方式將各國與臺灣的農產或景觀並列，如：「海威夷群島火奴魯魯港，同島所出產物，第一爲鳳梨，第二爲砂糖，其他如青果及各種植物，殆與臺灣相同，蓋氣候與臺灣相同故也。」又如：「海威夷群島栽培熱帶地方各種奇異植物，不計其數；故如臺灣之植物，故不足爲奇也。」此爲遠在外地所見類似的景象，而引起的熟悉感。如此亦是以參照的方法以呈現與臺灣的類同性。

(二) 產業實務的現代性

　　與顏國年搭乘同一班船的大澤貞吉自橫濱前往美國，回臺後，又與顏君於「洗垢會」回憶旅程的經驗。他注意顏君對新發明的機械、工廠的設施及經營方面的事務特別感興趣；又具數字敏銳度，故應用從美國或日本取得的數據等。從《最近歐美旅行記》所提供的發電工程資訊，得知臺灣與美國的水利發展現況：「美國『亞米利加』瀑布匯各湖流之水，其落差約三百英尺，且水量非常強大，故設置八處發電所，計二百萬馬力。我臺灣日月潭十三萬『基羅瓦多』電力，即謂之大工事，若與此處較之，眞不啻天壤之別。」此類書寫呈現顏國年認爲數字、統計爲科學的表達工具，故經常以此方法紀錄觀察所得；另一方面，強化美國此發電所的功能，並以對比的方式，顯現日本口中所謂「大工程」，實爲誇大殖民成果的修辭。又以比較方式觀察美國與臺灣的現代化建設，透露美國此發電所與日本殖民者刻意誇耀的大工程實相差懸殊。

　　在批判或效法方面，如英國「加的夫」港（Cardiff Bay）的煤炭輸出港不設貯炭場，而是將全部石炭皆貯於貨車，故僅需負擔貨車之使用費。他認爲此法頗妙，所以建議臺灣今後亦應效法。煤炭輸出港直接以貨車的方式運送，省卻貯存貨品的空間，頗具實務改革的眼光。在農產經銷方面，記錄三井支店生絲部及賣茶部銷售臺灣茶35萬，即1500萬磅，並具體提出種種改良的措施：「余以爲臺灣政府，

宜講究獎勵及宣傳之法。即如對內,則改良品質、修整包裝,並獎勵生產之加增;對外則須努力於宣傳,以期美國人盡知臺灣茶之優秀,漸次趨向於臺灣茶。誠能如是,則今後臺灣茶之前途,有莫大希望焉。」不僅以參照或比較的手法,呈現英美各國產業的現況;並具體於產業結構、倉儲或運輸、茶葉品質、獎勵量產及銷售方式等面向,提出改良的方案。

三、文化論述與儒教價值觀

顏國年此趟旅程,除走訪產業重要據點外,也觀看歐美各國歷史、文化、國民特性,並與自身文化作比較。他常記錄物質文化與國民性的關聯,並於參觀博物館及重要史蹟後,多以儒教的視角評論所見。本節就物質文化與國民性的關聯、以儒教的視角觀看西方文化展示兩面向加以詮釋。

(一) 物質文化與國民性的關聯

物質文化的見聞,包括食、衣、住、行等層面,多為基本生活所需。為呈現作者的物質文化視角,故簡列其敘事於表11-3。

在飲食文化與敘事的觀察方面,顏國年到德國「米幼亨」市內的國立麥酒廠,描繪試飲麥酒的方式,或沉浸於音樂與佳麗的氛圍。同時以「紳士與勞働者,共飲於一處」、「所謂官民共樂,貴賤不分」的修辭,透露其觀察視角為不分階級共處同樂的面向。敘事強調場景襯托人物的作用,場景的功能之一即為形塑小說的氣氛,反映人物的心境。人物的行為舉止與情感,亦在精心建構的場景與物件襯托下,恰適地浮現。作者營造麥酒廠的廠景氛圍,並運用酒的物件的襯托,泯滅人際界線而共享飲食產業成果。

表11-3　顏國年《最近歐美旅行記》物質文化敘事一覽表

類別＼國別	德國	英國	美國	日本
飲食文化	啤酒廠共飲→貴賤不分			
衣著儀態		甚少紅皮鞋→樸實、靜而穩重	較爲輕躁→奢侈	
官邸建設			各級官邸不華麗宏大→大統領簡樸、上下一德、先鋪路、後造屋→重視規畫	小而舊式→無價值先建屋後造路→未先規畫
自働車			紐約運轉手及行人→技術熟練、守規矩，故甚少意外	

顏國年亦從衣著、儀態方面推測其國民性，於倫敦市與當地人接觸後，先觀察再評論英國人：「一般人士年中皆戴黑色禮帽，且穿紅皮鞋者極少，亦足證明英國人之樸實也。」又將英、美國民的生活習性、儀態與風俗作比較：「英國人男女皆素性樸實，不若美國人之奢侈；且其一般人民之動作，頗爲沉靜而穩重，不若美國人之輕躁。據聞英國人風俗純厚，平素行事極其親切，對我日本人感情頗佳。」如此由外在衣著儀態分析國民性，流露作者印象式的批評及以第一人稱指涉對日本的認同。關於衣飾文化的資料，如施素筠曾於2001年2月15日〈夫家成員的穿著〉口述訪談中，如此描述顏國年：「公公個人相當重視服飾穿著，認爲體面的穿著能表徵一個人的社會地位。顏國年爲家族中男性對穿著最考究者，還曾到歐洲考察時帶回好幾大箱的

西裝禮服、皮鞋、禮帽。」從其對穿著的注重，得知顏國年留心物質
文化的象徵意義。

　　於住的層面，顏國年則著眼於道路屋舍及官方建築，並延伸詮釋
國民性的差異。他於美國華盛頓參觀總統及大臣官邸後，發抒個人感
受及評價，由建築物的規模及質樸風格，分析總統個人節儉的特質，
且因親身踐行而影響其他大臣官邸。他又舉日本大使館的現況：「惟
現今市最不雅觀者，乃日北大使館；聞該館係於明治二十八落成，當
時不過以紅磚築之而已，規模既小又屬舊式，毫無價值可言。」隱含
批評日本忽視大使館為外交門面的重要性。又如當他參觀市內德國
皇帝之宮殿時提到：「其規模之大、裝飾之美，余亦不能以言語形容
之。」以外在的建築規模，以及內在裝潢的華麗，使從未見如此景觀
的顏國年，處於失聲狀態。在交通方面，顏國年於紐約觀察到國外自
働車運轉手十分熟練，而行人亦知避險之法，故罕有誤傷事件。他又
進一步評論道：「由是想及我臺灣現狀，以少數之自働車誤傷事件，
時有所聞。」此處顏國年提出造成臺灣自働車事故之原因：一為駕駛
訓練不足，二為行人不守交通規矩，三是警察對於違規取締不嚴。藉
由臺灣與美國汽車交通事故的比較，省思「行」的現代性議題。

　　除食衣住行等物質文化面向外，顏國年也從公德心、商人良心、
移民制度等觀察記錄西方的國民性。如在芝加哥參觀「薩利邦造截炭
機」會社後，於附近公園觀察到，雖然遊客眾多，「並無人敢折其一
枝半朵者，美國人深有公德心」。從這些親眼所見的風俗，分析美國
國民性的特質。作者於埃及坡西土市（今譯塞得港）時，遇商人狡詐
求賞、強賣物品；以此現象評論埃及在歷史上雖為古國，但一般人品
卑劣，官吏又放任人民恣意作為、糾纏旅客，反使觀光客生畏且不敢
久留。從行為連結社會風氣，反映作者的觀察面向。至於他入境舊金
山時提到：「美國調查移民所關事件，極其嚴酷。」他認為因應之道
為：「在移民官之前，最宜謹慎，言語不可過多，蓋恐言多必失。此

島中設有移民本局之留置場，殆無異於一種監獄。」藉由描述移民政策的嚴苛，顯現美國人對於外來者的戒慎，暗批早期排外的國民性。

　　臺灣日治時期的清潔、衛生與健康之間的觀念，不但呼應了日本國內的主流，同時也與當時關注公共衛生觀的世界潮流相映。顏國年透過《最近歐美旅行記》表達衛生觀，也因與世界各國比較後而對國民性有所省思。顏國年遊記中多處呈現衛生、潔淨方面的敘事，又透過「論述」的方式，將衛生／不衛生、潔淨／不潔淨加以區隔，如此落伍／文明的二元論，隱含受到殖民者所同化的影響。他到廣東市遊覽時，見「其街市只正面一部分之家屋稍清潔可觀，其他各處皆污穢至極」。又如船入古倫母港市中，「除一小部分清潔街市外，其餘皆印度人居住，故其街市頗不清潔」。至馬來半島教堂則提到建築物雖不甚大，但「各處掃除得十分清潔」。作者形容教堂清潔莊嚴，且遊客需於堂前浴場洗浴，始能入堂內參拜。此外，他到鼓浪嶼各國共同租界處，其道路及住宅「頗清潔可觀」；對照之下，廈門街市「則極其狹隘且極污穢」。這些敘事皆呈現作者受到殖民者所強調衛生的觀念，著重外在環境的衛生及個人潔淨的重要性，早八世紀啟蒙運動後更重理性，強調秩序、組織、分工，並產生優越感，至於臺灣於日治時期被要求成為「無菌社會」，才不致使來臺日人大量感染而病逝，許多設立相關熱帶醫學研究機構，及總督府強制執行的衛生政策，其初衷非以造福臺灣為目的。關於清潔面向的論述，又如「訥布爾」市附近的環境為：「無處不有火山灰，加以不甚掃除，故各處汙穢之極。其住民等，素不清潔，男女跣足而行者甚多，且晝夜火山灰濛濛，陸續飛來，是以街市愈增汙濁。路旁乞丐成群，一般人民，品行卑劣。意大利第一良港，狀況如此，有損意大利一等國之名譽。」他另記錄海岸一部分稱旅館村，街路整潔，有幽雅小公園及花草樹木；除此之外，市內僅有表面大馬路可觀，其他皆非常污穢。如此的敘事，亦是透露以觀光休閒作為與國民性的關聯，並顯現敘事者關注衛

生議題的空間心境。

(二) 以儒教視角觀看西方文化展示

爲呈現顏國年觀看歷史古蹟及場景，或歷史紀念物、藝術品的視角，故將文本中場景與空間心境的關聯羅列於表11-4：

表11-4　顏國年《最近歐美旅行記》與空間心境的關聯場景

類別	場景	空間心境
歷史古蹟及場景	義大利「及幼加爾」政事堂的大會議室及審判室	→見到室內保存議員選舉制度之記錄，得知爲羅馬最先實行的遺跡
	義大利羅馬「哥爾修母」大演武場	→反思君王殘暴，流露出人道關懷
歷史紀念物	德國「俾斯麥」宰相之銅像	→儀容嚴肅，令人起敬
	德國「頌德塔」	→立塔感念普魯士路易斯皇后。作者質疑皇后不貞節，且影響當地的風氣
藝術品	匈牙利美術館參觀「巴諾拿馬」	→九百餘年前「匈牙利」被外國征伐慘憺之狀況，令人不忍終觀
	義大利龐培城壁畫（春宮畫、裸體畫）	→淫風極盛、風紀衰頹，故遭受火山灰滅城之禍
	義大利羅馬基督教博覽會展之畫	→早年宣教，種種迫害情形，不可言狀
	瑞士日內瓦博物館	→裸體畫、裸體雕刻物類似春畫「豈文明人獨不慮風俗紊亂耶？」

　　敘事者常針對歷史事件、地理環境、政治體制、社會制度、風土民情、生活型態、建築風格、飲食服飾等議題發表看法；並透過文化符碼傳遞其知識及世界觀，或以格言及道德教育的形式表現，進而影響讀者看法。顏國年遊記所載參觀博物館的經驗，流露儒者的價值觀，如「不惟不弔其被禍之慘，好淫不道，當受天罰」等話語警惕世人，隱含他欲透過文化論述影響讀者。

　　許多藝術作品深植於其生產的歷史情境，充塞著相當多指涉（reference）意義，顏國年在接觸古蹟、歷史地景、藝術品後有所省思，並以旅遊散文發表論述。論述是人類歷史文化的種種建制、觀念、實踐等構成或過程，使我們瞭解文本的意義是針對某一特定情境的姿態與反應，而文本的分析是為了瞭解社會關係的重要方式。顏國年於日內瓦參觀博物館，稱讚這些繪畫雕刻精細巧妙，不遜於現代美術。但當他觀賞此館的裸體畫、裸體雕刻物，以為此展示物頗似春畫，認為如此公然陳列於博物館，「豈文明人獨不慮風俗紊亂耶？」此外，在義大利又看到龐培城壁畫，亦有種種春宮畫、裸體畫，作者直言因淫風極盛、風紀衰頹，方使龐培遭受火山灰滅城之禍。透過書寫見聞，顏國年的遊記顯露儒家重風俗教化的價值觀。文學分析的工作首先是在文學作品中找出那個地理的一些徵象，及對它的一些指涉。就第二個意義來說，就是要闡揚那個背景，使那部作品連結上宰制與被宰制的更廣大的歷史經驗。他又參觀古羅馬遺址「哥爾修母」大演武場（今「羅馬競技場」），想像當時「暴君無道，異想天開」，竟使無罪民眾與猛獸格鬥，使猛獸與人皆亡；或是捆縛少婦，塗抹馬油於其身，並燃之代蠟等不人道行徑。另一方面，畫中又顯現使人民各執凶器（刀鎗等）互相格鬥，無辜小民或死或傷慘不可言，顏國年認為：「如斯種種殘忍酷毒之行為，當時皇帝竟視之為一種娛樂。」且暴君准許一般人民入場同觀這類景象，從此凡遇國家慶典吉日，皆進行這類殘酷的節目。他有感而發：「人民何罪？既為自己娛

樂而殺之，又爲國家慶典而殺之，誠不知彼專制之暴君。」因爲風景、建物代表人物的心理，隱含事件的發展。換言之，風景象徵過去、現在或未來，並不只是框架、布景，聊備一格而已。空間描述與人物心境相互映照，地景亦襯托人物的感覺、情緒或思維。從顏國年的論述，得知他欲藉由遺跡表達對於弱勢民眾的人道關懷，同時反映統治者不重視人民安危的心態。

　　關於歷史人物的評論，顏國年在桑港（今舊金山）用餐時，恰巧到一家名爲頤和園的餐廳發抒歷史的感懷。他不禁回想當年清廷西太后：「彼以一婦人，深居頤和園，權傾朝野，震於中外，亦不過一場之春夢耳。」就歷史事實而言，西太后慈禧在位四十八年，親歷第二次鴉片戰爭、太平天國運動、中法戰爭、中日戰爭、戊戌變法、義和團運動、清末新政、籌備立憲；亦經歷英法聯軍侵華焚毀圓明園、八國聯軍屠掠北京城等事件。慈禧實際統治約達半世紀，經歷時代的變局，顏國年感嘆世事變換，權勢終究非長久，此亦是觸景抒情的表現手法。又藉由紀念物引發他評論世界史上的女性。例如他見到皇宮前的頌德塔，提出對於人物的褒貶：「該后有功於民，固應頌德；但恨其身居皇后尊位，爲一國之主母，尙不能守其貞操，何以責小民乎？至今德國民間婦女，皆鮮有貞操觀念者，乃后之過也。」班雅明《說故事的人》提到故事多具實用性，並以道德教訓等方式呈現。無論是哪種形式，常見說故事者對讀者有所教導，彷如是導師或智者的身分。路易斯皇后（Louise of Mecklenburg-Strelitz）此種行爲在敘說旅行故事的顏國年眼中，卻是不貞的行爲，並且認爲造成當地風氣的有不良影響。如此評論歷史人物，使說故事者兼具教化者的角色。

· · · · · · · · · · · · · · · · · · · ·

　　透過臺灣日治時期旅遊敘事文本的詮釋，呈現處於殖民地知識菁英由於社會地位、學識背景等因素，而觀察到歐美不同都會的文化差異。本節以顏國年《最近歐美旅行記》素材，並參考相關傳記或顏家產業發展與人際網絡等資料，以發掘此部遊記的特殊質性。從顏氏的學養、經歷及人脈，理解其旅遊出發前的文化資本，並透過梳理日治時期海外旅遊的思維，分析作者所傳達的文化省思。作者此次旅遊的動機，包括先前查訪中國的經驗，再加上完成兄長夢想及安排子弟進修的需求；又因實業家的企圖心，而立下遠行海外的宏願，故以觀摩歐美各地三井支部等產業為旅遊的重要面向。本節從旅遊動機、旅程安排以及回歸後的反思，探討作者彙錄歐美旅行見聞的敘事性。因顏國年的實業家身分，故分從工業為主的考察之旅、產業實務的現代性，分析其觀摩海外產業實況。此外，於文化論述與儒教價值觀方面，則從物質文化與國民性的關聯、以儒教視角觀看西方文化展示兩層面加以詮釋。

　　顏國年書寫物質文化的見聞，表達對於飲食、衣著儀態、道路屋舍及交通等層面的觀察及象徵意義。不僅以各國衣飾、建築物規模及風格與臺灣相比較；更由環境衛生及個人潔淨的層面，或是從公德心、商人良心、移民制度等分析國民性。從參觀古蹟、文化地景及博物館而有所省思，並藉由文本發表論述，流露儒者重風俗教化的價值觀。分析這些文本是透過敘事者藉由參照、比較或批判的省察，進一步理解本身境遇，並改變自我的視域。本節所探討的知識菁英顏國年從臺灣出發到異地，再返回臺灣的家，在離與返之間，書寫歸家之後思想上的衝擊與省悟。因此能在異文化參照下有所批判，並思索自我的位置，流露旅行書寫的內在意義。

　　旅遊散文的特色主要以日記體的形式，但又因公開給親友而具聽

述的對象。如此的作品是敘事者敘述自己目睹、參與或經歷的故事，敘事者本身就在他所敘述的故事之內。因旅遊書寫蘊含作者個人的跨界經驗，透過此類文本的詮釋，將有助於理解知識份子的內在意識。敘事者可品評人物、甚至好惡分明，他的判斷不僅彌補讀者的知識不足，更可能左右讀者對人物的認同與投射。知識菁英旅遊的目的性不一，在離與返的辯證中，不僅體會彼此的外在差異，旅遊見聞錄亦流露思索臺灣與歐美文明的本質差異。從他與三井公司所規畫的行程，不似臺灣總督府排定的東遊旅程，或「上國觀光」般的刻板模式，而是在礦產實務或是習俗風尚的觀看中，尋覓臺灣未來的發展方向。在與異國接觸的過程中，顏國年經歷的不只是現代性的衝擊，亦以儒學價值觀評論風俗；同時再現旅行的經驗，藉以拓展視野，並思索實業的發展面向。

⟫⟫⟫ 延伸閱讀

▎ 長濱實編，《顏國年君小傳》，臺北：自刊本，1939年。

▎ 許雪姬，〈林獻堂《環球遊記》與顏國年《最近歐美旅行記》的比較〉，《臺灣文獻》62卷4期，1998年6月，頁161-219。

⟫⟫⟫ 思考討論

▎ 顏國年的旅遊動機與目的為何？這些遊記觀察哪些文化差異？藉由書寫海外意象透露怎樣的世界觀？

▎ 如果到國外遊學打工，你會選擇哪類的場所觀摩學習？

MEMO

第十二講　文化人士的旅遊：林獻堂《環球遊記》

　　跨界旅遊開擴知識份子的文化視角及世界觀，臺灣日治時期旅遊多國的人極爲有限，林獻堂（1881-1956）因得力於霧峰林家的財富優勢，故能從事遠赴各國的文化之旅。在林獻堂決定出遊之時，騎驢意外摔傷手臂，休養多日才得以啓程。幾經波折後，林獻堂認爲機會稍縱即逝，其出遊的心意便更爲堅定。於是他從臺灣文化團體紛擾中暫時抽身，並以遊記表達自己觀摩世界城市的思考，字裡行間亦流露處於殖民之下的深刻感受。林獻堂〈環球一週遊記〉連載時即相當受歡迎，且讀者眾多。如《灌園先生日記》1931年（昭和6年）3月11日提到鳳山齒科醫生黃招養與林獻堂會面時告知：「〈環球遊記〉無一篇不讀，甚讚美文字之佳，材料豐富。」文稿中除旅遊生活的實錄之外，也包括異地風情、政治經濟、民生議題等內容。由於林獻堂個人的文化素養，使其遊記迥異於當時報紙所載浮光掠影的旅外短篇報導。另一方面，《環球遊記》的完稿刊登，其子女、婿及秘書皆曾參與協助抄寫。

　　日記中常敘及許多友人敦促林獻堂應出版此遊記的單行本，但他因不斷修改而遲未定稿。當時正處二次世界大戰期間，英國爲日本敵國，而1942年（昭和17年）《南方》雜誌重刊該作，其中一句：「將來君主國的壽命之最長者，其英國乎！」的言論事涉敏感，遂爲有心人士所乘而遭檢舉，引起日本當局不滿並加強干預。於戰後《環球遊記》能集結出版，是因葉榮鐘抄錄自林獻堂的備忘錄，另一部分則由《臺灣民報》歸納而得，此單行本後來收錄於《林獻堂先生紀念集》。這部遊記不論是登載於日治時期報刊雜誌，或戰後的刊行本，皆呈現林獻堂歐美現代性體驗之旅的傳播意義，此趟旅程豐富作品的

文化迻譯功能，並提昇他在臺灣文化界的象徵性地位。

一、以古鑑今：從史蹟詮釋普世價值

　　林獻堂於《環球遊記》擇取各地最具代表性的地點、建築或歷史人物，透過文字勾勒出都會的特色，使讀者留下鮮明的印象。他認為各城市的古蹟，皆與歷史有所關聯，足以引人深思。就迻譯的面向而言，如何將旅遊所見的外來事物，移植到臺灣，首先必須經過翻譯的程序，轉化為在地民眾能理解、接受的語言與文化。以下將分成紀念物的象徵、歷史場景的詮釋等面向，探討此遊記如何藉由書寫史蹟反思普世價值。

(一) 紀念物的象徵

　　林獻堂於旅遊過程中常興起懷舊（Nostalgia）的情緒，在他參觀古蹟、歷史場景後，將典故、歷史情節融入旅行書寫之中，使得遊記不僅是走馬看花的流水帳而已，更蘊含歷史厚度與空間意義。例如：〈法國見聞錄〉記載偉人廟中阿克如安四福（聖女貞德）的壁畫，一幅為少女在曠野上牧羊，再者是她從容指揮勇士擊敗英軍，三則是在克復里姆斯城迎接法蘭西斯王在此加冕，最後她被布艮第軍隊所擄後出售予英軍，不幸於1431年被焚而亡。聖女貞德的犧牲激發法國人，1436年法王查理七世奪回巴黎，1453年法國所失領土終於全數收回。在歷史記憶裡，個人並非直接去回憶事件，而是通過閱讀、或聆聽講述、參與紀念活動，這種經強化的記憶，才能被間接的組構出來。所以，「過去」往往是透過社會機制存儲與解釋，而人們對於歷史或英雄人物的記憶，則必須視為建構的過程（constructive process），而不是恢復的過程（retrieval process）。《環球遊記》所載的偉人廟中的壁畫展示，即藉由歷史人物的事蹟建構法國的集體記憶。

　　此遊記有許多關於「雕像」的書寫，如葛爾諾廣場（今共同國

廣場）立一女神銅像作爲共和紀念，前世紀末大統領噶爾諾到里昂，被無政府黨所暗殺，故以其名作爲紀念。他又敘及日美庭廣場（今勝利廣場）立有路易十四世騎馬銅像，1792年法國大革命時王黨以此爲根據地，反對共和革命黨出師討伐。此市遂變爲戰場，死傷者不可勝數，最後王黨之力不支，遂被革命軍所佔領，林獻堂認爲此專制極權者的銅像能保存至今可謂僥倖。就紀念物所發揮的社會功能而言，雕像是塑造君主形象的方法之一，《製作路易十四》一書中論及當時臣民如何藉由石雕、銅像、油畫甚至蠟像等方式，再現路易十四這位君主的形象。同時也分析詩、戲劇和歷史等文字典籍對路易十四的描述，與此君王有關的媒體也列入討論的範圍，譬如芭蕾、歌劇、宮中儀式和其他表演，這些藝術與權力的展演，多與「偉人塑造」的行銷手法有關。此廣場周圍有八尊女神像用來代表斯特拉斯堡、里爾、波爾多、南特、盧昂、布勒斯特、馬耳賽、里昂等八市。其中代表斯特拉斯堡的女神像曾以黑紗覆蓋，因1870年的普法戰爭中，割讓亞爾賽斯、洛林兩州予德國，斯特拉斯堡爲亞爾塞斯的首都，其市民以黑紗覆蓋女神像的方式，爲斯特拉斯堡服喪。直到1918年大戰結束，亞、洛兩州歸還法國，女神像終能脫下喪服，換置成花環圍繞其中。任何一座城市的建立都是一個複雜的過程，是歷史醞釀的結果，而結果不是簡單地找一個地方或套用一種模式就可以完成的。法國城市中各種雕像爲具代表性的紀念物，象徵帝國積累的歷史遺蹟，保存在民眾心中神聖或俗世的文化感受。

　　歷史事實的描述，除作爲「記史文本」的特殊性外，亦帶有一般「敘事文本」的基本特質。在「拿破崙之墓」一節裡，林獻堂認爲法人崇拜拿破崙，與英人崇拜惠靈谷、納爾遜，德人崇拜維廉一世、俾斯麥的心態相似。他詳細回顧拿破崙當年以軍官的身分，一躍而爲大將，團結國民以禦外敵，戰勝攻克威震全歐的事蹟。並以拿破崙與項羽作一類比參照，其文化移譯的方法爲擷取古籍中的詩句，融入歷

史場景的鋪敘，道出兩位「亂世英雄」相似的成敗之跡。他比較拿破崙與項羽皆是亂世英雄，項羽號稱西楚霸王，然而垓下之戰一敗不可收拾；至於拿破崙逢法國內憂外患之際禦外敵，卻敗於俄普奧聯軍，三敗於英。林獻堂又分析兩人相異之處為：拿破崙能統一法國橫行歐洲大陸，項羽僅能打倒暴秦無法一統中國，顯現拿破崙優於項羽的面向。另一方面，項羽於烏江戰敗後，無顏面見江東父兄而自刎，此舉使漢王放棄原將屠殺其他群眾的打算，紛擾多時的楚漢之爭終告結束。拿破崙因於孤島抑鬱而死，林獻堂認為這是項羽勝過拿破崙之處。他又於遊記中詳述當地所見拿破崙紀念物與法國日常生活相關的情景：「寓於巴黎之人，每日出門，罕有不遇著拿破崙的紀念物，如凱旋門、馬羅鞏寺，如百43呎高的銅柱上手托地球之像，又如各大馬路用其當日戰勝的地名，或其將軍之名以名之，此就其大者而言，若其小者如照相，如銅鑄的小像，如電影演映其當日戰勝的情形，此就余所知者而言，若所未知者又不知多少也。」拿破崙以專制獨裁的方式統御法國，奠下行政、財政和司法的組織體系；又曾實行監禁教宗、控制報章雜誌評論，以及提高徵稅與徵兵制度等措施。然於1812年俄國戰役失利，而後更在滑鐵盧之役面臨囚禁的命運。拿破崙傳奇的一生使他成為法國具代表性的人物，儘管後人對他各有不同的評價，所涵攝的歷史圖象，卻已是法國集體記憶中不可忽視的一部分。

　　林獻堂又對另一個歷史場景「凱旋門」多有詮釋，拿破崙當日建此門是為紀念自己的武功，豈知尚未落成，卻已被放逐於孤島中，直到一千八百年後路易腓力（Louis-Philippe）才完成此建築。林獻堂仔細觀看凱旋門的雕刻，包括拿破崙參與的172回大大小小戰役，及386位將軍的姓名；但他對於這些霸業的圖象與文字記錄，卻有不同的觀照。他主張「戰爭需紀念戰敗，不可紀念戰勝」。因為紀念戰勝，其國民必驕矜自滿，以為天下無敵，如此反而更容易招致失敗，凱旋門即是一個顯明的例證。相對的，林獻堂認為戰敗更需要被紀念，民眾

才會臥薪嚐膽、同仇敵愾，國家才有轉敗為勝的一日，就如同協和廣場女神服喪的例子。凱旋門又有1921年1月28日建立的戰亡者之墓，其碑偃臥地上，並無墳墓之形式。碑文提到此為國家所戰亡的一個無名兵士，大戰時死者有數百萬人，但今此墓僅葬一人作為代表。碑頭有一圓孔，晝夜噴火不熄，以表示死者之愛國，如火之熱、如火之明，以為後人永久紀念。凱旋門的戰爭紀念館運用大量的真實物件，如戰爭前的背景、戰爭爆發的過程以及戰爭相關的文書、照片等，以激起參觀者對戰爭的臨場感與省思。

　　林獻堂不僅書寫有關政治人物的紀念物，也於〈美國見聞錄〉提到費城附近的大榆樹地景，威廉濱曾於此與印地安人訂定和平約束，雙方互重而相談甚歡，且以公正的價格向印地安人買下土地。之後，十三州傳出與印地安人的衝突事件，只有費城倖免於外，榆樹自此成為和平的象徵。就城市意象而言，城市非常需要舊建築，否則難以發展出有活力的街道和地區。林獻堂留意到不同類型的舊居，他曾參觀藝術工作者的故宅，如大詩人歌德（Goethe）的舊居、音樂家貝多芬（Beethoven）、文學家安徒生（Andersen）之故宅、畫家林布蘭（Remfbrund）故居。他具體舉樂聖貝多芬的故宅為例，不僅描繪其創作過程的艱辛及毅力，並聯想伯牙學鼓琴的經驗，詳述不只需「情志專一」，且需感應「天籟妙理」。在詮釋貝多芬與伯牙的音樂境界的同時，也引發他對人生的哲思，若受到外界的衝擊，需獨處靜觀，自我才能清朗可見，此為藉藝術家紀念物而詮釋其象徵的深意，亦是文化移譯的表現方式。

(二) 歷史場景的詮釋

　　林獻堂旅遊至歷史場景，常觸景抒發對歷史事件的感懷。例如他曾描述全盛時期「世界之首都」羅馬，在此「永久之都城」的命名下，感嘆「欲亡一國家，非一朝一夕之事；然欲建設一國家，又豈是

一朝一夕之事哉？」當他至奧古斯德宮參觀此羅馬文明的發源地，引發對昔日羅馬大國盛衰興亡的感慨。參觀羅馬的元老院後，林獻堂認爲今日各國議會制度，起源於羅馬元老院的組織法。元老院爲羅馬人反對帝國主義的大本營，尤其就西班牙戰爭而言，元老院不贊成、甚至完全反對使用武力去佔領外國領土。羅馬廣場爲古羅馬人民集會的場所，林獻堂認爲當時人民享有集會及言論的自由。他又參觀龐貝古城的遺址，得知在火山爆發前，城中即將舉行選舉。此歷史場景顯現當時的選舉觀念與制度所發展的程度。

　　他又鋪陳關於法國大革命的敘事：1789年7月14日，巴黎市民暴動衝破巴士提爾（巴士底）監獄，爲法蘭西革命之始，今猶以此日爲共和國的紀念日。監獄遺址立一自由女神的銅像，左手執火以表示光明啓發，右手提劍以表示驅逐惡魔。林獻堂在此歷史場景感慨道：「當日革命流血的淒慘，所以造成今日的法蘭西。」流露他對法國大革命慘烈情況的震撼與後續影響的評論。他在「康科特廣場」（協和廣場）一節中，想像當年路易十六上斷頭臺之時，仍神色不變高呼「法民聽朕言，朕今無罪就死」的模樣。感嘆路易十六非昏庸無道的君主，然亦不免一死，實見民眾厭惡專制虐政的侵擾，非始自革命之日。林獻堂因敘述執政者長期漠視人權與民間疾苦，其後革命黨人互相殘害，領袖人物羅蘭夫人也走上臨刑末路，死前道出「自由！自由！世間借汝之名以行罪惡，正不知多少也」的悲傷情緒。廣場中的噴水池，在林獻堂眼中是無數志士仁人的沸騰熱血，噴之不盡，呈現他對恐怖法蘭西統治時代的不勝唏噓。11月11日是平和紀念日，法國自大統領以下皆來參拜，林獻堂在漫遊歐洲後及時參觀此典禮。這些儀式甚爲莊嚴，軍隊排列兩行，以250支軍旗圍繞其墓，號炮一聲，演奏悲哀軍樂，於冷雨寒風之中，參觀者感染沉重哀淒的氣氛。他在這些古蹟紀念物以及紀念儀式中，感受法國追求自由、和平的歷史軌跡，亦觸動他對文明的另類思考。旅行引發認同的危機以及文化都會

觀，使我們透過比較、參考與學習過程中，修正自己文化中的缺點，進而擴充自己的視野。臺灣屬於文化文流領域相當特殊場域，處於日本殖民時期的林獻堂，長期關注臺灣的社會文化現象，此次環遊世界的旅程更促使他開拓書寫迻譯文化的面向。

對於都市記號學而言，物質是涵義的承載與傳播媒介，因此，象徵行為總是涉及一些物質的東西，以及附於其上的社會論述。而這些物質的東西皆為都市空間的元素，如：步道、廣場、建築物及其立面。林獻堂於〈法國見聞錄〉中曾提到市政廳廣場的歷史：1572年慘殺新教徒事件，巴黎一夜之中男婦老幼數千人死亡，其領袖被擒者不立即殺死，皆懸在此鐵柱上，名曰「吊燈」，其虐刑較之馘首尤甚。1789年大革命時，路易十六時期的大藏大臣及其子亦在此吊燈。由帝制而共和，由共和而帝制，因這個地方為巴黎之中心，又是市政的所在，凡有集合會議皆在此，所以特別具有歷史意義。至1870年普法戰爭，巴黎陷落，市民憤慨政府無能，遂把市廳焚毀；至1874年在此舊址興工建築，其外形為法蘭西文藝復興式。市政廳廣場在法國抗爭史上有其重要性，它記錄法國整體社會結構的重大變化。從法律的制定、判決與執行，最終形成一套中央集權的系統，涵蓋法國人民生活的各層面。法國大革命是在啟蒙主義引導下的具體呈現，革命初期自由平等原理取代中世紀以來的身分支配原理；但另一方面，國家由資產階級掌握，而此階級又是以經濟生活為範疇的市民社會的一環，國家與市民社會反而以經濟生活為媒介結成一體。市政廳與廣場正見證了國家與市民空間，或衝突、或調適的緊密關聯。

林獻堂抵達埃及首都開羅後，前往金字塔參觀的紀錄，蘊含作者對於空間詮釋的資料。他記述金字塔建造過程，相傳是由30萬名的壯丁，從700哩遠的尼羅河上游，搬運每塊約兩千噸的石材330萬塊，歷經五十五年的時間才完工，於是評論道：「當時埃及人民因建造金字塔而受的勞役與苛稅，應不減於秦始皇與隋煬帝的長城、大運河。

但相較之下，金字塔的興建除了供後人憑弔外，對人民似無益處。」
林獻堂以金字塔與長城、大運河等建築與民眾生活的關聯等迻譯的手
法，論述空間權力對民眾的衝擊。

　　在記錄美國的歷史場景方面，林獻堂參觀位於波士頓的革命議
事堂，敘述這個原為革命時民黨屢次集議的禮拜堂，故此場所又有
「獨立之搖籃」的稱呼。另外，波士頓市區街角牆上嵌一銅碑，銘曰
「一七七四年拋棄英茶處」。因英國曾在殖民地苛徵雜稅，後雖廢印
紙稅，但改徵茶、紙、玻璃等稅，導致民眾負擔過重而憤起抵制英國
商品，並將英國商船中的茶盡投入海，此次抗爭激怒英軍而展開大肆
殺戮行動。林獻堂不僅記錄獨立戰爭的導火線，也關照美國殖民地時
期的社會背景。美國獨立的開端多發源於波士頓，故有關獨立的遺跡
也較多。他在分析美國獨立戰爭過程中，歸納以下四大原因：一、英
國殖民者雖擁有土地所有權，然而自治權仍握在英王手中，故官吏皆
由英國政府分派，殖民者不得任官。二、殖民者的所得賦稅必須全繳
交給英國政府，殖民地貧富差距所造成的不平等情形嚴重，一般平民
基本生活常遭富者剝削。三、英國政府因恐殖民者具有學識後要求獨
立，故在殖民地採愚民政策，而不設立高等教育學校。四、頒布航海
條令，規定殖民地物資只能供給英國市場，而嚴禁轉賣他國。又受英
法戰爭的影響，殖民者的稅金負擔年年加重；戰後，英國商人亦恃其
職位任意殺價，使殖民者生計更加困窘。以上四點呈顯富有自由思想
與自治能力的被殖民者，對於各種政策與統治手段深感不滿。林獻堂
認為若非英王對殖民地實行高壓統治，美國今必仍安於不識不知，其
獨立思想也將不會出現。他引用《孟子·告子》所言：「生於憂患，
而死於安樂。」說明人在憂患中能發憤圖強而得以生存，處於順境易
沉湎於安樂而招致滅亡。又延伸闡釋：「生於壓制，死於噢咻也。」
意為人處於壓制的狀態下易有反抗之心而得以生存，若只發出呻吟則
徒陷於哀傷而終至衰亡。此種引用漢籍中的格言，並配合現實環境再

轉化以啓蒙世人，亦是林獻堂所採取的文化移譯的方式之一。

二、觀摩現代：空間建構與生存處境的反思

臺灣受日本殖民統治引進現代性所影響，但與同時期歐美現代文化的發展相較，臺灣社會的現代性是壓縮的。本節將就這些面向探討《環球遊記》呈現有關現代性的議題。

(一) 城市地景的建構與生活藝術

日本透過對臺灣的殖民統治，向西方國家宣示其現代化治理能力。鐵道、港灣、都市、下水道等現代化計畫，或原住民、慣習、地質、生物等學術調查，以及人口、戶籍、教育、衛生、警察等制度的建立，甚至糖業、樟腦葉、稻米等產業開發，在世界殖民地少見如此全面性的實驗。《環球遊記》記載當身處現代化社會的林獻堂抵達廈門時，眼見街道非常狹窄且髒亂。廈門當局計畫拓寬道路並築水溝以利衛生，但民房卻遭到拆毀，市民權益因而受損。於是他有感而發：「街道改善實爲必要，極注重人民損失之補償亦不可全無。」呈現林獻堂受日本殖民統治現代性的影響，特別關注公共衛生與民眾生存權益等面向。就現實面而言，廈門與臺灣的生活品質到日治後期差距日益擴大，如中國文人江亢虎曾於1934年（昭和9年）8月訪臺，他從廈門到基隆登岸後讚嘆觀看臺灣的情形：「交通、教育、衛生、慈善種種設備，應有盡有。由廈到此，一水之隔，一夜之程，頓覺氣象不同。」臺灣的現代化與時俱進，顯現與廈門不同的氣象及文化落差。在公共衛生方面，林獻堂此次途經香港，登上太平山最高峰，見山上樓屋10年內未大幅增加。當時香港爲英國殖民統治，英國政府認爲華人不乾淨又喧鬧，因此禁止華人住在海拔700公尺以上，林獻堂發出「人必自侮，然後人侮之」的慨嘆。他偶至倫敦組織協會的所在地，協會提供初到香港且還未找到工作的人先到此寄宿，並協助找尋

職缺；屆時若尋得工作，薪水一部分再償還食宿費。林獻堂認為：
「此法甚善，我臺人若欲發展於南洋，此法不可不學，以行互助之精
神。」林獻堂不只記錄有形的地景，亦觀摩英國殖民下香港的社會制
度。

　　林獻堂在旅遊過程中，不僅觀察都會空間建構，同時也評論各
國國民的生活品味。巴黎自十二世紀學術興盛，許多國家的人多來
此留學；而各國王侯的宮室、衣服、飲食亦莫不學於此，故巴黎的
一舉一動影響全歐，國際都會的稱名始於此。羅蘭・巴特（Roland
Barthes）提及高聳建築物的存在是為了讓觀光客人潮形成一道風景，
使城市成為人類好奇心所嚮往的壯麗風光之一，並置身建築物當中來
觀看事物，讓人類活動與特殊的自然現象相聯結，同時也頌讚人定勝
天的信念。大眾文化及休閒的主要影響為增加國民的同質性，漸趨同
質化的人民是平等主義成果的表徵，這是法國大革命以來民主人士所
夢寐以求的。普遍性的大眾文化與享受文化的閒暇息息相關，閒暇時
間原是富人的專利，至一次大戰末期西歐與北歐的工人或上班族已普
遍一天工作8小時，故大部分民眾有時間進行休閒活動。喝咖啡為當
時歐洲流行的休閒活動之一。林獻堂提到在巴黎鐵塔附近品飲咖啡的
感受：「塞納河左岸有一鐵塔高一千呎，若坐在咖啡店中飲咖啡，看
此好看的燈光變幻，亦是一有趣之事也。」在十九世紀末咖啡館日益
明顯取代中產階級以上的沙龍。這些咖啡館是一種公共場所，沒有任
何入門條件或社會身分，亦不需要屬於某種階級與領域。所以，咖啡
館很快成為各種不同階層的聚會場所，形成文化同質性的特殊空間。
歐洲各大城市在都市化發展及工業化的影響下，中產階級以下的勞
工，經常性的娛樂活動開始取代宗教活動，這些娛樂活動便是現代生
活文化的標誌。

　　多數歐洲國家的首都與城市，都以大量的公共建設來展現他們的
富庶。各國的展覽場館、出版機構與劇院漸多，市民的知識與文化生

活在這些地方展現。林獻堂參觀多所開放給一般民眾的博物館及美術館，這些館藏展現國家實力與文化資產，也成爲現代城市的代表性地景。如盧甫耳舊宮殿（羅浮宮）原意爲獵狐集會所的意思，十二世紀末腓力大王曾在此地築城以爲守備，經拿破崙時期大加修繕後，其崇閎偉麗實冠絕歐洲，成爲法國專制君主政體發展過程中的標誌。第三次共和之後，便將其中一部分設置爲美術館，林獻堂自言多次造訪，仍覺意猶未盡，由此可見羅浮宮館藏美術品豐富的程度。羅浮宮蒐羅各國名家傑作，義大利雷溫哈特（達文西）、米開朗基羅、拉斐爾，法國的馬內、摩內（莫內）、彌列（米勒）等，其中以人物居多，且大都與宗教有關。林獻堂除了觀賞羅浮宮鎮館三寶之一，達文西所畫的半身美人（蒙娜麗莎的微笑）外，也留意馬內、莫內等印象派畫家所使用的顏色與光線，與以往傳統繪畫有不同的表現方式。又如米勒擅長描繪農人情狀，所畫的晚鐘（晚禱）描繪農人夫婦辛勤於繁忙的農事，夕陽將落，忽聞寺裡的鐘聲，夫婦二人放下笨鋤俯首祈禱，以表達感謝上天之意，林獻堂特別欣賞畫中人物的神情。有些都會空間原專供上層社會使用，如今已轉化爲博物館，並開放給大眾參觀，此古蹟新用爲現代空間展演的方式。遊記中詳述路易十四所建的維爾賽宮（凡爾賽宮），當時曾花費五億萬法郎，徵調民工3萬6000人，馬6000匹，以築地基、鑿水道、開道路直達巴黎，歷經數年才完工。林獻堂認爲「此宮規模之大，費用之多，人民之苦痛，蓋此宮時大有關係法蘭西的盛衰」。路易十四橫徵暴斂，使國家財政陷於困窮，引起人民怨憤，因而釀成法國大革命，凡爾賽宮亦是當時革命的導火線之一。如此有關凡爾賽市及宮殿的建構經過，呈現林獻堂對於空間權力論述的觀點。

　　遊記常蘊含旅人的情感結構，諸如懷舊（nostalgia）或異國情調的記憶（exotic memories）等。造訪其他國度引發旅行者的懷舊感，被認爲是由於旅人記憶中的故鄉或某種異國情調，強化刻板印象之後

所留下的記憶，例如旅遊書寫常將巴黎與文化藝術聯結在一起。在表演藝術空間方面，〈巴黎見聞錄〉描寫到：「歌劇場美麗稱爲世界第一，而歌劇場前諸街的建築亦堪稱爲巴黎市中心的第一。有歌劇場之美麗若無周圍之美麗與之調和，雖美麗猶未可云爲全璧，今歌劇場可云全璧矣。」巴黎大歌劇場內外有十幾尊各國古今詩人、音樂家、小說家、建築家等石像，屋脊上雕有希臘詩神阿波羅抱琴像，這些雕刻皆爲當時名家的創作。林獻堂描述歌劇院周遭的景觀建築與街道頗爲搭調，具有設計的美感。

(二) 現代性與生存處境

城市具備三項普遍功能，包括提供精神道德領導、保障基本安全的權力組織、商業交易運作與經濟發展。其中精神與道德是城市文明興衰的關鍵。鋼筋水泥大廈並無法提供往日城市具有的神聖歸屬感，興建大樓的根本目的在於交易，甚少有歷久不衰的道德觀或是社會正義可爲支撐。又如十九世紀中葉的巴黎，因都市人口倍增，伴隨著交通、公共衛生、居住品質等問題，而開啓城市整頓計畫。1853年拿破崙三世任命奧斯曼（Haussmann）推動街道網絡的建立，他對道路空間布局有對稱性的偏好，且採大尺度的方式規畫。如厄圖瓦勒廣場是一個直徑240公尺的圓形廣場，彙集12條放射狀的林蔭大道，不僅建立巴黎西區的交通樞紐，更發展成上層人士文化生活的新中心。自然、健康的綠地設施向來是巴黎市區所欠缺的，奧斯曼利用樹木區隔街道空間的功能性，使車道與人行道分明。市民可在人行道上從事各種休閒活動，也因此建立商業的功能，成爲社會各階層與行業交流、活動的最佳場所。林獻堂於遊記中常表達欣賞巴黎景觀改造的情形，如此重新規畫開闢道路，牽動巴黎新舊市區的各個角落，解決交通、公共衛生、市容美觀等問題，亦奠定此城市在近代歐洲發展史上的地位。林區（Kevin Lynch）在其《都市意象》（The Image of the City）

指出高度「意象化」的城市，形態鮮明，清晰悅目，具備「可讀性」
（legibility）。一般人常透過通道和地標等基本地理視覺元素，來認
識周遭的都市空間。旅遊書寫是作者見景抒情的表現，林獻堂漫步巴
黎街道眺望景觀，並以其藝術素養細述各地的城市意象，隱含他對生
活品質的欲求。

　　林獻堂參觀各國的現代空間後，不僅關注文明化的建築，也留
意整體環境與民眾生存處境的關係。例如他提及「摩納哥公國」的景
觀：「其市街整齊清潔無齷齪危險之家屋，無衣服襤褸失業之遊民，
其能治理若是，真是使人欽佩不置。」摩納哥為僅次於梵蒂岡的世界
第二小國家，地處法國南部，除了靠地中海的南部海岸線之外，全境
北、西、東三面皆由法國包圍。林獻堂又評論道：「其土地之小，其
人民之寡，其出產之悉微，竟能治理其國家若是，可見世界尚無一土
地、無一民族不可獨立的，唯視其自治能力何如呢。若其民族沒有自
治的能力，如印度之大，沃野千里，稱為天府之國，徒供人家作殖民
地罷了，豈不可哀嗎？」此段敘事，蘊藏林獻堂於日本殖民下內心深
沈的悲哀，及其對獨立自治條件的思考。他又於〈義大利見聞錄〉論
及：「國家的獨立與否，應先視其國民有無獨立之精神；如羅馬雖
亡，但仍能一統為意大利，而猶太人無獨立精神，則永遠臣服於他
人。」他記錄昔稱歐陸戰場的比利時，曾經歷西班牙、奧地利、荷蘭
及法國的殖民統治，到後來民眾群起反抗宣言獨立，1839年遂成為
永久中立國家。林獻堂曾以「有志者事竟成」為比利時等國的民眾群
起自覺，記下一積極的註腳。當林獻堂參觀白宮後，認為此建築不及
臺灣總督官邸美麗宏大，並評論道：「共和國之元首，自居為國民公
僕，不敢絲毫自侈，以示尊嚴，有此美德，令人不得不歎羨平民政治
樸素之風。其所謂平等，真乃實行而非徒作美名也。」如此以白宮與
臺灣總督府建築物外觀的比較，藉由空間迻譯思考所謂平等的普世價
值。

　　為了抵抗日本殖民支配對臺灣人的人格、尊嚴與文化認同的集體剝奪與扭曲，臺灣民族運動者從自由的概念尋求助力，試圖從心理層面到政治層面，全面重建臺灣人的人格、尊嚴與集體認同。當林獻堂到美國參觀市政廳內懸掛的自由鐘，細述此鐘因1777年英軍直攻費城，市民怕此鐘落入敵人之手，沉入河中，要一直到費府恢復後才重見光明，「一鐘之微，尚且要經過許多折磨，方得如意，更何況人乎」。隱喻追求自由實為不易，應耐心接受考驗。他又曾至自由女神像前，此女神是美國獨立時法國贈之以為紀念，其像高數丈，左手執圖，右手舉火，以表示光明之意。這些城市意象引起林獻堂對嚮往自由的共鳴，並反思自己生活環境於某些普世價值追求上的匱乏。他參觀加州大學校園並登高西望太平洋，遙憶與諸親朋分離將近一年，即將歸鄉，內心應感到欣喜；然而，遊記卻流露他深沉的感慨：「繼思在此自由天地，無束縛，無壓迫。『我無汝詐，汝無我虞』，得以共享自由之幸福，不亦樂乎？然匆匆竟欲捨此以去，而即樊籠。期故何哉？言念及此，不禁憂從中來不可斷絕矣。」藉由這個臨近太平洋畔的都會空間，以自由與樊籠象徵性對比的描寫，反思臺灣於日本殖民下的生存處境。

　　從制度面來看，臺灣總督府設計一系列用於鎮壓所謂「土匪」的政治反抗者，施行匪徒刑罰令的結果，以無數臺灣人的生命為慘痛代價，結束長達約20年的武裝抗日。臺灣從清朝統治以來「武力抗官」的傳統，幾乎就此畫下休止符，臺灣社會已被近代社會型國家權威所「馴服」。日本殖民統治當局就是靠著法院制度、犯罪即決制、浮浪者取締等所構成的「犯罪控制體制」處理清朝統治所遺留的治安問題。佔少數的重罪由法院審理、佔多數的輕罪通常由警察即決，有犯罪之虞者由警察強制收容。其結果，臺灣已改善社會治安，然是以不完全採用近代型法律、刻意漠視人權作為代價所換得的。1920年代知識菁英多以文化運動取代武裝抗日活動，其中林獻堂是文化界的代表

人物，他早在1907年（明治40年）於日本奈良旅行時，即曾向中國維新運動人士梁啓超請益，梁啓超建議他參考愛爾蘭爭取自治的過程，以議會路線進行臺灣的民族運動。1921年（大正10年）1月起林獻堂開始向日本國會提出設立臺灣議會的要求，此爲第一次臺灣議會設置請願運動，1921年（大正10年）10月臺灣文化協會成立。數年後，林獻堂從臺灣文化團體紛擾中暫時抽身至異地旅遊，並以遊記表達自己的所思所感，也開擴他的文化視角及世界觀，無形中化爲他日後持續從事文化啓蒙的動力。

．．．．．．．．．．．．．．．．．．．．

　　臺灣文學的古典作品，有些在精神意識上具有臺灣的主體性，而創作手法上，也表現出世人共通的人性眞實和人生經驗，亦即同時具有臺灣主體意識的特殊性及藝術處理人性的普遍性。以都會爲題材的作品是臺灣文學的重要類型，尤其旅外遊記所展現的都會意象，深具作者的個人風格。林獻堂處於日本殖民時期的臺灣，於這趟文化旅程後藉由書寫再現異國都會文化。所謂敘事，並非簡單地反映現實，而是包含選擇、重組、簡化現實等機制。林獻堂遊記的敘事模式爲鋪陳對世界都會空間的讚嘆與批評，以及對歷史人物形象的評論，透露出他個人的思想與價值觀。葉榮鐘在《環球遊記》的校訂後記形容林獻堂於日治時期的心情：「五十年間，不卑不亢，周旋於異族之間，其委曲求全、逆來順受之用心，亦云苦矣。故吾人讀先生遊記於山水勝蹟、名城古都之外，可以知先生之心志也。」林獻堂長期與一群有志之士從事文化啓蒙的運動，他在遊記中流露對於參觀古蹟、歷史場景的感受，以及駐足體驗現代城市空間建構及生存處境的反思，使其所撰《環球遊記》於臺灣旅遊書寫史上別具代表性。

　　日治時期臺灣城市是以統治者的理念來形塑，林獻堂生活在臺

灣傳統文化與殖民現代性並存的社會，這些日常的經驗皆是他觀摩都會的文化資本。在他環遊世界的過程中，參觀的地點及風景的書寫，皆是主觀擇取的結果。「地點」被視爲一個有意義（meanings）、意向（intentions）或有感覺價值（value）的中心。透過記憶的累積，意象、觀念及符號的給予，眞實的經驗與認同感的建立，空間的實質特徵便轉型爲地點。地點感可分爲兩種形成模式，一是透過視覺而聞名的地點，二是經由長期的接觸及經驗而聞名的地點。前者的感受導源於外在的知識，使人看到物體的高度可意象性，以及洞悉「美」或是具有「公共符號的意義」，是具公眾象徵感的地方。就後者而言，導源於內在熟悉的知識，如人與人之間情感網路的建立，是具個人或更小區域情感經驗的地方。林獻堂與各國城市的關聯，非長期移居在此，而是短期的旅遊停駐點；但因他對這些城市實體的古蹟與文化印象深刻，故於遊記中表達歷史滄桑感。本講分從「以古鑑今：從史蹟詮釋普世價值」與「觀摩現代：從都會空間反思生存處境」等兩個主題面向詮釋，以期呈現此遊記所蘊含城市豐盈的空間意象。

　　《環球遊記》所載紀念物的象徵，如拿破崙之墓、偉人廟、聖女貞德壁畫、女神雕像及路易十四銅像等紀念物，保存帝國積累於民眾心中神聖或俗世的文化感受。從分析法國市政廳廣場、凱旋門、協和廣場等歷史場景，到論及羅馬元老院、龐貝古城，或是與美國獨立有關的波士頓紀念銅碑、象徵和平的費城大榆樹，以及紐約自由女神像等地的歷史脈絡。此外，因路易十四所建的凡爾賽宮或埃及金字塔，多使人民受到繁重的勞役與苛刻的賦稅，故探討林獻堂旅遊過程中所親見的公共建築或歷史遺跡，以及引發他如何思索人民應享有集會和言論自由等普世價值。另一方面，遊記透露林獻堂對這些遙遠城市的記憶，他曾於報刊、書籍，或是康有爲與梁啓超的遊記中想像，如今，他在各個景點閒逛，體驗各國文化的氛圍。本講參考旅遊、空間等概念，試圖詮釋林獻堂因觀摩世界城市的現代空間，而抒發於日本

殖民統治下生存處境的感懷，並透露出其對社會的終極關懷。例如將白宮與臺灣總督府相類比，並以移譯的手法論述空間權力對民眾的衝擊。此部遊記中的敘事，字裡行間蘊藏日本殖民下知識份子內心深沈的悲哀；同時，林獻堂也理性提出獨立自治的條件，反思自由、人權等生存處境的意義，並透露欲藉由遊記喚醒民眾自覺的內在意識。空間與文學的關係密切，《環球遊記》所書寫的是林獻堂的意識空間，呈現作者於殖民現代性薰陶下的文化想像。藉由報刊分享觀摩都會意象的文化迻譯方式，不僅顯現臺灣這塊土地所孕育的知識份子的文化素養，也是將其對世界觀點與旅遊活動相印證的結果。如此的跨界觀看，在勉勵從事文化運動者堅持理想的同時，更流露作者對形塑臺灣集體意識的期盼。

❯❯❯ 延伸閱讀

▌林獻堂著，許雪姬注解，《灌園先生日記》，臺北：中研院臺史所
籌備處，2000年。

▌Jurgen Habermas（哈柏瑪斯）著，曹衛東等譯，《公共領域的結構
轉型》，臺北：聯經，2002年。

❯❯❯ 思考討論

▌林獻堂是如何呈現這些城市的旅遊體驗？如何因旅遊而反思日本殖
民下臺灣的生存處境？

▌如果你是林獻堂環遊世界後，「穿越」到現代，成爲行腳節目主持
人，將如何帶領觀眾環遊世界？

第十三講　醫學家的旅遊：
　　　　《杜聰明博士世界旅遊記》

　　臺灣日治時期旅遊活動多以臨近臺灣的區域爲主，遊記則以日本、中國及東南亞等地爲記錄見聞的主要場景，遠至歐美各國的遊記較少見。據1941年（昭和16年）《臺灣歐美同學會名簿》統計，日治時期留學歐洲的學生約22人，留學美國31人。當時留學歐美的知識份子，人數極爲有限，書寫旅遊見聞者更屬難得。其中杜聰明（1893-1986）不僅至歐美留學考察，且撰寫諸多旅遊紀錄，經後人編纂而成《杜聰明博士世界旅遊記》，提供分析旅外體驗文化差異的研究文本。此書所收錄〈第一次歐美留學之印象〉爲杜聰明以旅遊回憶的寫作手法，描述日治時期首次至歐美旅遊經歷及感受，隱含醫學教育及人物形象等論述。杜聰明於歐美留學時，書寫約百餘封家書彙集成「第一次歐米留學中ノ家信」，收錄於《杜聰明博士世界旅遊記》，書中並詳細註明第幾封信、書寫日期、從何地寄出，以及杜聰明當時身分與年齡。除書信體外，杜聰明多次至國外出差、出席醫學會，旅程結束後皆撰寫詳細的考察報告。內容包括會議上所討論的事項，也描述當地人的生活情形、衛生醫療設施及醫療教學制度，故以之爲主要討論的素材。

一、觀摩現代醫學的旅行敘事

　　從閱讀杜聰明於臺灣日治時期的歐美見聞，得以感受其觀摩現代醫學的敘事策略及跨界意識。因旅遊書寫具敘事的時間性，故本講從出發前的背景、旅遊過程、互動回歸與書寫等面向加以分析。

(一) 旅遊出發前的背景

　　就遊記的撰寫背景而言，關注於作者的學養、文化資本與旅遊動機及目的，以呈現其旅遊敘事的位置。首先從家世背景敘述他生於1893年（明治26年）8月25日，爲杜日鳳的三男。曾就讀淡水公學校，於臺灣醫學校的預科及本科皆第一名畢業。1915-1916年（大正4-5年）在京都帝大醫學部醫科研究內科學，1917-1922年（大正6-11年）於研究科專攻藥物學，於12月16日獲頒醫學博士學位。強調將杜聰明定位爲朝鮮及中國等地獲得日本醫學博士的第一位，並褒揚他爲篤學溫厚的紳士。此視角顯現從殖民者的位置而言，與朝鮮殖民地醫學博士相比較；同時分析因總督府的資源協助，始能累積其醫學成就。杜聰明曾赴日本京都帝大留學，期間所撰遊記多回憶於比較醫學部的學習環境、或是於京都市及大阪學習與生活，以及留學生彼此的交往情形。

　　臺灣日治時期留學生出國的目的地大多是日本，至歐美留學爲少數。杜聰明學成歸國後任醫專教授時代，於1925年（大正14年）遠赴歐美歷時兩年半的旅行，主要是考察歐美之醫學設施，並參觀各大學醫學院及藥理學教授之研究情形。此次前往歐美考察的經費支助單位爲臺北帝國大學，原本因醫學部的成立所需；但後來臺北帝大以基礎科學及人文科學爲主，醫學部終止創設，故由帝大理農部支付其留學考察經費。初期由於派出的教授員額較少，所以經費充裕；但後期理農部派出的教授增多，而使杜聰明的研究經費縮減。因當時留學歐美是稀罕且光榮的，所以他特地到各科級學寮向職員及學生道別。杜聰明先與二兄家齊、侄麗水及妻雙隨等親人拍攝紀念照，又參加友朋爲他舉辦的歐美之行餞別會。（參見圖13-1、圖13-2）又訪長野純藏前校長，並與細菌學者豬股義讓餞別，如此愼重其事，呈現此行受官方的託負。

圖13-1　啓程至歐美留學前

圖13-2　1926年杜聰明歐美視察餞別紀念
資料來源：《臺灣現代醫學之父—杜聰明博士留真集》，
臺北：杜聰明博士獎學基金管理委員會，2014年，頁
117、127

對旅人而言，旅遊時若能使用當地語言，在理解異文化上有很大的助益。杜聰明積極學習德語、英語、法語，爲日後旅行奠定所需的外語能力。他曾提及早在京都帝大醫學部就讀期間，六年內夜間皆前往聖護院校，向德國派來日本的宣教師Schiller學習獨乙語（即德語），由於此位教師的薰陶，外國人常稱讚杜聰明德語發音。至於在英語方面所回憶的學習歷程爲：曾參加艋舺禮拜堂柯維師先生之講習會，又在京都向一位廣島高等師範學校教師學英文；回臺灣以後參加英文教師講習會，或與個別教授練習會話。此外，在學習法文方面，最初受教於尾崎良純教授，後於夏季休暇至大阪，上午10時至12時學習德文，下午4時至6時學習法文初步，回臺灣再認眞學法文。杜聰明到歐美考察之前，已先學習歐美語言，出國後又繼續進修。例如他於美國留學時期，在馬偕醫院外國人宣教師宿舍向吳牧師娘請益英語，學習的地點有時在客廳、或在廚房後廳，以避免來客打擾之麻煩。又曾與房

東夫人共讀英文聖經，並與許多英文教師一起研究英文。1927年夏季起，在巴黎7個月，入夏季講習會與林柏壽同班學習法文以外，再向法國教授學習會話。從以上資料得知，杜聰明費心學習語言的過程，他至歐美旅遊前已具備英、德、法語的能力，實有助於異地觀摩醫學領域的專業知識，並得以實際與當地人交流互動。

(二) 旅遊過程與互動

旅遊過程包括行程設計、參觀地景、與當地人的互動等層面。杜聰明於遊記中詳細記載正月初前往東京，自橫濱港乘太洋丸出帆，在船內認識臺北三井物產茶業中憲太郎及京都帝國大學時代的舊友原正平博士等日本朋友。又記錄當時在美國的臺灣留學生，如黃朝琴夫婦、楊仲鯨、顏春安、郭媽西、吳錫源、李昆玉，並於紐約日本料亭組織臺灣歐美同學會。與羅萬俥前往歐洲時，再聯絡林伯壽、黃聯鑣等，回臺後多年在臺灣繼續舉辦歐美同學會。旅歐途中與人物互動方面，如在巴黎遇林獻堂先生偕其公子林猶龍，恰巧周遊世界來到巴黎。此外，在瑞士旅行曾訪問林爾嘉先生，並敘述此位臺灣名人因患肺結核病而到瑞士療養。杜聰明欣喜於異鄉巧遇友朋，於旅途中與各界人物的交流透顯其關係網絡。（參見圖13-3）

圖13-3為1926年2月3日與日本基督教協會會員攝於芝加哥。至於留學歐美的合照參見圖13-4，照片前排左起黃朝琴夫婦、杜聰明；中排左起：羅萬俥、馬郭西、李昆玉，後排左起：劉清風、吳錫源。當時留學歐美人士多曾與他聯繫，1941年出版的《臺灣歐美同學會名簿》，即是由杜聰明編纂而成。

杜聰明此行主要參訪大學及研究單位，曾至美國賓州大學Richards教授的實驗室及藥理科，觀摩其教學及研究，一個月餘轉至約翰·霍普金斯大學藥物學教室。在費城，亦到克里夫蘭、底特律、多倫多等各處參觀研究。他於1926年（昭和元年）4月2日拜訪紐約

圖13-3　與日本基督教協會合影　　　　圖13-4　歐美同學會合照

Rockefeller研究所的野口英世，因曾閱讀其傳記及聆聽演講而敬仰
他，所以此次請託安排會面傳授相關專業醫學知識。於美國較特殊的
活動為當年7月奉臺灣總督府之命，代表日本政府參加5日至9日在費
城舉行的世界麻藥教育會議（First World Conference on Narcotic Edu-
cation），大會在8日專門為他安排一場演講，題目是「臺灣的鴉片問
題」。杜氏全程用英語演說，向國際宣揚臺灣鴉片漸禁政策的防治效
果，並在演講的最後出示杜氏翻譯的公學校教本「阿片歌」。他強調
教育於戒毒成效的重要性，此場演講受到高度關注而為報紙記者所報
導，實質上亦加強他與總督府的關係。

　　杜聰明離開紐約後經英國、法國、荷蘭再到德國漢堡，又至丹
麥及瑞典再到柏林，並專程在法國巴黎大學醫學院聽課，也曾到奧
地利、瑞士及義大利參觀。本文依據《杜聰明博士世界旅遊記》、
《杜聰明回憶錄》、《杜聰明言論集》、〈歐美醫學視察談〉及杜聰
明家書、手稿整理考證其旅遊行程。杜聰明在德國則聆聽系列有機
化學課及研究臺灣產八角蓮，並參觀各城市及產業，如萊比錫、慕
尼黑及Merck、Bayer等製藥公司、顯微鏡公司等。1928年3月乘箱崎
丸，一個月後抵達香港，妻子雙隨亦從臺灣乘船到香港迎接，經廈門
受到旭瀛書院院長岡本要八郎先生的歡迎，參觀歐美等城市後，4月

11日安全抵達基隆港，完成兩年四個月的留學生活。為回溯杜聰明旅遊的路線，推測其日治時期主要停留於北美及歐洲城市以衛星定位法繪製。（如圖13-5、圖13-6）

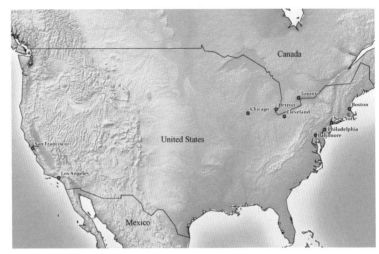

圖13-5　日治時期杜聰明旅美主要城市圖
資料來源：筆者與研究助理林怡姍合作繪製

圖13-6　日治時期杜聰明旅歐主要城市圖
資料來源：筆者與研究助理林怡姍合作繪製

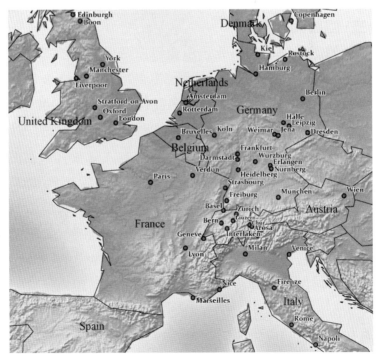

　　從圖13-5、圖13-6得知杜聰明除了以北美主要醫學機構及大學爲主要考察的核心，又遠赴英、法、德等國，並旁及比利時、荷蘭、丹麥等歐洲國家，所到之處及行程拜訪多所大學、實驗室以及藥理學教室。此趟旅程除觀摩歐美醫學設施及教育制度之外，更將重心置於實際拜訪歐美各地的醫學專家，如到北歐諾貝爾獎得主生理學大家August Krogh先生的研究室，即是專業的參訪。又特訪美國藥理學權威霍普金斯大學藥理學系系主任John Abel教授，細述其實驗室雖設備陳舊、空間狹窄，但「專業人才匯聚於此，彼室之大小，設備之如何，尚其次爲者也」。因他善與人才交流，所以不受硬體設備的限制而能進行深入的研究。另於英國會見Dr. Markus Guggenheim，這位因化學實驗而失去雙眼的盲人學者，依靠助手誦讀各種雜誌新知，而能與時俱進。杜聰明對於這些勤奮且具毅力的科學家，常於遊記敘事中表達景仰敬佩之情。

(三) 回歸與書寫

　　旅遊回歸後的研究，主要以旅遊書寫、旅遊影響實踐、文化批判與省思等層面爲主。杜聰明歐美旅遊見聞錄，多爲旅遊回憶錄，此與旅遊記憶書寫亦有密切關聯，從杜淑純於《杜聰明博士世界旅遊記》爲其父親所撰的序文中得知，杜聰明於家書詳細記述旅途見聞，旅程結束後又將旅行觀感以不同主題的方式彙整（參見圖13-7）。先於相關的醫學會上演講，並刊載於雜誌中，晚年將這些文本分別收錄於《回憶錄》及《言論集》。編者再從這兩本書擷取有關旅行的部分，再加上〈歐美各國的醫學視察談〉，依照時代編排彙集成杜聰明的旅行記事。杜淑純回憶道：「父親第一次歐美旅行時，我還是三歲的小女孩，每週父親與母親都會書信連絡，父親寫沿途所見景色、遇到的人；母親則將家中近況告知父親，兩年期間累積百餘封信。」此書編者認爲杜聰明家書、考察報告等旅外經歷，多記述詳細，實屬難得，

故彙集相關資料
並加以出版。

　　杜聰明的旅
遊書寫，爲理解
其真實生活的
途徑之一，閱讀
《杜聰明言論
集》時，特別留
意〈自序〉所提
及旅外進修的感
受：「考察若干
大學，訪問幾許
碩學，聊增識

圖13-7　杜聰明手稿
資料來源：杜聰明著、杜淑純編《杜聰明博士世界旅遊記》，臺
北：杜聰明博士獎學基金會，2012年

見，以一介儒生，能如是者，亦可謂幸運也。」他又提及《言論集》
編輯緣由：「以科學中人，處於社會日常生活，所產生之雜文小品，
以紀念余之生涯，如何與社會接觸，如何獲受社會之恩惠等。」藉此
書表達長久以來對社會提供資源的感激。這些彙集杜聰明各生命階段
的考察報告、演講、文章書信等，爲遊記相關的外緣背景資料，實爲
探討遊記脈絡的參考。杜聰明歐美之行並非是流浪，而是遠赴西方考
察觀摩現代醫學。當時醫學機構的成就及知名醫學研究者，吸引他到
達世界的另一方，因異地蘊藏各類醫學領域的知識系統；然而，他最
終將返回出生地臺灣，並借鏡取經的成果與本土研究對話。

　　在旅遊影響實踐方面：杜聰明於德國漢堡大學藥理學教室與熱
帶醫學研究所留學期間，向臺北醫專申請一筆特別經費，購買數量可
觀的圖書和儀器，以利於日後專業的實驗及研究。杜聰明回臺後曾有
感而發：「依余在歐美所見，從來作著名的發現，或偉大的發明者，
其研究室非必優美宏大，設備亦非必充實完善，只知研究業績令人可

驚，凡研究者態度好，設備亦完善，其業績便有可期。吾等今後要努力涵養研究態度，所謂學者的精神，並圖充實研究室設備，以資教育學生，研究科學真理。吾等所作業績雖微，發現雖小，然事實倘有確切，對於研究理念正確堅持實有貢獻。」不浮誇踏實的研究態度為回歸後的體悟，為自我未來發展方向作定位。杜聰明訂出三大研究方向：中藥、鴉片及蛇毒，這三個題材都具濃厚的本土色彩。他到歐美的觀摩之旅，是促使他選擇本土化研究主題的原因之一。他的《回憶錄》提到每到異國，皆觀摩該地的熱帶醫學研究所，譬如在漢堡大學參觀時，認為此類治療研究的症狀在臺灣時常可見。當親見臺灣與外國條件差異大，若找相同的題目，不可能與歐、美、日等各國競爭。這趟旅遊引發他研究臺灣常見的題材，深覺若是掌握本土的地利之便，當可佔先天的研究發展優勢。

二、旅遊考察的與反思

從〈第一次歐美留學之印象〉中歸納各章的標目，依序為〈在美國之印象〉及德國、英國、法國之印象，得知作者有意識以國別為標題，呈現觀摩各國醫學教育的情形。另一特點為次標題明列關於醫學典範人物的名字，並於旅遊回憶書寫中刻畫人物形象。故本講以醫學教育與典範人物為主軸，討論杜聰明旅遊考察與反思的特色。

(一) 考察各國醫學教育

杜聰明在醫學教育的觀察方面，首先著力於分析美國醫學校的資源，他親見許多大學及研究所豐富之設施及經費，比起歐洲毫不遜色。尤其美國大學提供教授到歐洲留學一年之制度，立意良善；另一方面，亦邀請歐洲青年學者至美國從事醫學研究，或邀請歐洲各方面學者至美國演講，以刺激美國醫學的現狀。他認為美國對醫學研究或教育非常開放，採自由放任主義，研究環境與德國相較之下更舒適；

若成果優良便能快速晉升，故預言美國未來在醫學研究上必有大幅度的進展。他又比較美國研究機構擁有大規模的新式設備，英國研究單位的建築則多古色蒼然，但兩國的醫學設施類型不分軒輊。從這些見聞紀錄，得知杜聰明著重於影響研究風氣及品質的核心元素，包括設備、經費、醫療機構的制度、醫學教育的成效、研究環境、研究人才的培育等，皆是他關切的範疇。

　　杜聰明在歐美留學考察返國後，曾在《臺北醫專校友會雜誌》第69號、第70號報告美、英、德、法各國的醫學教育制度。他到歐美學習新穎的知識和研究方法，後來回臺灣加以應用而發表許多論文。杜聰明以「樂學至上，研究第一」的精神，全心致力專題研究，且成績卓著聞名中外。後起之士，在杜聰明指導下的藥理學教室發表質量兼重的學術論文，並有多位獲授醫學博士學位。杜聰明〈歐美醫學視察談〉爲長篇報告日治時期歐美的醫學考察，篇末結語指出：「對於治療學考察之所見言之，在歐美諸大學，治療學爲獨立之講座者，佔80%以上，而於法尤甚焉，其制度非如德學者之注重藥理學，而代以治療學，故其研究極盛。關於治療學之書籍，出版極多，德國則藥理學之研究殊盛，治療學無獨立之教室；惟近來已知所改變，而臨床藥理學之名稱遂以產生，對此方面之研究，日呈蓬勃氣象。」杜聰明在日本、歐美，尋覓醫學研究全新的天地，引入「實驗治療學」是希望影響臺灣醫學的未來。杜聰明表達以兩年又四個月的時間，壯遊歐美各頂尖實驗室與大學，並與衷心景仰的當代科學大師會晤，或與他們同室工作之後內心受到深刻的衝擊。

　　杜聰明在自我安排的行程中，在醫學制度等層面，或是習俗風尚的觀看中，尋覓臺灣未來的發展方向。這些旅遊見聞因知識菁英的發聲位置，而具公領域的影響力。旅遊文本是透過敘事者見到文化差異，藉由參照、比較或批判的省察，進一步理解本身境遇，並改變自我的視域。知識菁英杜聰明從臺灣出發到異地，再返回臺灣的家，在

離與返之間，書寫歸家之後思想上的衝擊與省悟。他發表於《臺灣日日新報》1928年4月20日〈從醫學觀歐美的現狀〉一文中指出：「東洋醫學比不上西洋醫學是在制度的層面上，西洋制度已發展成熟，但東洋醫學發展的時期有限而權威者很少。雖然這些學者的程度並非比不上西洋學者，但為數不多。」經這次歐美之行之後杜聰明認為：若日後東洋人努力不懈，則不輸於西洋。他在異文化參照下有所批判，並思索自我的位置，流露旅行書寫的內在意義。

臺灣日治時期醫師的地位轉變迅速，杜聰明提及臺灣總督府醫學校創立之初，不僅未收註冊費，且設有各項優惠及獎勵，仍無人志願入學；及至醫學校聲望提高，加以卒業生於各地開業信用良好，遂成為人人爭相入學的最高學府。醫師也從乏人問津的行業變為值得驕傲的工作，於臺灣的日本人罹病時甚至不求助日本人開業醫師，反求診臺灣醫學校畢業生。臺灣總督府醫學校的設立，不僅具有教育意涵，且改變臺灣的醫學觀念與社會風氣。杜聰明的第一位學生邱賢添，以研究蛇毒的論文獲京都大學博士學位，因而吸引更多臺灣子弟進入藥理實驗室作研究。另一位學生李鎮源1940年博士畢業後，放棄熱門的臨床醫學，決定繼續留在學校藥理實驗室，擔任杜聰明的助手以從事基礎醫學的研究。當時整個醫學部只有杜聰明是臺灣籍的教授，李鎮源認為：「為了替臺灣爭氣、為了臺灣人的尊嚴，本來有幾位日本教授要我去他們的研究室做助手，但我還是選擇跟杜先生。因為我認為杜先生是我們自己人，我們應該幫忙他。」戰後李鎮源承繼杜聰明藥理實驗室，擔任藥科主任，其研究成果深受學界肯定，並於1976年獲國際毒素學會最高榮譽的雷理獎（Redi Award）。

杜聰明於1937年（昭和12年）獲日本內閣任命為臺北帝國大學教授，擔任藥理學講座兼敘高等官三等，之後陞敘高等官二等及一等，是臺灣人在日治時代任官最高位，得見其醫學貢獻受到日本之矚目。目前研究者主要從醫學、科學家、開臺第一位醫學博士的角度來觀其

事業，多未關注杜聰明曾投入撰述醫史的用意。因杜聰明深感醫學之發達，皆由延續傳統而積累創新，故撰寫《中西醫學史略》。其中第四編，即收錄他此次出訪歐美的醫學視察紀錄，由於段時期的考察，而對醫療研究與醫療史的發展有更深入的認知。其餘前三編從西方的醫療史談起，以埃及、印度、希臘等古文明的醫學發展爲始。中世紀的醫學則敘及民族、哲學影響下的醫學，中世末期解剖學與外科學興起。從十六世紀文藝復興時期外科學興隆，醫療科學更加蓬勃發展。一直演變進步到二十世紀的醫學生化、臨床的醫療發展，呈現醫療科學日漸發達的情形。第五編詳述中醫的發展狀況與日本漢方醫學的發展，最後〈雜錄〉提及鴉片傳入中國的問題，並述及臺灣醫療教育發展。他將臺灣醫學教育發展史分爲五類：原始醫學期、瘧疾流行期、傳教士醫療期、日據時期、中國醫藥期。此書呈現杜聰明涉獵各國醫學史領域的廣度，更流露醫學史觀與對臺灣未來醫學發展的期許。

(二) 帝國與醫學

　　殖民統治是一種遠距離控制（long-distance control），因此需要方法，需要處理所謂的治理（governmentality）的問題。所謂大不列顛其實幅員不大，且偏促北海一隅，緯度高，氣候寒冷；然而其帝國版圖除北美之外，卻多在非洲、加勒比海及太平洋與亞熱帶地區，熱帶醫學研究能有所建樹並非偶然。外科手術的精進、麻醉藥品的開發與臨床使用、公共衛生觀念的建立、傳染病的研究與防治、熱帶醫學的研究與建制、醫療體系的制度化發展等，在十九世紀的後半葉，尤其是最後的20幾年間，也正是大英帝國勢如中天之際，獲得突破性的發展。

　　將焦點移回臺灣，臺灣位於熱帶與亞熱帶之間，氣候及風土異於歐美諸國，疾病之種類也大不相同，故杜聰明認爲治療研究需因時制宜發展本土醫學。如臺灣鴉片和嗎啡中毒者多，以藥理學爲基礎戒除

毒癮是迫切的問題，他盼望臺灣醫學校能將治療學教室獨立，使藥理學家和內科學家協力合作，或設立專門研究機構。日治時期為了克服熱帶與亞熱帶的疾病，治療瘧疾等醫學研究及技術日漸發達。有些醫學上的突破，與日本海外殖民有關，主要是為了解決海外殖民所面對的醫療困境。再與十九世紀英帝國相參照，當時為了便於亞、非、印度等地的殖民統治，英國曾費心積累有關殖民地的知識，而建構人類學、博物館學的學術系統。日本帝國亦鼓勵發展熱帶醫學，遊記蘊含從觀察→省思→改革的歷程記錄，這些帝國的知識生成系統，呈顯殖民主義與熱帶醫學發展的共構關係，並隱含殖民現代性的影響。

(三) 醫學典範人物的形象刻畫

旅遊書寫呈現作者的人際網絡，藉由人物的行動或核心事件，以塑造人物形象。杜聰明多以細節烘托人物形象，且於遊記中不斷引介歐美諸多國外知名學者事蹟，如見德國Bornstein教授與歐美各國學者不同的學習態度與研究精神，並從在異地的留學生與學者身上見到不同的民族性格。例如：在美國期間訪問野口英世，此人是來自日本的著名學者，先述其以往機遇，又提及拜讀傳記與聽演講的因緣。在德國訪問期間，參加Thoms先生的退休演講遇見日本著名藥化學者長井長義，聽聞此位日本第一回官派德國的留學生，立志決心研究化學的故事。此段敘事呈現日本人勤勉剛毅的學習態度，呈顯不屈撓的民族性格。杜聰明於遊記中表達衷心佩服德國人民勤勞儉約的科學生活，以及不論公私場所重視整齊潔淨的習性。此外，當抵達英國後，則感受英國的紳士態度。如此陳述反映杜聰明對美、英、德、法的民情差異。杜聰明以崇敬的心拜訪學者，本身便嚮往印證學者積極美好的一面，描寫多為學術相關領域的活動。杜聰明重視學者的成就與現行研究，焦點至於醫學的建設和發展上，畢生也致力於此。透過旅遊書寫令人想像在簡陋實驗室的環境下，一個學者以殘衰之身，夙夜匪懈突

破種種外在限制，得以旁通生物、化學並晉身為國內藥理學權威的過程。此種描寫方式，以簡陋的設備與深遠的成就對比；獨眼老邁的身體侷限與努力不懈的研究態度對比。研究員自各國雲集而來，跨越國籍、領域的藩籬而以一己之長，成功塑其偉岸的形象得以深化。

· · · · · · · · · · · · · · · · · · · ·

　　杜聰明藉由跨界的醫學觀摩之旅，不僅增加個人的文化資產，並影響臺灣醫學研究及教育的發展。他親身考察歐美各國醫學特色，不輕信前人和書本之言，展現其富科學精神。從歐美旅行後紀錄所見所聞，並比較各國醫學的異同，除了精進自我，奠定研究基礎，也期盼提升國內醫學整體發展為目的。遊記牽涉空間移動所引發文化差異的觀察等議題，這些多是內心思索並沉澱後的作品，故具研究的價值。本文以杜聰明的遊記為主要研究素材，作品所流露的宇宙觀或世界觀，為旅人從出發、行旅過程到回歸的省思。在旅遊敘事的例子中，反映對於目的地及其現實的思考，為理解這個世界的語彙，是人類社會與歷史上長期相互交流的產物。當我們在尋找真實訊息的過程中，旅遊作家提供一個現實的圖像。杜聰明的遊記引導讀者觀摩歐美著名醫學家的研究情形，並賦予這些醫學大學及機構地景的意義。

　　杜聰明為了尋找理想的實驗方法而遠赴歐美進修考察，這樣的跨國再進修之旅，於日治時期實為罕見。他透過演講向國際宣揚臺灣鴉片漸禁政策的防治效果，強調教育於戒毒成效的重要性，此場演講加強他與總督府的關係。歸臺後，又訂出三大研究方向：中藥、鴉片及蛇毒，這三個題材都具濃厚的本土色彩。臺灣人的抗爭運動，逼使日本政府終於認真執行漸禁政策而成功禁絕鴉片。知識菁英的遊記不僅敘述與外界互動的所思所感，更因發表於公共領域而具啟蒙的現代性。杜聰明是以醫學的研究者觀摩各國醫學的制度、組織及設備等，

並且經多方比較省思後提出個人的見解。經過這一趟歐美醫學的觀摩後，返回臺灣帝國大學任教，不僅奠定臨床實驗醫學的基礎，其考察經驗亦有助於臺北帝大籌建基礎醫學的環境。他眼見日本一味學習德國，致使殖民地臺灣無法見到醫學發展的多樣性。杜聰明不只與世界各國研究人員暢談，並與歐美頂尖研究者對話，或與跨領域學者討論。如此的學術訪問不同於文人多是抒發感受，或是記者報導所觀察的現象，而是以專題研究，分析醫院及學校制度的成果。這些日治時期歐美旅遊書寫較為罕見，呈現專業人士透過空間移動思考個人及臺灣未來的研究方向，並在回歸後進行實驗。透過敘事策略和表現手法的分析，揭示知識分子在殖民統治下，旅外所著眼於不同的文化層面的觀察與反思，而展現旅遊書寫主題的豐富性。

≫≫≫ 延伸閱讀

▎ 朱真一，《從醫界看早期臺灣與歐美的交流(一)》，臺北：望春風文化，2007年11月。

▎ 陳重仁，《文學、帝國與醫學想像》，臺北：書林，2013年11月，vii-xi。

≫≫≫ 思考討論

▎ 杜聰明醫學觀摩之旅與殖民帝國是否有所關聯？遊記常出現哪些類型的人物？

▎ 如果你是醫生市長，你會到歐美哪些都會考察觀摩醫學設備與制度？

第四單元

當代旅遊文學與
文化導覽

第一章
當代旅遊文學

第十四講　戰爭主題：吳濁流的詩與遊記

戰亂對人類的影響既深且久，作家書寫戰亂或讀者閱覽作品，有助於理解個人及集體的歷史記憶，也是面對創傷的方式之一。以吳濁流為例，他的小說、自傳、漢詩及旅外遊記，長期表達對戰亂的觀感，可作為

圖14-1　吳濁流於臺北內湖金龍寺勒石為記詩作前留影
資料來源：新竹縣文化局

另類史料，無論質量皆相當可觀。其中所謂戰亂敘事，包括清日戰爭至割臺之後的武裝抗日、太平洋戰爭期軍事動員及目睹世界各種戰亂遺跡的感懷。

吳濁流一生喜好旅遊，他書寫世界各地戰亂的靈感來源，並非依恃閱讀所得，而多是直接親臨事件現場所引發的感懷。吳濁流《談西說東》的手稿自言其旅外心境：「自退休以來，離開人群常常覺得寂靜難耐，所以安靜守己也已不容易過日子，於是靜中後勤，參加世界旅行，行行走走，要看山水名勝，藉此解脫人生的寂寞。」他經由參觀戰亂遺跡、紀念館及紀念碑等方式回溯各地戰事，這些歷史體驗可作爲「移情」的文化景觀。

圖14-2　吳濁流《東南亞漫遊記》書影

　其寫作素材，以親身經歷、聽聞的記憶、參訪戰爭遺跡或紀念物等爲主要來源。爲理解作家的生活背景及作品氛圍，筆者曾訪談吳濁流的兒子吳萬鑫先生、女兒吳愛美女士、孫女吳杏村女士及甥女吳郁美醫師等人，感受親人記憶中的吳濁流耿介個性，並得知其創作的心路歷程及多采的旅遊經驗，以下從其旅外遊記中分析其書寫戰爭的遺跡與省思等面向，爬梳這些書寫戰亂的相關題材，並詮釋其作品所蘊含歷史創傷與行旅記憶的內在意義，帶領大家一探臺灣在戰後一代人的心靈療癒歷程。以下將從吳濁流的旅外書寫中，歸納其所撰戰亂詩於附表，並探討親臨他戰亂場景後的省思。

一、參訪太平洋戰爭遺址及紀念館

太平洋戰爭結束後，由於造成人類社會龐大的傷害，因此不少地方設置遺址保護區或是紀念館，用以憑弔並提醒世人戰爭的負面影響。在許多與博物館及歷史遺跡有關的旅遊活動中，常選擇以再現的方式展演其歷史觀光符號的內涵，透過這種方式強化歷史景點的符號價值與意義表述。吳濁流於旅外書寫中，有時藉由戰爭遺跡、紀念館或紀念物等，傳達對戰亂的省思與批判。因太平洋戰爭的題材為吳濁流關注的面向之一，故本文以戰事的發生時間點為序，詮釋其主題詩作。如〈珍珠港雜詠〉描述此事件的戰跡：「珍珠港上想當時，莽撞日軍襲此基。萬里西來看戰跡，秋風落日弔痴兒。」創傷場域的追憶功能是使人認知且見證一個屬於過去的事件，以圖未來的世代所能瞭解。在記憶中必須找一個起點，以便讓回憶能夠經由聯想的過程，找回想要記住的事物，則「場所」便成為回憶的起點。詩中所指的「珍珠港」即是回憶的「場所」，此事件發生於1941年（昭和16年）12月7日，6艘航空母艦組成的日本海軍特遣兵力，對美設置在夏威夷群島的珍珠港海軍基地進行猛攻。造成美國共計約3435人傷亡，其中4艘戰艦遭擊沉沒，另外四艘嚴重損毀；飛機全毀188架，受損亦有63架之多。日本襲擊珍珠港，頓時震驚美國，因而增強同仇敵愾的決心，「毋忘珍珠港」更成為全國的呼聲。於是，當時原本遭遇反對勢力阻擋的羅斯福總統（1882-1945），在民意支持下全力加速戰爭的步伐。〈珍珠港雜詠〉收錄於吳濁流的《環球吟草》，這部詩集呈現他至世界各地旅遊的心境。其中這首與珍珠港有關的詩，紀錄他親臨事件現場的感發，在夕陽蕭颯秋風中憑弔此歷史事件，表達無法認同日本突襲珍珠港的舉動，更批判日方未顧及後果向美軍發動攻擊的不智。

太平洋戰爭爆發後，硫磺島因戰略位置的重要性而成為日本的

據點，1945年（昭和20年）2月19日至3月底的硫磺島戰役，美國與日本雙方傷亡極為慘重。吳濁流〈硫磺島海軍殉難紀念碑〉提到：「硫磺島上樹旗時，勇敢美軍絕世姿。世界紛紛爭霸裡，幾人戰死幾人知。」此詩所述的硫磺島為太平洋上的火山島，面積約為20平方公里，為小笠原群島中的第二大島。島內南部有一座尚未冷卻的死火山，名為折缽山，此山終年噴發霧氣，因硫磺味瀰漫全島而得名。1945年2月美軍集結約22萬參戰兵力，由第五艦隊司令普魯恩斯上將統一指揮進攻此島，美軍在火力準備階段共投擲超過2.8萬噸的彈藥，投擲密度達到每平方公里為1400噸。後來美軍登陸部隊遭日軍火力反擊，因而造成嚴重傷亡。在硫磺島戰役期間，日軍守備部隊陣亡高達22305人，美軍陣亡則為6821人，傷患為21865人。為了紀念此次戰役，美國華盛頓國家公墓陵園於1954年建造一座青銅紀念碑。吳濁流到美國旅遊時，目睹華盛頓阿靈頓公墓旁的硫磺島海軍陸戰隊紀念碑，深有所感而寫下此詩。詩句開頭令人聯想美國著名的二戰照片之一，當時戰地記者所攝陸戰隊士兵攀登硫磺島最高峰，於折缽山頂豎起美國國旗的畫面。這場戰役是太平洋戰爭的轉折點，美軍在此建立離日本最近的基地，從島上出發的美軍重型戰鬥轟炸機航程涵蓋大部分日本。從集體創傷記憶的構成看來，除了親身經驗與詮釋外，更多時候是透過種種再現機制與儀式活動，得以再建構與傳承，而成為國家民族集體記憶。透過對災難事件的詮釋與理解，可以達到重新裱框經驗認知結構的效果，並協助建立具意義且可理解史觀。發生於硫磺島的戰爭，美國與日本曾因立場差異而對此事件有不同的紀念儀式。吳濁流的詩句正提醒後人：美國雖然奪得硫磺島，卻造成美軍6000多人陣亡，兩萬餘人負傷；日軍亦為堅守此島而致使2萬多人戰亡，紀念碑正訴說這場爭奪戰雙方所付出的沉重代價。

　　1971年4月吳濁流至沖繩觀光，曾自言此行單純為好奇心所驅使。他回憶在第二次世界大戰末期，1945年（昭和20年）3月美軍攻

佔沖繩的前一日,正從臺北回故鄉避難。當時沖繩戰況激烈且傷亡慘重,令他印象深刻;再加上他對於琉球群島行政權又歸回日本感觸良多,於是決定至沖繩觀光。吳濁流將此趟旅程的見聞寫成〈東遊雅趣〉,後於《臺灣文藝》刊載;至於此行所作漢詩,則收錄於《扶桑拾錦》、《環球吟草》中。如〈弔琉球王墓〉描述:「荒塚萋萋雜草邊,春來依舊罩寒煙。慘悲戰禍今雖杳,惟見星旗高插天。」琉球王國首里城的歷代王墓,以及3座建在岩壁上壯觀的石建築玉陵墓室,皆位於沖繩本島南部。此沖繩的發源地保存早期歷史古蹟,亦留下太平洋戰爭遺跡,詩中所言星條旗則顯示戰後由美國所統治的現狀。另一首〈參觀舊海軍司令壕〉更道盡戰爭的慘烈:「強暴日軍最後期,深壕地下設軍基。任他狡兔營三窟,難免天誅自殺時。」吳濁流於詩後註解:「此壕設在一小山地下,深25公尺,長225公尺,是太平洋戰爭沖繩方面根據地隊的司令部。1945年(昭和20年)6月13日子夜一點,將兵4000餘名在此壕內自殺。」此為舊海軍司令部戰壕,正當硫磺島戰役即將結束的時候,另一支美軍部隊正準備攻打位於琉球群島的沖繩島。在島上的那霸和首里兩座城市,日本中將指揮官牛島滿(1887-1945)建造由碉堡、山洞及隧道所連接而成的防禦網路。在交戰過程中,儘管2000名日軍全力抵抗,但終不敵美軍的攻擊,美方於1945年4月24日佔領島嶼。至於〈參觀山丹塔〉一詩提到:「山丹石塔話當年,視死如歸巾幗賢。舊跡猶留千古恨,萋萋芳草繞碑邊。」此追悼詩背景為1945年3月23日的深夜,沖繩師範大學校女子學部縣立第二高中的女學生200多名,在18名教師的帶領下至陸軍醫院服務,後來她們多數因過度勞累且受到美軍侵襲而傷亡。山丹塔就是為悼念亡靈而立,石碑上刻著喪亡的女學生和教職員的名字,呈現此次動員所造成的慘烈後果。

二次大戰後,吳濁流於1971年5月至廣島時,舊友小尾郊一博士為他導覽市區名勝。首先他們至廣島高臺遠眺,見高樓大廈及橋下小

艇興起詩情吟誦道：「重遊廣島上高臺，明媚風光眼界開。草木哪知前劫大，春來仍放好花來。」以草木不受原子彈爆炸劫難的影響，依然於此春季百花綻放，呈現戰後市容復原的景象；草木看似無知，但如今已走過昔日劫難而展現生機。吳濁流因舊地重遊而回憶起15年前第一次參觀原爆遺跡，當時曾作一首〈弔廣島原子彈跡有感〉：「慘極彈痕舊跡存，犧牲廿萬未招魂。江山埋沒人間苦，只見幽花夕照昏。」那年他至歷史現場，親身感受慘烈氛圍；又以傷亡數字突顯戰爭對民眾的巨大傷害。詩中以埋沒、幽花、夕照等意象，隱喻為無辜犧牲的民眾抱屈。他感傷此處彈痕猶新，四周不見樹木花草，只據存一片赤地，樓房慘遭戰火損毀等場景。那年廣島居民死亡人數約為64602人，1946年8月試射線計量局的估計，受輻射傷害者超過15萬1000人。於戰爭毀滅性的現實下，那些傷殘或遺傳的損害，甚至受害者的恐懼心理等，是統計學者所無法確切報告。原子彈不僅摧毀城市，奪去許多人珍貴的生命，並使生還者長期忍受未知的痛苦和煎熬。吳濁流於1957年與1971年參觀廣島原爆平和紀念資料館，見這些慘絕人寰的資料而感觸良多。災難紀念博物館強化對戰爭不義之控訴，但各具理念的團體，可能有截然不同的詮釋。如廣島原爆資料館的種種展示，為日本對於此災難事件的紀念方式。當吳濁流再次重回原爆遺跡時，卻見當年的赤地已轉變為公園，花木欣欣向榮，僅留一棟炸壞的樓房作為紀念，他深有所感而再度撰詩：「彈痕猶在令人驚，一瞬犧牲廿萬名。江山不染人間淚，依舊春煙籠劫城。」即使他多年後再次目睹原子彈跡，仍心有餘悸。雖然此地的自然景觀日漸復甦，但當時瞬間原爆所造成的災難，對民間而言是種劫數。

　　吳濁流不僅至廣島參觀二次大戰原爆遺跡，亦至長崎憑弔。1955年長崎設原爆館，他在〈觀長崎浦上天主堂弔原子彈爆跡〉形容：「原子爆彈跡尚存，我來此地弔孤魂。犧牲十萬芳靈杳，剩有頹牆破壁痕。」同樣的遺跡場景，於另一首〈看長崎原子爆彈跡〉更詳細透

露觀後感懷：

> 浦上天主堂，建之殉教鄉，東洋誇第一，美麗又堂皇。
> 一九四五年，八月初九天，殘酷原子彈，擲下起濃煙。
> 火光焚玉石，焰閃九重天，焦熱生地獄，全市苦油煎。
> 犧牲十萬眾，存者只呼天，轟動全世界，未聞有抗言。
> 基督精神死，問誰代申冤，忍看此聖跡，遍地是孤魂。

　　此詩所言天主堂位於十六世紀基督徒前往宣教的浦上地區，江戶時代的禁教措施未能阻擋民眾持續私下信教；禁教令解除之後，於1914年（大正3年）長崎市內建造浦上天主堂。這座曾是最壯觀的教堂，使長崎市的基督徒長時間壓抑的宗教熱情終於可以抒發，以33年的時間興建兩塔式的羅馬式教堂。1945年（昭和20年）8月9日長崎浦上天主堂為原子彈落下的中心地點，教堂瞬間夷為平地，只剩下部分殘壁破瓦。當時正在天主堂舉行彌撒的神父與信徒，由於爆炸的輻射，以及隨之而來塌陷崩解的瓦礫，而當場死亡。吳濁流參觀此原爆紀念館，描繪原子彈的威力所造成的傷害和天主堂所僅存的遺壁。博物館透過選擇紀念物再現的功能，建構社會之集體記憶，進而書寫族群與國家的歷史，成為建構想像共同體之重要來源。其中災難紀念型博物館所扮演的角色，一方面經由重新建構與詮釋事件或災難本身，使得創傷經驗重複討論與再經驗；另一方面，因博物館的集體性質及其提供的敘事與參觀經驗，民眾藉由對歷史悲劇及災難之反思，而凝聚民族情感及生命共同體之意識。廣島與長崎原子彈爆炸紀念館為紀念型博物館，不僅提供民眾一個抒發悲傷，進而建構集體記憶的場所。在民眾的共同記憶中，災難與傷痛比享樂或是光榮更重要，也更有價值，因為它能緊密結合民眾，喚起患難與共的情感，進而使人民凝聚成為一個堅實的共同體。博物館一方面可以透過展示與對歷史事

件之反省，扮演促進道德社群形成的機制；另一方面，也可以成為連結國家民族之過去與形塑民眾集體記憶、凝聚生命共同體的場域。戰爭紀念博物館以與第二次世界大戰相關的館為數最多，這些戰爭紀念型博物館成立的目的，是為記取戰爭慘痛的教訓，並且警告世人不再重蹈覆轍，吳濁流所參觀的原爆紀念館即為顯例。

吳濁流因緣際會到世界各地旅遊，如：1972年1至2月因具有機器工業同業公會顧問的資格，故能於戰後戒嚴限制出國期間，得以隨公會團員旅外考察。他至東南亞考察旅行的地點包括香港、曼谷、檳城、吉隆坡、新加坡等，共歷時20日，並將此趟旅行再現於《東南亞漫遊記》。此書提及1969年5月13日馬來西亞發生華人與馬來人發生流血衝突事件，犧牲2000餘人的生命。原本華人與馬來人相處和睦，卻因華人為祖國抗日，當時馬來西亞淪陷於日本，日本軍隊善於離間，造成馬來人仇視華人，而使不少華僑受害。吳濁流批判日本不思反省自身的罪惡，反誣陷華僑是侵略者，使當地居民與華僑互相懷疑猜忌；直到經歷這場教訓後，馬來西亞境內族群才重新互信合作。遊記中又提到吳濁流一行人前往馬來西亞的「升旗山」，此山為檳榔嶼的最高峰。二次世界大戰日本無條件投降後，綽號「馬來亞之虎」的山下大將在此處升旗投降而得名。吳濁流到此因知日本山下大將殺害無數生命，不禁悲憤作詩：「升旗山上意遲遲，回憶日軍侵略時。山下瘋狂如老虎，令人憤慨讀殘碑。」此外，吳濁流見當地居民經歷戰亂滄桑，所以又吟詩抒發感懷：「日月如梭又幾經，人間故事不留形。江山不見暫時血，依舊江山萬里青。」他於詩後又表達對於馬來西亞的居民已逐漸淡忘被侵略的歷史，不知當年「馬來亞之虎」的指揮官如何迫害民眾，而感慨不已。

吳濁流至新加坡參觀死難人民紀念碑，此碑由日本賠償金所建立，原是紀念慘遭日軍殺害者。碑文內容提到1942年2月15日至1945年8月18日，日軍佔領新加坡，許多無辜的平民慘遭殺害，他們的屍

骨經歷二十餘年後才得以收殮與重葬。1941年太平洋戰爭時期，日本
佔領新加坡長達3年又6個月，並稱作「昭南特別市」（「昭南」有南
方之光的含義）。吳濁流見紀念碑遙想當年日軍迫害的場景，現今卻
成為男女情愛的幽會地點，於是作詩以抒所感：「讀罷碑文皺兩眉，
箇中淚史幾人知。而今四柱豐碑下，談情說愛對對癡。」雖然吳濁流
惋惜如今僅有少數人詳知戰亂事蹟，但他在遊記中仍闡釋此四根柱象
徵新加坡的建國精神，與馬、華、印及其他民族共存的內在意義。吳
濁流思及這戰亂的紀念物，又不禁發出感嘆：他認為臺灣受日本統治
50年，死難人數比新加坡更多，且更為慘烈，但臺灣至今卻未如新
加坡建立壯觀的紀念碑。他發覺新加坡重精神而不重物質，所以善用
日本賠償金建造此碑，以凝聚國民精神。吳濁流更讚賞新加坡僅獨立
6年時間即有今日成就，此種國民性為主要的原因之一。如此以跨越
疆界後，藉由比較自我與他者文化的差異，並從中批判本土文化的現
況。由作者於《東南亞漫遊記》再現臺灣與東南亞諸多差異，但同時
也梳理連結異地共有的歷史，召喚出戰亂的記憶。

二、戰亂的回顧與省思

　　旅遊使人超越尋常習性與規範，而能省視內在陌生的自我。透過
記錄旅途中所意識到的事物，隱含窺見旅人被勾動的生命經驗；書寫
旅行的流動，則能重新詮釋旅人主體的遊移與認同。吳濁流成為一位
旅人進入異地社會並接觸異國文化時，所要面臨的是未知或不可預見
的變數，因而人的相應有了無窮的可能性，也就是在這些異同的反覆
辯證中，旅人更瞭解自我，讀者也更瞭解旅人的不同面向。因此，選
擇旅行書寫為論述對象，意在呈現旅人於出發與回歸之間的變異，亦
即旅行對作者所產生的影響。藉由吳濁流的旅外書寫，可從中分析其
身處異地時，如何觀看、思辨與反省，進而呈現彼此的同質性與異質

性。透過旅遊書寫解讀這一去一返之間的立場與轉變，將有助於理解他的心路歷程。吳濁流於1941年（昭和16年）1月12日至1942年3月21日，中日戰爭期間曾旅居上海、南京等地，回臺後所撰《南京雜感》以主題式內容，鋪寫抒發南京行旅的見聞。此次的中國經驗，對於吳濁流日後的文學創作，如《亞細亞的孤兒》、《無花果》及《臺灣連翹》具有深遠的影響。他在《南京雜感》自言對於南京的關心，是始自中日戰爭之後；在此之前，不曾與中國有任何接觸，也未思考過自己的中國觀。曾因日本教科書所言：「鄰國是個老大之國、鴉片之國、纏足之國，打起仗來一定會敗的國家，外患內憂無常的國家。」這些學生時代被灌輸的觀念，仍影響留存於他的心中。在赴南京之前，吳濁流曾擔任日文教師，南京之行對他而言，意味著對殖民政府及教育的失望，因而促使他決定一探「祖國」的風貌。他到中國觀察到戰後災難的情景，從他書寫諸多有關戰爭的題材，不只是流露個人感受，並嚴加批判發動戰爭者的行徑。

他於《無花果》中描述，因親眼目睹戰後的上海，不禁感到「國破乞丐在」的悲哀。上海滿目瘡痍的景象，令吳濁流感到相當震撼，又因乞丐成群而生淒愴與悲涼。他更具體記錄於中國所見戰爭遺跡，如《無花果》所提到的〈過吳淞砲臺〉：「戰禍到處留下著痕跡，有一支大煙囪，中間給大砲轟開一個洞。我覺得胸腔裏痛楚陣陣，感慨無量，口佔一絕。『百戰英勇跡尚留，吳淞烽息幾經秋。滔滔不盡長江水，今日猶疑帶血流。』顯示往日的激戰，所見皆荒涼。」如此以第一人稱親見遺跡的方式，傳達了戰爭悲嘆的情緒且易於感染眾人。後來吳濁流又行至上海而撰寫〈送禮山再赴上海〉一詩：「又事艱難苦別時，莫因時局亂生悲。山河雖復瘡痍滿，肯把中原醫不醫。」他目睹城市損毀，內心興起與友朋離別之苦；卻期盼莫因戰事而萌生悲意，即使屢次遭受戰爭波及，只要有決心，重建家園指日可待。另一篇書寫戰亂無情的作品〈偶感〉則描繪：「神州遍地泣哀鴻，骨肉相

殘熱戰中。落日豪華餘艷在，殘威尙染滿江紅。」抒發他於對戰事連連、家破人亡現象的痛心，以及山河變色的感嘆。

　　吳濁流於1941年（昭和16年）至中國任《南京新報》記者，1942年（昭和17年）回臺任職《臺灣日日新報》記者，1944年（昭和19年）擔任《大陸新報》、《臺灣新報》、《臺灣新生報》日文版的記者，戰後1946年任《民報》記者。他於南京擔任從軍記者時，上野編輯部長談及時事，提到從蘇州到南京目睹殺戮與暴行，禁不住慷慨激昂抨擊日本的大陸政策之誤，甚至還斷定日本必受天譴。吳濁流記錄道：「如果這些言論給聽到了，那就只有上斷頭臺一途了。他明知這樣，而且竟膽敢向臺灣人的我說出，倒是聽的我著實給嚇了一跳。」原有的被殖民身分與歷史記憶交互碰撞，旅行書寫也隱含更多值得探究的調整軌跡。吳濁流不僅紀錄中日戰爭的事蹟，亦以懷古的方式，評論紫金山戰略地位的特殊性。如〈弔戰場〉：「煙俠混沌日昏暗，西望中原弔戰場。故國山河多白骨，紫金山下莫懷鄉。」幾千年以來，世人認爲能控制紫金山就能控制京城，該處因此留下戰爭的痕跡。此山高四百九十四公尺，幾乎無樹木，爲險阻的岩山，山上殘留著許多小型的碉堡，訴說著當時激戰的情形。在自然風景的表層下，隱藏戰亂苦痛的記憶；動亂結束後反省戰爭，卻難以找出戰爭理性化的線索，僅能以混沌昏暗寄寓困境。如此以反諷的手法勸人莫懷鄉，反映民眾無奈的心境。

　　吳濁流喜以賦詩方式記錄旅遊所感，他認爲漢詩的表現與西洋近代文學的表現不同，是抽象或印象式的描寫，是由現實抽出一個概念，或是印於心的概念；但此概念是根據現實，不是憑空得來的。他至英國旅遊曾於參觀英國皇宮後，撰寫〈遊英皇夏宮有感〉：「西來特訪帝王家，宮殿豪華絕世奢。都是吸民膏血物，珍珠寶貝令人嗟。鴉片戰爭史永存，罪魁宮殿白雲屯。而今霸道已傾敗，宮外斜陽照賊魂。」1842年（道光22年）英軍以大砲和來福槍發動戰爭，繼舟山被

強行佔據之後，又於5月27日從杭州灣轉向長江的門戶吳淞口，6月16日英國以7艘軍艦、六艘輪船首先進攻吳淞砲臺。長達兩個半小時的大炮對擊，近百人相繼在炮彈的爆炸中身亡，被英艦所壓制後，中國的門戶自此敞開。吳濁流遊覽英國皇宮時，此夏宮即是一個勾起回憶的場所，使他不禁聯想有關鴉片戰爭所造成的創傷。藉由批判英國皇室奢華及壓迫民眾的行徑，並以「罪魁」、「霸道」、「賊魂」等負面修辭，譴責侵略者的不義，以強調帝國霸權沒落的必然。

　　二次大戰從1941年（昭和16年）德國計畫性實行滅絕戰爭以來，不僅壓制軍事抵抗，且不理戰爭的成規而下達殺死俘虜的命令，又建立專門特別支隊以謀害反抗者，對於佔領的國家及地區進行掠奪。當吳濁流到德國時，見西柏林受到戰爭影響的情形，他在〈西柏林有感〉形容道：「戰禍重重西柏林，淪亡痛苦恨尤深。驚看德國人民壯，重建華都費苦心。」柏林為二次世界大戰時期德國的首都，1945年（昭和20年）2月3日美陸航第八空軍出動近千架B-17空中堡壘轟炸機，在六百架各型戰鬥機護航下，對柏林發動大規模的轟炸，全市幾被摧毀而成一片廢墟。3月英美盟軍先鋒部隊攻入德國境內，蘇聯空軍亦對柏林進行大規模的突擊轟炸。由於長時間處在蘇軍使用的重型爆破炸彈不斷突擊之下，許多防禦工事被摧毀，市內發生數10次強烈爆炸而形成火海。盟軍的轟炸機在三年內對柏林共投下6萬5千噸的炸彈，蘇聯的大炮在短短的12天戰役中，對城市發射四萬噸砲彈，使柏林陷於槍林彈雨的環境之中。吳濁流一方面回顧西柏林戰亂的歷史，一方面也驚訝於德國人民的堅強，並觀摩此民族重建都會的用心。

　　1968年吳濁流到美國旅遊時，正值越戰期間，他在〈聯合國大廈〉一詩中提到：「聯盟議何事，國際亂紛紛。自由今已杳，越戰斷人魂。」吳濁流立於聯合國大廈前，質疑此國際組織的功能，如今已無法妥善處理世界紛亂不平的樣態。他甚至批判1959年越戰以來，人類基本人權之一的「自由」已渺茫不見；重大心創者對創傷有強烈

的忠誠度，時刻與創傷記憶共存，難以自制，記憶在重複展演中不斷
加強，主要導因於「親人死亡，我仍苟活」的罪惡感，使人必須以哀
悼和傷痛來紀念死亡。吳濁流的詩透露越戰慘絕人寰的黑暗面向，某
些戰區如同煉獄的場景，更造成許多士兵及親人深沉的創傷。另一首
〈無名英雄墓〉則書寫另一種心境：「爲國犧牲死，無名何讚雄。可
憐無數骨，地下伴寒蟲。」官方試圖藉由塑造紀念碑的意義，彰顯國
家的觀點或利益；但紀念碑一旦被建立之後，卻往往被觀者賦予各種
解釋，而產生不同於其原本意圖的社會效果。因此，紀念碑並不代表
集體記憶（collective memory），它們所蘊含的是彙集的記憶（col-
lected memory），亦即許多不同的、分別的記憶，被聚集在共同的
空間並被企圖賦予共同的意義。戰爭是有組織的暴力，由正規的軍事
機構，以組織的形式所展現集體暴力，造成無可彌補的傷害。

　　其創傷的形成並不在於事件本身，而是在於之後受創主體對其回
憶與詮釋。因事件帶給個人的驚嚇過於巨大而無法言說，或是事件的
突發性而難以理解；又因來自社會環境的壓力而加強個人之壓抑，使
得對於事件詮釋難以有固定的意義。吳濁流有關戰亂創傷的文學作品
內容，主要透過被壓抑的集體意識、戰爭的荒謬性與親歷戰爭遺跡現
場的觸動所組成。詩人揣摩戰亂後代的心境生動描述，隱含有關人類
的內在創傷。吳濁流的書寫是經由訪談身邊周遭親友或旅外參觀以感
受戰地氛圍。引領讀者彷彿也隨著作者的記憶，走過這些時代創傷。

吳濁流旅外所撰戰爭詩題一覽表

國家	地點	詩題	出處	頁碼	旅外年代
中國	上海	〈送禮山再赴上海〉	《濁流千草集》	132	1941
		〈過吳淞炮臺〉	《無花果》	95	1941
	江蘇	〈弔戰場〉	《濁流千草集》	121	1941
		〈偶感〉	《濁流千草集》	120	1941

日本	沖繩	〈弔琉球王墓〉	《扶桑拾錦》	60	1971
			《東遊雅趣》	170	1971
		〈參觀舊海軍司令壕〉	《扶桑拾錦》	60	1971
		〈參觀山丹塔〉	《扶桑拾錦》	60	1971
	廣島	〈弔廣島原子彈爆跡〉	《東遊吟草》收於《濁流千草集》	114	1957
		〈看廣島原子彈跡有感〉	《扶桑拾錦》	66	1971
			《東遊雅趣》	195	1971
	長崎	〈看長崎原子爆彈跡〉	《濁流千草集》	213	1957
		〈觀長崎浦上天主堂弔原子彈爆跡〉	《東遊吟草》收於《濁流千草集》	114	1957
美國	夏威夷	〈珍珠港雜詠〉	《環球吟草》	53	1968
	華盛頓	〈硫磺島海軍殉難紀念碑〉	《環球吟草》	47	1968
	紐約	〈聯合國大廈〉	《環球吟草》	47	1968
德國	柏林	〈西柏林有感〉	《環球吟草》	38	1968
英國	布萊頓	〈遊英皇夏宮有感〉	《環球吟草》	41	1968
馬來西亞	檳城	〈觀升旗山之碑有感〉	《東南亞漫遊記》	18	1972
馬來西亞	吉隆坡	〈馬來亞之虎事件有感〉	《東南亞漫遊記》	25	1972
新加坡	新加坡	〈讀日本佔領時期死難人民紀念碑有感〉	《東南亞漫遊記》	30	1972

備註：

1.《環球吟草》、《扶桑拾錦》、《東遊雅趣》收錄於《晚香》，臺北：臺灣文藝雜誌社，1971年，附表中的頁碼出自於此書版本

2.〈弔琉球王墓〉、〈看廣島原子彈跡有感〉皆同時收錄於〈東遊雅趣〉與《扶桑拾錦》兩書

3.附表「旅外年代」欄為參考吳濁流年譜所推測的時間

⋙ 延伸閱讀

▌林繼文，《日本據臺末期（1930-1945）戰爭動員體系之研究》，
臺北：稻香，1996年3月。

▌施正峰，《族群與民族主義——集體認同的政治分析》，臺北：前
衛出版社，1998年10月。

⋙ 思考討論

▌吳濁流的著作中，哪些與旅遊經驗相關？

▌遊記中常流露出對生命的反思，在你生活中最重大的變化為何？

MEMO

第十五講　哲學反思：殷海光的遊記

臺灣戰後旅外有所限制，又因在圖書查禁法令影響的出版生態下，留存至今的漢文遊記實屬難得。由胡適擔任發行人的《自由中國》雜誌，在1949年11月於臺北創刊。主要的編輯爲雷震和殷海

殷海光
資料來源：殷海光基金會

光，後因編輯群理念與行動觸及國民黨的禁忌，雷震於1960年不幸遭逮捕，《自由中國》於此年被迫停刊。因這刊物所收錄的遊記常流露自由精神的議論，時而發揮文學的啓蒙功能，於戰後旅遊書寫史上別具意義。旅遊研究的議題雖日漸熱絡，卻少有人探討歷史脈絡及作者的身分、學養及旅遊動機等，故較難以呈現作者的創作目的。因此，從閱讀殷海光、陳之藩、雷震等人爲主的戰後旅外見聞，我們可以感受其觀摩現代敘事策略及跨界意識，呈顯因文化差異而形成的批判與省思。

一、冷戰下的氛圍

1947年美國外交及戰略家肯楠（George F. Kennan）提出合縱連橫的圍堵政策，美蘇雙方的對抗不僅限於軍事方面，凡有利於敵消我

長的策略都在考慮之列。其中重要的一環便是思想與文化的競爭，因此美方特別著力於將自身形塑爲知識的前導、民主的先鋒、自由世界的領袖。爲了達到這個目標，遂有文化外交之議，以及具體的執行措施，如《自由中國》曾受惠於美國新聞處的贊助。1950-1957年任美國駐臺灣大使的藍欽（Karl L.Rankin）認爲美國應該積極建設臺灣，使之成爲美國的政治資產。越戰發生後到1951年7月停戰談判，藍欽提出「自由中國」的說法，即是將臺灣發展成所有愛好自由的中國人的「聚合點（rallying point）」。他又建議華府鼓勵蔣介石將臺灣建設成「民主的櫥窗（show case），使中國大陸人民相信國府統治下的生活較理想，造成華人對中共的離心力」。後來在美國鼓勵下，國府開始在宣傳上強調臺灣是「自由中國」、「民主櫥窗」，藍欽的建言有助於這些1950年代心戰口號的形成。作爲冷戰布局一環的出版品，有些具有宣揚美國價值觀的長處，並圍堵共產思想的傳播與蔓延爲目的；或是以傳播美國文化霸權與意識形態爲標準，企圖對共產黨統治地區以外的廣大華文世界產生影響的功能。

因此，反共思想爲《自由中國》所載遊記的題材。以往分析陳之藩《旅美小簡》系列遊記，多聚焦於他的留學感受；若重新瀏覽這些原發表於《自由中國》的作品，多流露冷戰時反共的氛圍。例如：他到胡適的紐約住所談論馬克思共產主義，認爲「共產黨的統一戰線或稱聯合戰線，眞是騙了天下蒼生」。記者陳定一代表自由中國立場，故鮮明地立於西方民主國家陣營，表達對共產勢力的厭惡。至西柏林採訪通訊，亦舉例論述在共黨統治下的民眾漸漸甦醒，共產黨的宣傳不能解決他們的飢餓和貧乏。他們在鐵幕中被壓得無力呻吟，渴求鐵幕以外的新鮮空氣，渴求自由、民主，自由世界的民眾在他們的眼中成爲自由與民主的象徵，已不是如蘇聯所宣傳的敵人。所以不斷有人拋妻離子從東部偷渡封鎖線逃生到西柏林，深知若被紅軍察覺便會被置諸死地，但不少人仍孤注一擲冒險嘗試。這些皆是海峽兩岸對立下

批判共產政治的言論，在國際情勢上為西方自由民主陣線與共產主義陣線兩大陣營的對壘。批判歐洲的共產社會，亦是鞏固陣營、同仇敵愾的方式。有些海外華僑基於國族上的歸屬感，與國民政府同立於反共抗俄陣線。如有關澳洲的遊記，孫宏偉〈北行途中話澳洲〉提到華僑對於世界民主反共潮流的認識，近來在雪梨成立的反共抗俄後援會，即是所謂「旅澳僑胞站在反共民主陣線的最高表現」。此一反共路線，不僅能鞏固國民政府流亡來臺的統治基礎，亦是獲得美國支持的重要關鍵。

　　刊登於《自由中國》的遊記不僅關切自由的議題，亦記載歐洲人心態轉變。如記者曾英奇所觀察到歐洲各地民眾生活的情形，並形容他們彷如杜甫詩所描寫唐玄宗天寶十五年長安陷落的王孫家。遊記中回溯半個世紀前多是冒險家、囚犯、流浪者、商人、製造家赴美的現象，當時學者思想家多認為北美絕無文化可言。然而，到近一個世代，反而是第一流的人物愈是願意到美國。另一方面，他又提出歐洲人心中的反思：「俄國是個活閻王，美國是個吸血鬼；活閻王窮兇極惡，會把他們打下十八層地獄，吸血鬼則和顏悅色，看來並不可怕，然而若防之不慎，就會使你骨瘦如柴了。因此，大戰以後歐洲人的兩種心理防線同時建立了起來，雖然左右兩線在性質及強度上容有不同，但他們的打算卻只有一個：歐洲人要重新站立起來。」美蘇可謂當時世界兩大帝國，所謂帝國並不建立權力中心，也不依賴固定的疆界或壁壘。帝國是一個去中心化（decentered）與去地域化（deter-ritorializing）的統治工具，並且逐漸將全球領域併入其開放與擴張的整體中。1946-1947年嚴酷寒冬造成歐洲經濟衰退，此篇遊記報導歐洲人的處境，反映冷戰時期俄國及美國雖不以帝國主義軍事佔領或壓制，然帝國對於文化滲透影響甚鉅的情況。

　　在亞洲的觀察方面，具美軍身分的辛之魯，駐日工作時，其行為與想法深受美國人影響，在〈美軍生活〉寫出不少關於軍旅生活的

所見所聞。並於遊記〈太平洋上〉提到馬尼拉時報（Manila Times）揭露菲律賓政府官員及海關人員的貪污案。又有一篇時論〈孔子與今日政治〉，闡明「政者正也。子率以正，孰敢不正？」的道理。從馬尼拉時報猛烈抨擊政府的貪污、低能和腐化，可見菲律賓報紙新聞自由的程度。他認為：「菲律賓還是有希望的。希望在於有言論的自由！」藉由旅外所見公共傳播的情況，透露作者積極肯定言論自由為國家發展願景的核心要素。海外華僑的認同，並非天然站在國民政府立場。東南亞作為包括橡膠、錫、石油在內的原料產地，和溝通東西、南北半球交通的十字路口，對自由世界來說是至關重要。在美國新聞署的指示下，美國之音製作大量揭露中國共產黨政權的殘酷與壓迫，宣傳臺灣繁榮進步的節目。另一方面，此一文化霸權的籠罩也將不認同者推向中國共產政權，形成「親共產黨」、「新國民黨」兩大陣營。譬如在易希陶於〈巴印紀遊〉提到路過印尼時，許多華裔青年在蘇門達臘島上船，見其青年對中國大陸的真實情況毫無理解，為共匪的宣傳所蠱惑，以為是地上天堂。他聽聞島上許多華僑，夜間不敢出外，否則可能受到土人惡辣的襲擊，事後報警也屬徒勞，因此華僑的生命財產，幾乎失去保障。他們既不能安居樂業，自然會懷想到祖國，這是青年踏上大陸的主要原因。易希陶藉由當地排華浪潮與尋求歸宿詮釋東南亞華僑何以受到蠱惑，來強調反共的立場，另一方面其實也肯定東南亞華人圈共產勢力足以與資本主義陣營分庭抗禮的事實。

　　曾寶蓀見戰後英國的景象，全國上下厲行節約，不分男女，正勤於勞動，服裝上均以符合經濟為主，不求美觀；經濟上，同業亦無糾察組織，亦無黑市，自動守法、心甘情願的表現，認為這是英國政治之所以能民主的原因。同時認為英人為中共所欺，誤會政治仍未脫獨裁典型；並舉出「來臺後政治之改進，建設之成功，如減租限田，糧食出超，物價穩定，及民選縣市長等事實，證明其誤」。曾寶蓀得以

遠赴海外觀摩英國戰後的民主現況，得見其具文化資本；然而對臺灣政治、經濟制度的實際面，卻未能深入理解。當時臺灣正爲獨裁及霸權的氛圍所籠罩，此正是雷震、殷海光等人於《自由中國》所極力批判的。

二、反共下的自由

　　美國人對於臺灣自由主義者的支持，集中在雷震、胡適等較出名的知識份子身上。《自由中國》的知識份子代表的是那些從中國大陸來臺，受美國影響甚鉅的開明知識份子。《自由中國》曾獲亞洲基金會的財政贊助，因爲亞洲基金會的秘密支持者是中央情報局，樂於贊助在臺灣僵化政治環境中敢唱反調的人，美國新聞處並曾協助發行。《自由中國》以反共內容、政論爲主體，並含括文藝等作品。《自由中國》以謀求海外銷售，爭取僑胞擁護爲目標之一，所以設有香港通訊、越南通訊、曼谷通訊等專欄。《自由中國》的作者多爲自由主義者，將政治與文化關聯，致力於通過啓蒙及思想變革，刊登的遊記有些蘊含民主精神與制度省思的相關主題。如殷海光主張民主精神與理性思維，並非如中西文化論戰交火中，受指陳的移植西方文化，與傳統對立、破壞，而是有別於崇古抱舊的傳統主義者，將傳統視爲一有機體，「惟有從正面創造積極性的東西，才可以促成社會之政治、經濟、教育、文化、習俗等等方面的『新陳代謝』。」作爲戰後渡臺群體的一員，其旅遊書寫多流露哲學素養，不僅批判臺灣社會弊病，並針砭時政。1952年6月殷海光發表自述性文字〈我爲什麼反共〉公開表明「政治民主」才是自己的核心目標。從第五卷五期起，至第十一卷七期止，以連載方式將海耶克的名著《到奴役之路》譯介給臺灣社會。殷海光1955年1月至6月赴美，同年4月《自由中國》刊載其遊記，後又修改集結出版。回顧遊記的論述主軸，多是現代人在人理價

值發展落後於科學技術的社會中,徬徨冷漠如患恐思症般,對思考未來產生抗拒,因而產生「文化失調」的現象。殷海光曾自言此書爲「敘事與理論雜出,感情與理智迸流」,探析美國得以富強的自由民主精神,並發表對於極權統治下諸多文化弊病的評論。胡盧一讚揚殷海光的遊記爲「以記述觀察美國爲經,解析說理爲緯」。殷海光的遊記從觀看美國的風土民情,對照臺灣威權體制的環境,並藉此批判當時社會氛圍中無處不在的黨國教化。

殷海光此篇〈西行漫記〉提到世人多使用邱吉爾所言「鐵幕」一詞,但真正了解的人卻很少。他赴美訪問前,先至日本旅遊,並在回歸後的遊記分析現代統治技術可能發生的情境:

> 它使你自以爲這個世界就是他們所安排的那個樣子的世界。在這一套「安排」之下呼吸視聽得太久了,即使是最具有獨立思想的傾向和能力的人,也無可避免地多少要受到影響。只有等他跳出這一「安排」之後,他才曉得自己底思想在那些地方受到歪曲,他才曉得這個世界底真相如何。然而,這樣的機運,畢竟是很少的。

他自言一離開圍困6年之久的觀念藩籬,驟然飛臨東京,恍如置身另一世界。實地到日本以後,令他最驚異的,不是東京的繁華,「而是自己的頭腦也竟受人歪曲」。身爲學者教授的殷海光,驚訝於這6年來曾陷於媒體的誤導,「只要打開報紙,對於日本的報導,不是美軍佔領如何如何,便是政局如何動搖;其他方面,則幾乎一字未提。」他認爲政治充其量只是人生社會活動之一方面而已,實際上人生社會的活動甚多。民主國家以社會活動爲主體,主體並不跟隨政治,而是政治必須跟著社會走。他所謂,「政治也者,不過是浮在這主體之上的浮萍罷了」。殷海光一到東京,所接觸的就是社會主體,

特別強調觀察輿論極為重要。誠如文中所言的「安排」，主要為政治權力介入大眾媒體與個人生活的影射。若置於文化脈絡中重新加以檢視，將跳脫社會的慣性與個人經驗的侷限，迥異於未出家園之前被「安排」，藉以詮釋旅行前後思想與視野的轉變。

　　雷震的旅遊回憶提到在日本讀書10年，目擊身受，隨時隨地感到遭受侮辱的苦痛。他在個人自由與言論自由層次掙扎，且其自由主義的理念受制於冷戰現實。雷震認為：「今日出國既不可能，不悉何日能夠獲得重遊的機會，一溫舊夢，故略記舊遊，以實回憶。」他在追憶留日細節之餘，也常流露對當代社會的省思。不僅指出文人學者和知識分子不知天高地厚，成天盲目的自吹自擂，並竭慮製造自誇狂的根據和理由，陷一般無知國民於夜郎自大；且更進一步批判：「獨裁者也就天天以『領袖』、『領導者』自居而恬不知恥，希特勒和墨索里尼之流，也就是被這種自誇狂毀滅掉的。」如此對獨裁統治者自大的批判，隱含對臺灣戒嚴時期政治制度的不滿。他明確批判共產黨：「共產黨和法西斯是一對孿生子，他們是以暴力和殺人來作統治手段的。」以類比的手法批判共產黨令人唾棄的面向。雷震的旅遊回憶提到：當時學校的教師，不論是大專或中小學，都是經年不斷的在培植學生仇恨美國的心理。認為美國只有物質文明，而無精神文明。日本人這樣普遍經常灌輸和製造仇恨美國的心理，無非為他日對美戰爭作一伏線，不僅要喚起國民同仇敵愾的心理，且欲使全國上下輕視美國，覺得美國不值一戰，這樣才可使大家走上對美備戰之路。因為一般國民受了這樣明目張膽的宣傳，受了這樣潛移默化的教育，他們隨時隨地都遭受美國的欺侮與凌辱，故不報復則寢饋難安。他認為紀律嚴明，作戰勇敢是由於美國平時施行民主教育，發展個性，重自發自動，基礎好的緣故。因此，他極力呼籲注意平日的教育工作，提高國民的知識水準。跨界的遊記則常以時代危機、空間轉移的個人情感結構，於論述中流露作者對旅行與回憶複雜互動的思索過程。雷震進入

異地社會並接觸文化時，所要面臨的是未知或不可預見的變數，因而人的相應有了無窮的可能性，也就是在這些異同的反覆辯證中，旅人更瞭解自我，讀者也更瞭解旅人的不同面向。

因此，在記憶中必須找一個起點，以使回憶能夠經由聯想的過程，找回想要記住的事物，則「場所」便成為追尋自由回憶的起點。旅遊敘事所指的地景即是回憶的「場所」之一，例如盛孝玲的〈耶路撒冷遊記〉提到：於一所女尼庵以俄語交談的人士，冒著九死一生的危險，逃出了「社會主義天堂」的祖國。他們在這小小山城獲得宗教的自由，找到精神上的烏托邦。雖然身處桃花源，但面對現實仍感慨阿猶兩族在宗教上的彼此逼迫。

從《自由中國》創刊初期，雷震與此刊物即因自由、民主的主張與執政當局發生許多衝突。此一衝突源自於國民黨內部從戰前延續下來狹隘的言論尺度，認為凡違反反共抗俄國策、違反領袖意旨、淆亂視聽，影響民心士氣者，皆屬於違法言論。《自由中國》的言論顯然是蔣中正的心中刺，甚而需要在起訴書中留下對相關言論的批判。最後仍選擇以「文字叛亂罪」論處，顯示已不顧外界觀感執意予以定罪。韓戰的爆發改變了原有的外在條件，特別是1951年5月在聯軍取得韓國戰場的優勢後，杜魯門總統（H. Truman）已然確立保臺而不與中共政權妥協的政策方向。臺灣地位的安定，使得《自由中國》在解除立即緊急危難的壓力後，逐漸放棄對官方侵犯人權行動的容忍態度。另一方面，國民黨當局在冷戰的歷史時空條件下，得到美國持續軍援的支持，對過去為了爭取美援而重用的政治人物，以及有利於國際宣傳形象的《自由中國》雜誌的重視程度亦大幅降低。就在此一時空條件的轉折之時，以〈政府不可誘民入罪〉的社論作為導火線，《自由中國》與國民黨政府的關係也進入摩擦期。在此之時，《自由中國》開始批評官方侵害人權的行動。其後由於保安司令部對《自由中國》的壓制，使得《自由中國》一方面帶有自保意味地進一步討論

言論自由的保障問題，同時也處理以言論自由為內涵的民主主張。另一方面，《自由中國》也首次出現揭示國家工具說的原則，強調國家「是為個人的利益而存在」。雷震所面臨時代的複雜性是後來所不能相比的，他強調在讀者未習於自由言論的風氣以前，說話的態度應該相當的謹慎，以免使這個刊物對於國家，利未見而害先產生。《自由中國》對異時空的描寫，多連結社會脈動及蘊含針砭時弊的大敘事，以求面對現代化前所未有的政治格局，更強調集體意志的凝聚，體現在政治之上是威權統治，情感上是建立懷鄉傳統。由於部分撰文者為記者之故，對於異時空的描述，也融入了報導文學特點，因此批判的力道強烈，時常以主觀印象與政治上需求，將指導之意志形塑為共同情感的情形。

>>> 延伸閱讀

▌單德興，〈冷戰時代的美國文學中譯：今日世界出版社之文學翻譯與文化政治〉，《中外文學》36卷4期，2007年12月，頁317-346。
▌殷海光，《雜憶與隨筆》，【殷海光全集】，臺北：臺大出版中心，2013年。

>>> 思考討論

▌請大家思考一下，在現今生活中你曾見哪些美國文化的借鏡與省思？
▌遊記所提到的「反共」，於歷史脈絡的意義為何？

第十六講　旅遊與小說：施叔青旅遊書寫

　　臺灣旅遊敘事蘊含豐盈的主題與創新的形式，隱喻空間與心境的互涉。作家善用遊記與小說的交相纏繞，於旅人移動及場景轉換上產生超越文體特質的藝術效果。例如施叔青《兩個芙烈達‧卡蘿》（2001）以西班牙及葡萄牙之旅為經，並與墨西哥女畫家芙烈達‧卡蘿的對話為緯，透露作者對於認同與創作的思索。臺灣與墨西哥受到大航海時代海權爭奪的影響，皆經歷西班牙殖民的命運。施叔青在面對天安門事件後的身分認同焦慮，將自己拋離熟悉的環境，逃開壓抑的氛圍後，透過此書以自己的家鄉臺灣與他方對話。旅遊書寫多以實地跨界之旅為軸線，不僅與人物親密跨時空心靈交流，並呈現反芻國族命運史及個人生命史的特殊質性。故本文從家鄉與他方的對話、創作生命史的共鳴兩層面，分析家國大敘事到個人離散經驗及創作史的小敘事。

一、兩個我的對話

　　旅遊研究者皮爾斯（Pearc P.L.）及卡達畢安諾（Caltabiano M.L.）引用美國人本心理學家馬斯洛（Abraham Maslow）所提出的需求層級理論來探討旅遊動機，動機是人類生存成長的內在動力，此等動力由低而高依次是生理需求、安全需求、歸屬與愛的需求、自尊需求、知識需求、美的追求以及自我實現需求。每當低層次的需求獲得滿足後，高一層需求隨而產生；旅遊動機亦是如此，早期旅遊的目的是為了滿足生理動機的需求，逐漸轉變成為滿足心理動機的需求。施叔青於《兩個芙烈達‧卡蘿》透露當時的旅行動機，她隨夫移居香

港十四年之久，因天安門事件打破她對中國的虛幻想像。即使香港於
九七回歸後，曾搬回臺灣定居多年，依然認為：「若想讓心靈眞正地
回歸本土、找回原鄉，我好像必須再次遠離，做最後一次的出走，到
天涯走上那麼一遭，把自己放逐拋擲到世界最偏遠的角落去流浪、去
飄移。」因而曾於短短一個月內，兩次進出阿姆斯特丹，一次過境
轉機到馬德里，一次到海牙然後飛布拉格，而後又出發到南歐的西班
牙、葡萄牙，到這兩個西方最早的航海霸權國家旅遊。就在探究殖民
宗主國的開端之際，也引發她對中南美洲的好奇，特別是接觸到墨西
哥女畫家芙烈達·卡蘿（Frida Kahlo 1907-1954）的繪畫創作，難以
從驚豔中清醒恢復過來，而決定撰寫此書。施叔青深知這次南歐之
行，不僅實地經驗跨時空的文明，並感受芙烈達·卡蘿的認同處境。
茲分析此書所提及的西班牙、葡萄牙旅遊行程於圖16-1：

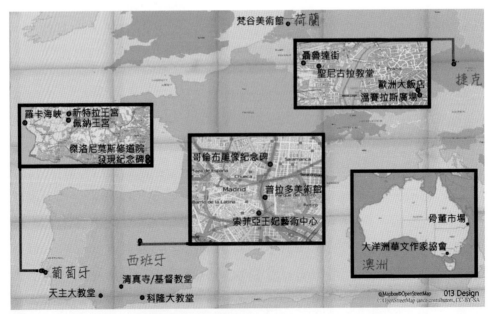

圖16-1　《兩個芙烈達·卡蘿》所提及的城市地景
資料來源：筆者與林怡姍合作繪製

此書以專程至西班牙、葡萄牙爲旅遊主軸追索殖民者的霸權軌跡，又不斷以回憶方式旁及澳洲、荷蘭、捷克等地的殖民經驗與歷史事件。由於久居香港殖民地的經驗，施叔青長年以來一直孜孜不倦現身說法，以文學形式記錄殖民情境。如書中複製她回憶曾到布里斯本骨董市場，見到來自墨西哥、阿根廷、智利的西班牙殖民時期傢俱，「看在我訓練有素的眼裡，很難不被詮釋爲歐洲主流文化對邊緣霸權統治的結果。」雖然對於帝國統治的影響深有所感，但因她個人的離散身分，在面對天安門事件及「香港九七回歸」後，影響其有關認同的抉擇。當身處文化含混的香港殖民地，再藉由不斷的旅行及《兩個芙烈達・卡蘿》的寫作，有意識地參照比較西班牙統治墨西哥與臺灣的殖民地經驗。

此趟南歐之旅著重於想像芙烈達・卡蘿的生命歷程，透過與這位墨西哥女畫家的超時空心靈交流，反思累積已久的困惑。此書名不僅是原畫作標題，且作家與畫家皆處於分裂又糾葛的兩個自我，形成「結合了自傳、遊記和歷史論述性質，很有獨創性的文學寫作」。女畫家芙烈達・卡蘿畫作中的人物，分別以西班牙、印地安兩種相異風格的裝扮，牽手倚坐在同一把椅子上。再現芙烈達融合父母不同血統的國族意識，以及在殖民與被殖民情境中，所產生分裂的兩個自我。施叔青遠遊到殖民地西班牙，向芙烈達娓娓道來私密的情感、身分認同等議題。在其自畫像「根」中，察覺芙烈達的創作靈感來自於她雙重的文化身分。

芙烈達・卡蘿的父親威爾漢・卡羅（Wilhelm Kahl）是名匈牙利裔的德國猶太人，在19歲時獨自一人到墨西哥，並在此定居。芙烈達・卡蘿的母親是混合西班牙與印地安血統的當地墨西哥女子。卡蘿的出生背景說明墨西哥複雜的文化背景，融合歐洲文明與印地安文化的墨西哥，背負著殖民地的苦難、政經改革的擺盪不安、古文明的斷層，同時承受著外國勢力的衝擊。1907年7月6日卡蘿誕生於墨西哥城

郊的小村莊柯約肯（Coyoacan），卡蘿出生的3年後，墨西哥爆發政
治革命，1910年墨西哥終於脫離西班牙的殖民統治，爭取到獨立。為
了紀念這個深具意義的重要日子，成長後的少女卡蘿，便將自己的出
生年月日更改為1910年7月7日，與革命同年，以宣示她自己與現代墨
西哥的新誕生連結為一體。施叔青從芙烈達的畫作中分析：

> 兩個芙烈達，兩個分裂的自我。一個墨西哥的、一個西班牙
> 的。這兩種對立的力量妳企圖在妳的藝術裡整合融入。根據
> 古老的墨西哥傳說，仙人掌與蛇代表大地，妳有一半印第安
> 血統的母親把妳生在這塊豐腴、充滿性的元氣的聖地上，象
> 徵自由超覺的是盤旋在墨西哥天空的鷹，這是妳自歐洲的父
> 親。妳根植於泥土，精神卻任意飛翔，兩種血液的混合激發
> 了妳獨特的創作靈感，妳企圖藉用藝術來消解種族、宗教、
> 政治所加之於妳的壓力，妳同時慶祝也哀悼西班牙的殖民。

此畫作再現女畫家融合兩種不同雙親血統的國族意識，和在殖
民與被殖民情境中，所產生分裂的兩個自我。施叔青從個人旅行經驗
和女畫家芙烈達的自畫像中，獲得自我省思的原動力，與她個人的離
散身分關聯密切。當她在文學創作中找到抒發情緒的方式，探尋個人
心靈深處的情感，投射她的歸屬感，進而整合分裂的主體，呈現完整
的女性主體。對照芙烈達的藝術創作，施叔青質疑自己是否也能在跨
國文化背景中，找到生命的動力和創作靈感的泉源。她以兩個敘事軸
線來推展小說情節的發展：一是與藝術家的對話，另一則是實際的旅
行。歷經旅居香港的漂泊，回溯中國的陌生感，到激發認同臺灣意
識，在不同國度與空間中，持續的游離移動並尋覓創作的動力。

二、藝術家生命史的共鳴

　　當藝術家與各時代的典範人物對話，常可於歷史脈絡中感受生命的共鳴。

　　施叔青描述芙烈達·卡蘿的自畫像的深層目的時，如此描述：「妳為自己畫像，不厭其煩地在鏡中重現自己。心理學家認為這種舉動不完全是虛榮自戀，而是妳必須靠著鏡中的顯影來肯定自己的存在，出於一種自衛的本能。」芙烈達·卡蘿無遮無攔表現自己，大膽將慾望與傷殘隱疾表露於自畫像上。不僅辨析自我與外在世界間的差異，亦統整自己身心，進而肯定自己的存在價值。參照卡蘿今日難得留存於世的《日記》片段，有助於理解此位藝術家的內心世界。在圖像與文字的表現上，卡蘿多將哥倫布時期的阿茲特克文化作為膜拜對象，諸如殿堂、血淋淋的太陽、月亮，除了宇宙陰、陽的天象外，也代表阿茲特克人祭祀犧牲的行為；另一方面，太陽又是光明前景的象徵，顯示卡蘿將「阿茲特克的過去理想化」的企圖，展現原住民的理想願景，塑造一個「新墨西哥」的典型。從她以身體四肢為書／畫主題的篇幅，卡蘿承受的肉身與心靈痛楚可謂瀕臨崩潰的邊緣。卡蘿密集呈現這些痛楚，試圖讓觀者／讀者對她的痛產生共鳴，邀請讀者進入她的傷痛的愁泉淚谷。她在最折騰的十年，卻寫下：「我健康地離開，我承諾，我實現，永不再回頭。」如此真誠面對生命的態度，使得她的故事及作品動人心弦。從持續挖掘芙烈達·卡蘿與自己的共性，試圖以兩人的被殖民經驗，交雜虛實古今，不斷地詰問、辯答生命中的種種疑問，重新達到自我的平衡；又藉由他者的鏡映，再創造自我在歷史軸上的位置。整體而言，全書雖瀰漫沉重的國族敘事，但因施叔青神往這位女藝術家的毅力與造詣，如此跨時空的連結，而呈現喜遇知音之感。

　　在《兩個芙烈達·卡蘿》中，施叔青藉再現墨西哥女畫家芙烈

達‧卡蘿，並穿插卡夫卡的流亡宿命，探索現代人失去心靈家鄉此一主題。表面上是探究女畫家的心理狀態與外在處境，實則尋訪的是自己疑惑的國族認同。

. . . .

　　施叔青這部文本於實地的旅遊與回憶間不斷擺盪、相互交映，而連綴成藝術品。在時代的興替下，她以異鄉與人的境遇相參照，毅然面對個人生命中的困惑，並為身處現實社會中的自我找到解惑的方法。她刻意遠至西班牙，想像臺灣曾被殖民命運的聯繫；又藉由觀看殖民霸權的興衰，體驗臺灣與墨西哥被殖民的情境及感受。文本中的藝術家以作品再現殖民或戰爭等主題，而施叔青亦以同理心書寫相關的糾葛情緒。因歷史的參照，使她更能走入家鄉的苦難與喜樂，並深層聯繫自己的生命史。

　　這本遊記為跨時空與他人對話，從失衡的自我認同中，企圖重新找尋平衡。《兩個芙烈達‧卡蘿》中遭逢車禍事故的女畫家，仿如於政治現實中受創傷的自己。綜觀作品透露找尋自我身分認同，在抗衡物質享樂之餘，於遙遠陌生的國度聯想熟悉的人事，旅遊變得如此親切而具文化厚度，亦是引起讀者共鳴的策略。至於距離的共鳴，展現於離散經驗，提供她觀看家鄉與世界的廣度與深度；而為喚起記憶，遠遊成為從疏離到熟悉的恆久聯繫。

延伸閱讀

- 史碧華克著，張君玫譯，《後殖民理性批判：邁向消逝當下的歷史》，臺北：群學出版公司，2006年8月。
- Joanne P. Sharp著，司德懿譯，《後殖民地理學》，臺北：國家教育研究院，2012年2月。

思考討論

- 施叔青有意識尋找異地，對你而言，最有意義的「異地」是何處呢？它為何重要？
- 施叔青的旅遊書寫有何特色？旅遊經驗如何與小說結合？

第二章
旅遊與文化導覽

第十七講　旅遊電影與老照片

一、旅遊電影中的地景

　　因生活的瞬息萬變，使閱聽者對於熟悉的地方漸出現疏離的樣態。於是，「地景」成為辨識鏡頭，試圖在影片與文本之中詮釋地景，並描繪共感體會。地景的鋪陳僅是沉默的空間，如何提昇空間的效度以及展演多重的能量，為旅遊電影永恆的課題。除了文本的立意構篇與鏡頭的巧思安排，應增添多元的時間及經驗，使旅遊電影能陳述更動人的故事。

　　文本蘊含「穿越式」的想像觸角，藉由電影的情節片段巧妙安排地景，有時隱含某些密語。閱聽者不妨握著概念論述，於定位中凝視；或懷著問題意識，找出「互文性」。在明朗的陽光中、在遼闊的星空下，闡釋文本與影片地景的無限想像。

　　「微旅行」為改換視角的心靈體驗，秘訣是轉換角色，彷如照鏡，發現自己及身邊人、事、物的新可能性，引發日常生活的共鳴感動。每一位閱聽人都是獨特的，因緣際會走入故事的時光，而使地景具多功能的價值，此亦是旅遊電影的焦點。透過下表列出臺灣旅遊電

影舉隅，提供閱聽者從文本或影片中，尋找真實或虛擬地景的參考。

臺灣旅遊電影舉隅

編號	電影名稱	地點描繪	導演／編劇	電影類型	移動主題
1	大稻埕	大稻埕	葉天倫／葉天倫	上映日期：2014年1月30日 類型：愛情、喜劇	單一路線
2	少年噶瑪蘭	宜蘭	康進和／唐琮、王黎莉	動畫	單一路線
3	一頁臺北	臺北	陳駿霖／陳駿霖	上映日期：2010年4月2日 類型：愛情	單一路線
4	臺北星期天	臺北	何蔚庭、Wi Ding Ho／何蔚庭	上映日期：2010年5月7日 類型：喜劇	單一路線
5	霓虹心	臺北	Hakon Liu／Alex Haridi	上映日期：2009年12月4日 類型：劇情	單一路線
6	練習曲	全臺灣	陳懷恩／陳懷恩	上映日期：2007年4月27日 類型：劇情	
7	單車上路	東臺灣	李志薔／李志薔	上映日期：2006年11月10日 類型：劇情	東臺灣路線
8	帶一片風景走	全臺灣	澎恰恰／澎恰恰	上映日期：2011年6月17日 類型：溫馨、家庭	
9	不老騎士	全臺灣	華天灝	上映日期：2012年10月12日 類型：紀錄片	

10	媽祖迺臺灣	中臺灣	任賢齊	上映日期： 2014年4月25日 類型：紀錄片	中臺灣 路線
11	王哥柳哥遊臺灣	全臺灣	李行、田豐／李行	上映日期： 1958年 類型：紀錄片、劇情、喜劇	
12	夏日協奏曲	金門	黃朝亮／黃朝亮	上映日期： 2009年11月27日 類型：劇情、愛情	臺北到金門
13	冬冬的假期	苗栗	侯孝賢／朱天文、侯孝賢	上映日期： 1984年 類型：家庭片	臺北到苗栗
14	風櫃來的人	澎湖	侯孝賢／朱天文	上映日期： 1983年 類型：劇情	澎湖到高雄
15	戀戀風塵	金門／九份	侯孝賢／吳念眞、朱天文	上映日期： 1986年 類型：愛情片	金門到九份
16	飲食男女 ——好遠又好近	臺北／杭州	曹瑞原／陳世杰、詞仰、譚苗、許葦晴、周晏子	上映日期： 2012年3月23日 類型：戰爭、愛情	臺北到杭州
17	回到愛開始的地方	臺北／雲南	林孝謙／羅詩、呂安弦、林孝謙	上映日期： 2013年8月23日 類型：愛情	臺北到雲南
18	最遙遠的距離	台東	林靖傑／林靖傑	上映日期： 2007年11月2日 類型：劇情、愛情	臺北到台東

二、旅遊敘事與老照片

　　旅遊敘事若結合老照片的應用，有助於瞭解圖像形式與表意功能之間的對應，並拓展旅遊敘事的多元化。圖像敘事著重探討圖像與敘事之間是循環、交流和協商的關係，而不只是一種指涉或反映的關係。理解文本與歷史時間脈絡交會的複雜意義後，文本不再只是記錄與探索，更蘊涵文字與圖像敘事多重對話的可能。

　　有關圖像敘事的論述，或強調圖像所引發出來的意涵與想像，或強調圖像與文字的關係。各種敘事的模式是可以相互滲透甚至是交織，所以圖像與文字更存在思維模式上的互文。因此，在圖像和文字之間，就建立一種可以相互轉換的聯繫關係，圖像信息也能夠傳達出獨特的文字信息，期望經由本講能有助於提供廣泛蒐羅「旅遊文學」素材的途徑。

　　有些資料庫的建置提供人名、地名、年代、出處或詞頻的次分類，不但將龐雜的資料歸類，並有助於激發學術的靈感。舉例而言，如圖17-1國家文化資料庫主要整合全國各地的文化資源，並提供全民參與文化保存的機制及跨領域的平臺，達到有效的累積文化資產。

圖17-1　國家文化資料庫網頁

圖17-2　臺灣舊照片資料庫網頁

　　圖17-2「臺灣舊照片資料庫」為國立臺灣大學數位人文研究中心建置的資料庫，為圖書館將日治時期館藏出版品數位化，主題包括教育、衛生、政治、經濟、交通、地理環境、植物、動物、礦產、林產、牧產、農產、社會、文化、語言、人類學、文學、旅遊等。此資料庫來源為臺灣大學圖書館收藏的日治時期出版品，臺灣總督府與地方官廳的各種官方統計資料，以及《臺灣寫眞帖》等照片全集。從館藏出版品蒐羅與臺灣相關的插圖、照片再加以數位化，並建置詮釋資料總計3萬7000餘筆；且提供照片的年代、出處與尺寸等詮釋資料的檢索機制。不僅能查詢詮釋資料，亦能線上瀏覽數位圖像，且就學術合理使用範圍內下載詮釋資料與數位圖像。如若以旅遊相關的舊照片，出處大多來自《臺灣大觀》、《臺灣鐵道紀要》、《臺灣鐵道旅

行案內》等雜誌。遊記中的地景，多與風俗圖像相參照，流露撰述者或繪製、拍攝者的視角。數位典藏技術保存珍貴的文獻，有助於學者進行多面向的質化或量化研究。將遊記的分析與數位典藏相關圖片技術相結合，有助於促成旅遊文學的再記憶工程，並開啓多元檢索與傳播，提昇研究的深度與廣度。臺灣在地或跨界遊記中的地景，多呈現自然與人文意象，流露地方感或空間感。如遊記及圖像中常見規模最大的「臺灣神社」，透顯日本國家神道及殖民信仰的象徵。至於臺灣博覽會的圖文，或日本殖民地及南洋相關的場館，隱含將臺灣當作南進基地的意涵。

又如國家圖書館「當代文學史料影像全文系統」收錄臺灣戰後1945年（昭和20年）至今兩千餘位作家的相關資料，網羅其生平傳記、手稿、照片、著作年表、作品目錄、評論文獻、翻譯文獻、名句及歷屆文學獎得獎記錄，並請作家主動提供資料、相片與手稿。不僅可查詢許多當代旅行文學作家，如劉克襄等人的作品及最新資料，亦可就每10年為單位，分析從五○年代到九○年代的旅遊發展軌跡。

研究遊記不僅有助於加深現代遊客的地景感受，透過語言文字才更認識世界，文字不僅是承載意義，更具有創造意義的功能。故遊記具地景塑造的積極面向，甚至激發創作者的靈感，並實際促進地方觀光產業的發展。例如日治時期日本官員或教員常至某些原住民部落參訪，但現今觀光客對於這些部落的人文史蹟仍未十分熟悉。若是藉由日治時期修學旅行的遊記研究，得知此地的歷史脈絡與諸多相關的地景故事，當能提昇深度觀光的品質。為了有助於現代觀光產業的發展，可藉由當時的遊記配合老照片以培養對景點的歷史感；並進一步將遊記作為教材或收錄於教科書中，以增進對於臺灣人文地景的認知。

>>> 延伸閱讀

▎ 曾山毅《植民地台湾と近代ツーリズム》，東京都：青弓社，2003年。

▎ 林鎮山《臺灣小說與敘事學》，臺北市：前衛出版，2002年。

>>> 思考討論

▎ 假如你在50年代出生，請用老照片說明當時的文化生活，如食、衣、住、行等各層面？

▎ 請透過老照片說故事，帶領同學感受臺北的風采，或製作片長大約3分鐘的懷舊微電影。

MEMO

第十八講　古地圖與文化故事館

一、古地圖與空間資訊

在資訊科技發達的時代，地理資訊系統已成為具影響力的傳播媒介。古地圖隨著時間的推移、居民的遷徙及人群聚居等因素的影響，而出現不同版本。由於旅遊文學多記錄風土民情、生活習俗、天候物產、地形地貌等環境內容，而呈現不同時期、地域、族群的文化特色。旅遊文本因蘊含地名、建築物或山川特色等辨識地理位置的訊息，並保存文化變遷的資料，故與歷史文化地圖有所關聯。茲列出幾歷史地圖、產業地圖，以供讀者參考。

1.臺灣地圖資料庫

圖18-1　國立臺灣博物館地圖臺灣網頁

圖18-2 臺灣百年歷史地圖網頁

2.旅遊與產業

圖18-3 1938年（昭和13年）
《兒童年鑑》的臺灣產
業地圖

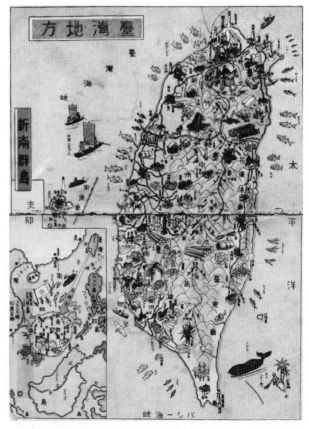

3.旅遊與鐵道

圖18-4 臺灣鐵道圖

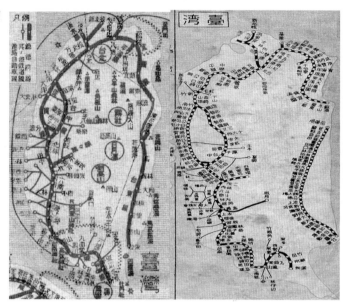

二、旅遊與文化故事館的交織

　　文本的地點因文字而展示另類風景，並以感覺與符號書寫生命。流傳的故事是每個地方的命脈，是辨明各地的特質，至於故事館是為呵護在地的文化而誕生。閱聽者是文化故事館的主角，藉由對話發出不容忽視的聲音。

　　即使故事日漸斑駁，如果走入廣義的臺灣文化故事館，將可另類體驗時代氛圍，或感受臺灣自然與人文的意象。下表列出臺灣文化故事館舉隅，這些彷如天際的彩虹，正等待閱聽者觀看與詮釋。

　　地景意義的產生是由於眾人的觀看所累積而成，探討遊記即是思索歷來空間或地方想像的形成過程。遊記作者藉由再現的表現手法，聯繫實存的地景及地景的意義。近年來為提昇旅遊的品質，強調深度

旅遊或主題式的旅遊。目前許多文史工作者或退休教師多熱衷此類優質觀光；有些厭倦購物為主或趕行程模式的遊客，常期望參加詳加規畫的主題式旅遊活動。許多遊記中的神社、學校、古道、原住民部落等地景，為日治時期修學旅行的重要參訪地。今若能藉由閱讀修學旅行遊記，吸引讀者前往具文化意義的地景，或許能帶動懷舊之旅或自然生態旅行的風氣。

　　日本2011年發生311大地震後，臺灣民眾捐助180億日圓作為災後重建經費，日本文部省因而提出以臺灣作為海外修學旅行推廣地之一。為開拓日本修學旅行市場，臺北市政府觀光傳播局與日本公益財團法人全國修學旅行研究協會及日本近畿旅行社合作，分別於2012年6月8、9日至東京及大阪舉辦臺北修學旅行說明會。旅遊文學作為與產業溝通的媒介，具有激發讀者希冀親自前往探索遊記場景的功能。將遊記中的地景應用於文創產業，結合自然風光、古蹟與美食等內容的描繪，或轉化成具文藝氣息的紀念品，當可供修學旅行或其他觀光產業的參考。

　　閱讀是讀者與篇章積極互動的成果，且是文字解碼並建構意義的過程。透過日治時期遊記再現手法的啓發，進而反思殖民的影響，並填補歷史的縫隙。遊記不僅作為行前閱讀，更於旅行過程中與閱讀記憶相纏繞，並與時空相對話。若將遊記應用於現今臺灣在地的校外教學，更能培養學生的地方感或文化認同。旅遊文學於是成為活化的文宣品，原初從對地方的想像，對照文本與親臨現場參觀古蹟，亦引發個人再建構歷史記憶的因緣。遊記有助於理解地景的歷史厚度，或重新賦予地景現代的意義。臺灣文化故事館有助於提昇民眾深度旅遊的風氣，並能應用於理解臺灣各時期情感結構的功能。

臺灣文化故事館舉隅

城市	文化故事館名稱	主題
臺北	二二八國家紀念館	歷史
	溫泉博物館	文學
	殷海光先生故居	文化
桃園	眷村故事館	族群
	桃園市客家文化館	文化
新竹	辛志平與李克承故居	人物
	新竹車站	文化
苗栗	吳濁流藝文館	文學
	苗栗客家文化園區	文創
	苗栗故事館	文化
臺中	臺中文學館	文學
	臺中科學博物館	科普
	東海花園	文學
南投	埔里酒廠	飲食
	國立臺灣工藝文化園區	產業
	地理中心碑	文化
彰化	賴和紀念館	文學
	鹿港文物館	民俗
	扇形車庫	文化
雲林	虎尾糖廠	產業
	雲林旅遊故事館	文化
嘉義	鄒族特富野部落庫巴	節慶
	北迴歸線塔	文化
臺南	國立臺灣文學館	文學
	楊逵文學紀念館	文學
	總爺藝文中心	產業

高雄	旗山生活園區	文化
	駁二特區	藝術
	鍾理和文學紀念館暨臺灣文學步道園區	文學
屏東	屏東旅遊故事館	文化
	萬金聖母堂	信仰
	石門古戰場	戰爭
臺東	舊鐵道文化村	藝術
	紅葉少棒紀念館	運動
	國立臺灣史前博物館	遺跡
花蓮	花蓮縣原住民文化館	文化
	大陳故事館	文化
	太魯閣國家公園	生態
宜蘭	登瀛書院	文學
	宜蘭文學館	文學
	羅東林業文化園區	林業
基隆	國立海洋科技博物館	科普
	基隆故事館	文化
	大武崙砲台	戰爭
新北市	黃金博物館	文化
	野柳地質公園	生態
	九份	文化
	十三行博物館	遺跡
蘭嶼	木板船故事館	文學
綠島	人權園區	人權
金門	水頭聚落	史蹟
	太武公園	戰爭
	金門酒廠	產業

澎湖	七美雙心石滬	生態
	天后宮	信仰
	蔡廷蘭進士第	文學
馬祖	北竿藍眼淚	景觀
	芹壁村	建築
	八八坑道	建築

>>> 延伸閱讀

▌ 亞蘭米龍（Alain Milon）蔡淑玲譯〈圖示警〉《未定之圖：觀空間》，《中正漢學研究》24期，2014年12月，頁341-351。

▌ 費德廉（Douglas Fix）李曉婷譯〈那些地方的忠實再現—李仙得（Charles Le Gendre）眼中的福爾摩沙風景（1868～1875）〉，《臺灣文學學報》10期，2007年6月，頁19-55。

>>> 思考討論

▌ 看過「旅遊文學與地圖」的主題之後，請發表將地圖運用與旅遊文學文化的理解？

▌ 請創作你心中的旅遊與地圖交集的文學作品？

國家圖書館出版品預行編目資料

旅行文學與文化／林淑慧著 ——初版. ——

臺北市：五南, 2015.10

　面；　公分. ——(台灣BOOK；12)

ISBN 978-957-11-8262-9 (平裝)

1.臺灣文學　2.旅遊文學　3.文學評論

863.2　　　　　　　　104015763

台灣BOOK　12

1XAL　旅行文學與文化

作　　者 — 林淑慧(130.2)

總 編 輯 — 王翠華

副 總 編 — 蘇美嬌

校　　對 — 黃瀞賢

責任編輯 — 邱紫綾

封面設計 — 果實文化設計

出 版 者 — 五南圖書出版股份有限公司

發 行 人 — 楊榮川

地　　址：106台北市大安區和平東路二段339號4樓

電　　話：(02)2705-5066　　傳　　真：(02)2706-6100

網　　址：http://www.wunan.com.tw

電子郵件：wunan@wunan.com.tw

劃撥帳號：01068953

電　　話：(07)2358-702　　傳　　真：(07)2350-236

法律顧問　林勝安律師事務所　林勝安律師

出版日期　2015年10月初版一刷

定　　價　新臺幣370元